天地外國經典文庫

Dubliners

都柏林人

[愛爾蘭] 詹姆斯・喬伊斯 著

James Joyce

王逢振 譯

總序

多元化是香港文化的特徵之一，作為中西文化的薈萃之地，香港文化人手中的讀物，既有四書五經、唐詩宋詞、胡適陳寅恪，也有聖經和莎士比亞、培根和狄更斯。香港文化發展史，其中必不可少的一部份內容就是文化交流史。所謂文化交流，於香港人而言，就是研究和介紹由外國先進思想衍生的普世價值，以及各國的優秀文學作品，作為發展香港文化的借鑒。用著名學者錢鍾書先生的話來說，就是「東海西海，心理攸同；南學北學，道術未裂。」[1] 翻譯家傅雷先生在〈翻譯經驗點滴〉一文中說：「中國人的思想方式和西方人的距離多麼遠。他們喜歡抽象，長於分析；我們喜歡具體，長於綜合。」[2] 可見，同為人類，中國人和西人「心理攸同」；作為不同人種，他們的思維方式各有短長。香港各大學設英國語言文學系、翻譯系、比較文學系，文學院有歐洲和日本研究專業，目的就在於此。在這方面，香港有着足以驕人的成就。茲舉一例。有學者考證，俄國大作家列夫·托爾斯泰最早的中譯本《托氏宗教小說》就是香港禮賢會出版的（時在清光緒三十三年即一九零七年），以此為嚆矢，托爾斯泰的各種著作以後呈扇形輻射到全國各地，被大量迻譯成中文出版，對我國文學界和思想界產生了深遠的影響。[3] 再舉一例，上世紀六、七十年代，香港今日世界出版社聘請了多位著名翻譯家、作家和詩人如張愛玲、余光中、劉以鬯、林以亮、湯新楣、董橋，迻譯了一批美國文學名著，其中包括《美國詩選》《老人與海》《湖濱散記》《人間樂園》等書，到九十年代，這一批書籍已成為名譯，由內地出版社重新印行，對後生學子可謂深致裨益。

本經典文庫的第一輯書目共十冊。所謂經典，即傳統的權威性著作。它們有別於坊間流行的通俗讀物，以深刻、恢宏、精警見稱，在文學史、哲學史、思想史上具有崇高地位，古今俱備，題材多樣。英國女作家伍爾夫（另譯：吳爾芙）的長篇小說《到燈塔去》，以描寫人物的內心世界見長，她是最早運用「意識流」手法進行小說創作的作家之一，語言富有詩意。法國作家加繆的小說《鼠疫》《局外人》，是冶文學和哲理於一爐的存在主義名著，他與同為存在主義作家的薩特齊名，在上世紀五十年代中亦因此而獲得諾貝爾文學獎。愛爾蘭小說家喬伊斯著有短篇小說集《都柏林人》，這部傳統短篇小說集與《尤利西斯》的創作手法南轅北轍，可見作家勇於創新，敢為天下先的膽識。希臘哲學家柏拉圖的《對話集》，既是哲學名著，也在美學史佔有重要地位，他在散文史上開辯難文學之先河。英國作家奧威爾的諷刺小說《動物農場》（另譯：《動物農莊》），與他的《一九八四》同為反烏托邦名著，在當今文學史上享有盛名。意大利作家亞米契斯的兒童文學作品《愛的教育》，早在上世紀初就由民初作家包天笑和夏丏尊譯為中文，是當時傳誦一時的日記體文學作品。本文庫選用夏丏尊的譯本，夏氏是我國新文學史上優秀的散文作家，譯筆暢達，是以初版迄今，兩岸三地重版不計其數。英國小說家毛姆的長篇小說《月亮和六便士》以法國印象派畫家高庚為原型，它刻畫的人物性格練達，冰雪聰明，筆致輕鬆流麗，幽默感人。英國小說家赫胥黎的長篇小說《美麗新世界》，與奧威爾的《一九八四》、俄國作家扎米亞金的《我們》，被譽為文學史上三部最有名的反烏托邦小說。本文庫收日本作家太宰治的小說《人間失格》（《附《女生徒》），這位被稱為「日本無賴派」的代表性作家，在日本小說史上與川端康成、三島由紀夫一樣為人所熟悉。

由於歷史和語言的原因，香港的文化交流存在一定局限性，未能臻於全面。它較集中於英美和日本，其他地域文化如古希臘羅馬、印度、德、法、意、西班牙、俄羅斯乃至拉丁美洲則較少為有關人士顧及。顯然，這不利於開拓香港學子的視野，對他們的思想深度也有所影響。有見及此，我們與相關專家會商，擬定出一套外國經典文庫書目，經資深翻譯家新譯或重訂舊譯，向讀者推出一系列包括文學、哲學、思想、人文科學的經典譯著，分為若干輯次第出版。藉以供香港讀者重溫他們所諳熟的英美日作家、學者的著述，也得以新讀希臘、意大利、法國等國先哲的力作。以後各輯，我們希望能將這一批書目加以擴大，向有一定文化程度的讀者，尤其是青年學子提供更多的經典名著。

對迻譯各書的專家和撰寫導讀的學者，我們謹此表示深切的謝忱。

天地外國經典文庫編輯委員會

二零一八年六月一日

註釋：

[1] 《談藝錄·序》，中華書局（香港）有限公司，一九八六年版。

[2] 《傅雷談翻譯》第八頁，當代世界出版社，二零零六年九月。

[3] 戈寶權〈托爾斯泰和中國〉，載《托爾斯泰研究論文集》，上海譯文出版社，一九八三年版。

目錄

導讀

在城市感受癱瘓，以城市示現世界

對香港讀者來說，都柏林似乎相當遙遠，要理解百年前喬伊斯所居住的都柏林，難度自然更高。那麼，我們不妨就從喬伊斯這句話去進入他的都柏林——「對我來說，我就只寫都柏林，因為假如我能直達都柏林的核心，我就能夠直達世界上所有城市的核心」[1]。在全球化的時代，「人際關係的疏離崩解」不再是個能引起我們關注的問題，反而早已成了都市生活的一部份。這點正與《都柏林人》的每個短篇十分相像——我們在城市中失落，偶爾或可在失落中捕捉到甚麼，但往往又任其流逝，然後繼續生活。於是，身處這個「核心」之中，認清人生各階段的所得所失，就變得格外重要——文學家揭示的，將由讀者面對；文學家沒有揭示的，則有待讀者發掘。

《都柏林人》的創作背景

提到《都柏林人》的寫作背景或目的，幾乎所有評論文章都會引用喬伊斯書信中的這段文字：

「我有意寫一章我國的道德史，我選都柏林為場景，因為這城市對我來說像是個癱瘓的中心。我嘗試從四方面把它呈現給冷淡漠然的大眾：童年、青年、成年與大眾生活。書中故事是以這個次序編排的。」[2]

喬伊斯這裏所說的「道德歷史」（Moral History）一詞，可上溯至古希臘歷史學家普魯塔克（Plutarch）的《道德小品》（Moralia），這部公元一世紀的著作題材廣泛，不少篇幅談論為人處事的各種應有品德，甚有教育勸世的意味。當然，喬伊斯不是歷史學家，《都柏林人》在展現「都柏林人」各種面貌的同時，小說家在藝術上則有着更高的追求。龐德（Ezra Pound）這段話正好概括了《都柏林人》的藝術特色：

喬伊斯先生的優點，我說的不是他的主要優點而是最有吸引力的優點，在於他謹慎地避免告訴讀者許多他們不想了解的東西。他描繪人物不僅迅速快捷，而且栩栩如生；不把他們描寫得多愁善感，也不編織錯綜複雜的情節。他是一個現實主義者。[3]

傳統歷史著作常以時、地、人為坐標，記錄發生過的事件，喬伊斯則以小說這種文學體裁，使都柏林的精神浮現於讀者眼前。

《都柏林人》的佈局

這十五個短篇故事，順序地涵蓋了人生的不同階段，可作以下分類[4]——

童年：〈姊妹們〉、〈一次遭遇〉、〈阿拉比〉

青年：〈伊芙琳〉、〈賽車以後〉、〈兩個浪漢〉、〈公寓〉

成年：〈一小片陰雲〉、〈何其相似〉、〈泥土〉、〈痛苦的事件〉

大眾生活：〈委員會辦公室裏的常青節〉、〈母親〉、〈聖恩〉、〈死者〉

這十五個故事並沒有太過戲劇化的情節，角色在故事結束時，在各方面亦沒有太大的蛻變或成長。可以說，這些小說其實是相當生活化，亦相當「貼地」的。我們不一定了解小說裏提到的作品、飲食、俚語、歷史人物與事件（事實上，即使不少英語版本亦會在書中提供註解），但要與故事裏角色的遭遇產生共鳴，並不如想像中那麼困難——滿心期待的單戀忽然落空（〈阿拉比〉）；在不被看好的愛情中找到片刻安穩，也敵不過心理關口而無法出走（〈伊芙琳〉）；進入社會後，方體會到階級之別確實存在，而個人又是那麼無力和微不足道（〈賽車以後〉）；成家立室、育有兒女後，偶爾緬懷往昔，才醒覺到自己與夢想早已分道揚鑣（〈一片小陰雲〉）；面對事業再難寸進，與剛進入銀婚的妻子亦再無太多激情與喜悅，只能寄情於杯中物，縱然有着他人的關懷，仍無法從宗教中獲得解脫（〈聖恩〉）；在人生的某一瞬間，忽然想起死亡，忽然想起一些素未謀面或匆匆交疊，卻早已逝去的往生者（〈死者〉）。如是者，一本《都柏林人》，在不同的人生階段閱讀，書中各章都會帶給讀者不同的體會與衝擊。

「癱瘓」與「示現」：《都柏林人》的兩個重要概念

1、癱瘓（Paralysis，一譯「麻痹」）

每天夜裏，我仰望那窗户時，總是輕聲對自己説「癱瘓」。

——〈兩姊妹〉

一般而言，癱瘓是指病者無法控制肌肉，身體某部份失去感覺。《都柏林人》的首篇故事〈兩姊妹〉，就點明了「癱瘓」這概念，故事裏的弗林神父臥床已久，時日無多，「癱瘓」的他就恰如喬伊斯眼中的都柏林一樣，奄奄一息，再無生機。此外，「癱瘓」一語亦可用來形容不少書中角色的心理狀態，例如〈兩個浪漢〉中的萊尼和科爾利，他們恬不知恥地交流把女性玩弄到手的經驗，換句話說，他們自己對男女愛情其實早已麻木無感。不過，喬伊斯沒有着跡而刻意地把都柏林描寫成一個罪惡之都，正如他所説，《都柏林人》是他「精心擦拭的鏡子」（nicely polished looking-glass）[5]，這十五面鏡子，在喬伊斯的拂拭之下，既照眾生，也照凡塵。

2、示現（Epiphany）

不少評論家都提到喬伊斯在《都柏林人》中運用了「示現」[6]的手法，而喬伊斯在《斯蒂芬英雄》也曾解釋過這概念：「所謂靈光乍現是指一種突然的性靈顯現，不論它是以粗俗的語言形式或身體姿勢，或以一段永誌難忘的心靈感受方式出現。」[7]

以〈阿拉比〉的結尾為例，我們看看喬伊斯如何運用「示現」手法——

> 抬頭向黑暗中凝視，我看見自己成了一個被虛榮心驅使和嘲弄的動物；於是我的雙眼燃燒起痛苦和憤怒。

故事裏的外在環境由明轉暗，而男孩的心情則是複雜的，那是集合了痛苦、憤怒，以至失落、灰心等的糾結情緒。「示現」所帶出的，往往是一個獨特的時刻——或許寧謐，或許打破沉默；或許突兀，或許若有所得／失，當中的喻意無法確切言傳。或者，我們可以拿一些經典電影的片段作一類比：例如《迷失東京》中男女主角離別前最後的擁抱及無聲的耳語、《色，戒》中王佳芝在歸途的人力車上望着旋轉中的風車、《舒特拉的名單》中的紅衣小女孩……這些片段所着重表現的，多是情調、氣氛、感覺，而不是具體的信息、意念、內容。

結語：示現過後，拒絕癱瘓

談到《都柏林人》，我們亦要了解喬伊斯寫作此書時的歷史文化背景。愛爾蘭與英國的關係複雜，時而接近，時而疏遠，時而敵對，但文化上的互相交流與影響卻無法一筆抹殺。在二十世紀初，愛爾蘭人的身份認同議題更刺激了愛爾蘭作家的書寫風潮，但喬伊斯卻頗自覺地不為單一國族身份議題而寫作，他植根於都柏林，寫下來的作品則面向所有英語讀者、甚至全世界。

或許，《都柏林人》不算是一部充滿娛樂趣味或引人孜孜追讀的小說，但在每次的重讀與細讀中，我們將發現這十五則故事，既是進入喬伊斯文學世界的十五張入場套票，也是百多年前都柏林的十五幅浮世繪，更可以是十五幅有待拼合的地圖，引示着讀者走向人生各個階段的關卡——我們未必能像喬伊斯般在創作中對抗麻痹，卻可以在閱讀中拒絕癱瘓。

劉安廉

註釋：

[1] 這段話載於理查德．埃爾曼（Richard Ellmann）所寫的喬伊斯同名傳記（*James Joyce*）。

[2] 理查德．埃爾曼（Richard Ellmann）編：《書信集：卷二》（*Letters II*）。

[3] 〈《都柏林人》和詹姆斯．喬伊斯先生〉，朱榮杰譯，收錄於王逢振所編的《喬伊斯評論集》。

[4] 此處參考了加拿大文學評論家休．肯納（Hugh Kenner）的評論文章〈都柏林人〉("Dubliners")，收錄於《都柏林人的二十世紀解讀》（*Twentieth century interpretations of Dubliners*）。

[5] 同註[2]。

[6] 同註[4]。

[7] 「Epiphany」一詞，在其他喬伊斯的論著中亦有「顯現」、「靈光乍現」、「頓悟」等譯法。

劉安廉，筆名子陵。嶺南大學翻譯系畢業，香港中文大學翻譯系文學碩士，伯明翰大學古代史文學碩士。火苗文學工作室成員。業餘譯寫人。

姊妹們

這次他毫無希望了：這次已是第三次發作。夜復一夜，我經過這座房子（時值假期），琢磨亮着的方窗：夜復一夜，我發現它那麼亮着，燈光微弱而均勻。若是他死了，我想，我會看到昏暗窗簾上的燭影，因為我知道，屍體的頭部一定會放着兩枝蠟燭。他常常對我說，「我在這世上活不了多久」，而我覺得這話只不過是隨便説説而已。現在我明白了這話是真的。每天夜裏，我仰望那窗戶時，總是輕聲對自己說「癱瘓」一詞。這詞我聽着總覺得奇怪，像是歐幾里得幾何學裏的「磬折形」一詞，又像是《教義問答手冊》裏「買賣聖職」一詞。可是現在這詞我聽着卻像是個邪惡的罪人的名字。這使我充滿恐懼，然而又極想接近它，極想看看它致命的作用。

我下樓吃飯時，老柯特正坐在爐邊抽煙。就在我姑媽給我舀麥片粥時，他彷彿接着自己前面的談話似的説道：

「不，我不想說他完全是……但有些奇怪……他是有些不可思議。我來告訴你我的想法……」

他開始抽起煙斗，吐着煙霧，無疑是在心裏整理他的想法。令人討厭的老傻瓜！我們剛認識他時，他倒是相當有趣，常常說到劣質酒精和蛇管；可是很快我就討厭他了，討厭他那些沒完沒了的酒廠的故事。

「對這事我有自己的看法，」他說。「我想這是那些……怪病中的一種。……不過，很難說……」

他又開始噴煙吐霧，但並未告訴我們他的看法。我姑父見我瞪着眼，便對我說道：

「喂，你的老朋友終於走了，你聽了一定會悲傷。」

「誰？」我問。

「神父弗林。」

「他死了？」

「柯特先生剛剛才告訴了我們。他正好路過那座房子。」

我知道他們在看着我，於是我繼續吃飯，好像對這消息漠不關心。我姑父便向老柯特解釋。

「這孩子和他是極好的朋友。你知道，那老頭兒教了他許多東西；別人說他對這孩子抱有很大的期望。」

「上帝保佑他的靈魂吧，」我姑媽虔誠地說。

老柯特看了我一會兒。我覺得他那雙又小又亮的黑眼睛在審視我，但我不想讓他看出甚麼，便仍低着頭吃飯，不抬眼睛。他又開始抽他的煙斗，最後粗魯地往壁爐裏吐了一口痰。

「我可不喜歡自己的孩子跟那樣的人談得太多，」他說。

「你這是怎麼說的，柯特先生？」我姑媽問。

「我的意思是，」老柯特說，「那樣對孩子不好。我的看法是：讓年輕的孩子到處跑跑，與同年齡的年輕孩子們去玩，不要……我說得對不對，傑克？」

「那也是我的原則，」我的姑父說。「要讓他學得健壯活潑。我經常對那個羅西克魯茨[1]的教徒說這話：要進行鍛煉。想當年，我還是個毛孩子的時候，不分冬夏，天天都洗冷水浴。至今我還堅持。教育實在是極其細緻而廣泛……給柯特先生吃點羊腿肉吧，」他轉而對姑媽說。

「不，不，我不吃，」老柯特說。

我姑媽從食櫥裏拿出那盤羊腿，放在桌上。

「可是，為甚麼你覺得那樣對孩子們不好，柯特先生？」她問。

「那樣對孩子們有害，」老柯特說，「因為他們的心靈很容易受到影響。孩子們看見那種事情時，你知道，它就會產生某種效果……」

我用麥片粥把嘴填滿，生怕自己氣得叫喊起來。這個令人討厭的紅鼻子蠢老頭子！

我很晚才睡着。雖然我對老柯特把我當作小孩子非常生氣，但我還是絞盡腦汁琢磨他那沒説完的話是甚麼意思。在我昏暗的房間裏，我想像着又看見了那癱瘓者陰沉灰白的面孔。我用毯子蒙住腦袋，盡力去想聖誕節的情景。但那張灰白的臉仍然跟着我。它低聲嘟噥着；我知道它是想表白甚麼事情。我覺得自己的靈魂飄蕩到一個令人愉快而邪惡的世界；在那裏，我發現那張面孔又在等我。它開始輕聲細語地向我懺悔，但我奇怪為甚麼它不停地微笑，為甚麼嘴唇上那麼多唾沫。可那時我又記起它已經因癱瘓病死了，於是我覺得自己也在無力地微笑，彷彿要寬恕他買賣聖職的罪孽。

次日上午吃罷早飯，我到大不列顛街去看那座小小的房子。這是一家極普通的小店，名字有些模糊，稱作「布匹服裝店」。店裏主要經營兒童毛線鞋和雨傘；平時櫥窗裏總是掛着一塊告示牌，上面寫着：「修補雨傘」。現在告示看不見了，因為百葉窗已經拉上。一束縐紗花用絲帶繫在門環上。兩個窮女人和一個送電報的男孩正在讀別在縐紗花上的紙片。我也走到門口，讀道：

一八九五年七月一日

詹姆斯・弗林神父（以前奉職米斯街的聖・凱瑟琳教堂）享年六十五歲。

願他永遠安息。

讀了紙片上的字，我確信他已經死了。我停在門口，茫茫然若有所失。要是他沒有死，我就會去到店後面那間昏暗的小屋，看見他坐在爐火邊的扶手椅裏，幾乎全身都捂在大衣下面。也許姑媽會讓我帶一包「高士斯特」牌鼻煙給他，這禮物一定會使他從昏昏欲睡中醒來。一般總是我把煙倒進他那黑色的鼻煙盒裏，因為他的手顫抖得太厲害，要讓他倒總是把一半煙絲撒在地上。甚至他抬起顫抖的大手把煙送往鼻子時，一縷縷雲霧般的細煙末也會從指縫間落下，掉在大衣的前襟上面。可能正是這些不時散落的鼻煙，才使他那古舊的神父裝顯出褪了色的綠色，因為他用來擦掉煙屑的紅手帕，總是一個星期就被鼻煙染得污黑不堪，擦也無濟於事。

我真想進去看看他，但沒有勇氣敲門。我沿着街道朝陽的一邊慢慢走開，邊走邊讀商店櫥窗裏的各種戲劇廣告。令我奇怪的是，不論我自己還是天氣，似乎都沒有哀傷的意思，我甚至還不安地發現自己有一種獲得自由的感覺，彷彿他的死使我擺脱了某種束縛。對此我困惑不解，因為，正如我姑父昨晚所説，他教給了我許多東西。他曾在羅馬的愛爾蘭學院學習，因此他教給了我拉丁文的正確發音。他給我講地下墓道和拿破崙·波拿巴的故事，向我解釋不同彌撒儀式和教士穿不同服裝的意義。有時他為了尋樂故意給我提些困難的問題，例如問我在某些情況下一個人該做甚麼，或者某某罪孽是十惡不赦的重罪還是可以寬恕的輕罪，抑或僅僅是一些缺陷。他的問題使我明白了教會的某些規章制度是多麼複雜和難解，而以前我總覺得它們是最簡單的條例。教士對聖餐的職責，對懺悔保密的職責，我覺得是那麼重大，不知道為甚麼竟還有人有勇氣去承擔它們；而當他告訴我教會的神父寫過像《郵政指南》那麼厚的書，並且這些書像報紙上的法律公告那樣印得密密麻麻，全都是解答這些複雜的問題時，我倒並不感到驚訝。每當我想到這點時，常常無法回答，或者只是作出一種非常愚蠢的、猶豫含糊的回答，對此他總是微笑，或者點兩下頭。他曾教會我背誦做彌撒的對答，有時還常常考我；每當我流利地背誦時，他總是沉思着微笑，點點頭，不時捏一大撮鼻煙，輪番塞進每一個鼻孔。他微笑時，總是露出他那大而發黃的牙齒，舌頭舔着下唇——在我們剛剛認識、我還不太熟悉他的時候，這習慣曾使我感到很不自然。

我順着陽光走的時候，想起了老柯特說的話來，接着便極力回憶後來夢中發生的事情。我記得曾看見長長的天鵝絨窗簾和一個古式的吊燈。我覺得自己到了遙遠的地方，在風俗奇異的他鄉——大概是在波斯，我想……但我記不起夢的結局了。

傍晚，姑媽帶我去拜訪那個居喪之家。雖然已是日落之後，但那房子朝西的窗玻璃上，仍然映照着一大片紅金色的雲霞。南妮在客廳裏接待我們；因為大聲與她寒暄極不得體，所以姑媽只是同她握了握手。老太太探詢地朝樓上指了指，看到我姑媽點了點頭，她便走在我們前面，吃力地爬上狹窄的樓梯，低垂的頭幾乎碰到了樓梯的扶手。在第一個樓梯的平台，她停下來，向我們招手示意，鼓勵我們走向開着門的死者的屋子。姑媽走了進去，老婦人看見我猶豫不前，又開始向我連連招手示意。

我踮着腳尖走了進去。透過窗簾花邊的空隙，房間裏映射着金色的夕暉；在這夕暉的掩映之中，燭光彷彿是蒼白微弱的火焰。他已被放入棺材。南妮帶頭，我們三個一起跪在床的下首。我佯裝祈禱，但卻心不在焉，因為老太太的喃喃低語使我分心。我注意到她的裙子在後面笨拙地扣住，布鞋的後跟兒踩得歪倒在一邊。我奇怪地想到，老神父躺在棺材裏可能正在微笑呢。

但並非如此。當我們站起來走到床頭時，我看見他並沒有微笑。他躺在那裏，莊嚴而雄偉，穿着齊整，好像要上祭壇似的，一雙大手鬆鬆地捧着聖杯。他的面孔顯得痛苦可怖，蒼白而寬闊，鼻孔像兩個大的黑洞，頭上長着一圈稀疏的白髮。房間裏有一股濃重的氣味——鮮花的香氣。

我們在胸前畫了十字，便離開了那裏。在樓下的小屋內，我們看到伊麗莎端坐在神父的安樂椅裏。我猶猶豫豫走到牆角那把我常坐的椅子，這時南妮走向餐櫥，拿出盛着雪利酒的帶裝飾的酒瓶和幾隻酒杯。她把這些東西放在桌子上，請我們小飲一杯。接着，按照她姐姐的吩咐，她把酒倒進杯子裏，分別遞給我們。她還堅持讓我吃些奶油餅乾，但我謝絕了，因為我覺得吃那種餅乾會發出很大的聲響。由於我不肯吃，她好像有些失望，默默走向沙發，坐在了她姐姐的後面。沒有一個人說話：我們全都凝視着空蕩蕩的壁爐。

一直等到伊麗莎嘆了口氣，我姑媽才說：

「唉，也好，他到一個更好的世界去了。」

伊麗莎又嘆了口氣，點頭表示同意姑媽的看法。我姑媽用手指捏着高腳杯的杯腳，隨後呷了一小口。

「他死時……安詳吧？」她問。

「哦，相當安詳，夫人，」伊麗莎說。「你簡直說不出他是甚麼時候斷的氣。他完全像是睡死了過去，感謝上帝呀。」

「那麼一切都……？」

「奧魯克神父星期二來這裏陪了他一天，給他塗了油[2]，為他做了所有的準備。」

「那時他知道嗎？」

「他自己是無所謂的。」

「他看上去就是個樂天知命的人，」我姑媽說。

「我們找來替他擦洗的那個女人也這麼說。她說他看起來就像睡着了似的，顯得那麼安詳平和。誰也不會想到他的遺體這麼完美。」

「是呀，確實是完美，」我姑媽說。

她又舉杯呷了口酒，接着說：

「噯，弗林小姐，不論如何，你們為他做了能做的一切，要知道這對你們也是一個很大的安慰。說實在的，你們姊妹倆對他可真好。」

伊麗莎在膝蓋上撫平她的衣服。

「唉，可憐的詹姆斯！」她說。「上帝知道我們已經盡了全力，儘管我們貧窮——他在時我們決不會讓他缺少甚麼。」

南妮已經將頭靠到沙發墊上，好像要睡着了似的。

「還有這個可憐的南妮，」伊麗莎望着她說，「她已經累得筋疲力盡。所有的事情都得她和我一件件來做：找女人來為他擦洗，給他穿裝裹衣裳，準備棺材，然後還要安排教堂裏的彌撒。若不是奧魯克神父，我真不知道我們究竟該做些甚麼。是他給我們帶來了這些花，從教堂裏給我們拿來兩支燭台，寫訃告在《自由人日報》上刊登，負責所有關於墓地的文件，還有可憐的詹姆斯的保險單據。」

「那他不是很好麼？」我姑媽說。

伊麗莎閉上她的眼睛，慢慢地搖了搖頭。

「唉，再沒有比老朋友更好的朋友了，」她說，「可是說來說去，一具屍體還能靠甚麼朋友。」

「是呀，那倒是真的，」我姑媽說。「不過我深信，他現在已經永遠安息了，他一定不會忘記你們，也不會忘記你們對他的一片好心。」

「啊，可憐的詹姆斯！」伊麗莎說。「他並沒有給我們帶來多大麻煩。他在家裏總是不聲不響，就像現在這樣。可是我知道他已經走了，再也不會回來了……」

「恰恰是一切都過去了，你才會想念他，」我姑媽說。

「這我知道，」伊麗莎說。「我再不必給他端牛肉茶了，還有你，夫人，你也不用再給他送鼻煙了。啊，可憐的詹姆斯！」

她停下來，彷彿是回憶往事，然後又像把一切都看透了似的說道：

「告訴你吧，我注意到他後來變得有些奇怪。每當我端湯給他時，總發現他常用的祈禱書掉在地上，他自己往後靠在椅子裏，張着嘴巴。」

她把一根手指放在鼻子上，皺起眉頭，然後接着說：

「可是不論甚麼情況，他總是說，在夏天過去之前，他要找個天氣晴朗的日子，坐車出去，好去再看看愛爾蘭鎮我們出生的老家，而且要帶南妮和我一起去。假如我們能在減價的日子租輛新式馬車，就是奧魯克神父對他說過的那種沒有噪音的膠輪馬車——他說，在去那裏的路上，從約翰尼·拉什的馬車店裏可以租到——我們就可以在一個星期天的傍晚，三個人一起乘車去。他一直想做這件事……可憐的詹姆斯！」

「願上帝保佑他的靈魂！」我的姑媽說。

伊麗莎掏出手絹，擦了擦眼睛。然後她又把手絹放回口袋，呆呆地望着空空的壁爐，好長一會兒沒有說話。

「他這人總是過於認真，」她說。「神父的職責對他太重。而他自己的生活可以說又坎坎坷坷。」

「是的，」我姑媽說。「他一生不得意。這你可以看得出來。」

小屋裏一片靜寂，乘此機會，我走近桌子，嘗了嘗我那杯雪利酒，然後又悄悄地回到屋角我坐的那把椅子。伊麗莎似乎陷入了沉思。我們不無敬意地等着她打破靜寂。停了很久，她才慢慢地說道：

「這全是因為他打碎了那隻聖杯……那是事情的開始。當然，人們說這算不了甚麼，因為杯子裏甚麼都沒有，我也是這麼想的。不過，儘管如此……他們說是那個男孩的過錯。但可憐的詹姆斯卻非常不安，願上帝憐憫他！」

「真的是那樣麼？」我姑媽說。「我聽到了一些……」

伊麗莎點點頭。

「那事影響了他的精神，」她說。「從那以後，他就開始鬱鬱寡歡，不跟任何人說話，獨自一人到處遊蕩。結果，有天晚上，人們有事找他，可是四處都找不到他。他們上上下下地尋找，然而哪裏也看不見他的人影。於是教會的職員建議到小教堂裏去試試。這樣他們便帶了鑰匙，將小教堂的門打開，那個職員、奧魯克神父，還有在那裏的另一個神父，拿着燈進去找他……你會怎麼想呢？他竟然待在那裏，一個人摸黑坐在他的懺悔隔間，完全醒着，好像輕聲地對自己發笑。」

她突然停下來，好像要聽甚麼似的。我也側耳細聽；可是整個房子裏沒有任何聲音。我知道，老神父靜靜地躺在棺材裏，與我們看他時一樣，帶着死亡的莊嚴和痛苦，一隻無用的聖杯放在他的胸上。

伊麗莎接着說：

「他完全醒着，好像對自己發笑……那時，他們看見那種情形，當然會覺得他出了毛病……」

註釋：

[1] 羅西克魯茨是十七世紀和十八世紀初的一個教派，以神秘哲學為基礎，探究自然的奧秘。

[2] 塗油是天主教徒臨終前舉行的一種儀式。

一次遭遇

真正使我們了解荒涼西部的是喬·狄龍。他有個小小的圖書館，收藏了一些過期的舊雜誌，有《英國國旗》、《勇氣》和《半便士奇聞》。每天下午放學以後，我們便聚在他家的後花園裏，玩印第安人打仗的遊戲。他和他那又胖又懶的弟弟利奧把守馬廄的草棚，我們猛攻盡力去佔領；有時候我們也在草地上進行激烈的對搏。可是，不論我們戰得多勇，在圍攻和對搏中我們從未勝過，每次較量的結果都是喬·狄龍跳起勝利的戰舞。他的父母每天上午八點都到加迪納街去做彌撒，房子的大廳裏充滿狄龍太太喜歡的靜謐的氣氛。然而對我們這些年齡更小、更膽怯的孩子來說，他玩得太狠了一些。他看上去真有些像個印第安人，他在花園裏跳來跳去，頭上戴着一隻舊茶壺套，一邊用拳頭擊打罐頭盒一邊喊叫：

「呀！呀咔，呀咔，呀咔！」

當大家聽說他要當牧師的時候，誰也不敢相信。然而，這卻是真的。

我們當中擴散着一種頑皮不馴的精神，在它的影響之下，文化和體格上的種種差別都不起作用了。我們結成一夥，有勇敢的，有鬧着玩的，也有戰戰兢兢的。我屬於後一種，勉強裝扮成印第安人，唯恐顯出書呆子氣，缺少大丈夫的氣概。描寫「荒涼西部」的文學作品所敍述的冒險故事，雖然與我的天性相去甚遠，但它們至少打開了逃避的大門。我比較喜歡某些美國的偵探故事，其中常常有不修邊幅的暴躁而漂亮的女孩出現。這些故事裏雖然並無甚麼錯的東西，雖然它們的意圖有時還是文學性的，但它們在學校裏卻只能私下裏流傳。一天，巴特勒神父聽學生背誦指定的四頁《羅馬史》時，發現傻乎乎的利奧·狄龍正在偷看一本《半便士奇聞》。

「這一頁還是這一頁？這一頁嗎？喂，狄龍，站起來！『天剛剛』……下去！哪一天？『天剛剛亮』……你學過沒有？你口袋裏放的是甚麼？」

利奧·狄龍把那本雜誌交上去時，大家的心撲通撲通地直跳，但臉上卻裝出一副天真的樣子。巴特勒神父翻着看了看，皺起了眉頭。

「這是甚麼破爛東西？」他說。「《阿巴奇酋長》！你不學《羅馬史》就是讀這種東西嗎？別讓我在這個學校裏再發現這種骯髒的東西。寫這種東西的人想必是個卑鄙的傢伙，他寫這些東西無非是為了賺杯酒錢。你們這些受過教育的孩子讀這樣的東西，真讓我感到吃驚。倘若你們是……『公立學校』的學生，我倒也還能理解。喂，狄龍，我實實在在地告誡你，要認真地學習，不然的話……」

在課堂上頭腦清醒之際，這番訓斥使我覺得西部荒野的榮光大為遜色，利奧·狄龍惶惑的胖臉也喚醒了我的良知。可是放學後遠離學校的約束時，我又開始渴求狂野的感受，渴求只有那些雜亂的記事似乎才能提供的逃避。終於，每天傍晚模仿戰爭的遊戲，也變得像每天上午上課一樣令人厭倦，因為我想親自經歷一番真正的冒險。然而，我想了想，一直待在家裏的人不可能有真正的冒險：要冒險非到外面去不可。

暑假即將來臨，我打定主意，至少花一天時間擺脫令人厭倦的學校生活。於是我與利奧·狄龍和另一個叫馬候尼的男孩，計劃到外面去瘋狂一次。我們每人都攢了六個便士。我們約好上午十點在運河的橋上會面。馬候尼準備讓他大姐寫張請假條，利奧·狄龍叫他哥哥去説他病了。我們説好沿着碼頭路一直走到船隻停泊的地方，然後乘渡船過河，再走着去看鴿子房[1]。利奧·狄龍擔心我們會碰到巴特勒神父，或者會碰到同校裏的甚麼人；但馬候尼卻非常清醒地反問説，巴特勒神父到鴿子房那裏去幹甚麼呢？於是我們又都放下心來。接着我完成了計劃的第一步，向他們每人收了六個便士，同時把我自己的六個便士亮給他們看了看。在我們出發前夕做最後安排時，我們都模模糊糊地感到有些興奮。我們互相握手，哈哈大笑，然後馬候尼説：

「明天見，哥兒們！」

那天夜裏我一直睡不安穩。第二天早上我第一個來到橋上，因為我的家離那兒最近。我把書藏在花園盡頭草灰坑旁邊茂盛的草裏，那地方誰也不會去的。然後我便沿運河的河岸急急地走去。那是六月頭一個星期的一個早晨，天氣溫和，陽光明媚。我坐在橋欄上，欣賞着我腳上的輕便帆布鞋，頭天晚上我剛剛用白粉精心地把它們刷過，接着我又觀看馴順的馬拉着滿滿一車幹活的人上山。路邊高大的樹上，樹枝都長出淡綠色的嫩葉，充滿了勃勃生機，陽光透過樹枝斜照在水面上。橋上的花崗石開始變熱，我和着腦海裏想的一支曲子，用手在花崗石上打着節拍。我快活極了。

我在那裏坐了五到十分鐘的樣子，便看見馬候尼的灰衣服朝這邊移了過來。他滿面笑容地走上斜坡，爬上橋欄坐在我身邊。我們等着的時候，他把從內衣口袋裏鼓起的彈弓掏了出來，向我解釋他做過的一些改進。我問他為甚麼帶彈弓來，他說他要逗鳥兒玩玩。馬候尼善於使用俚語，他說到巴特勒神父時稱他是老崩塞。我們又等了一刻鐘，可是仍看不到利奧·狄龍的影子。最後，馬候尼從橋欄上跳下來說：

「走吧。我就知道小胖子不敢來。」

「他的六個便士呢……？」我說。

「沒收了，」馬候尼說。「這樣對我們更好——我們有一先令六個便士，不止一個先令了。」

我們沿着北岸路走去，一直走到硫酸廠，然後向右拐，走上碼頭路。我們剛一走到人少的地方，馬候尼便扮起了印第安人。他追逐一群穿得破破爛爛的女孩子，揮舞着沒有裝彈子的彈弓；這時兩個衣服破爛的男孩子打抱不平，開始向我們投擲石子，於是他提出我們一起向他們衝過去。我沒有同意，因為那兩個孩子太小。這樣，我們又繼續向前走去，那群衣服破爛的孩子們在我們後面高聲尖叫：「新教鬼！新教鬼！」他們以為我們是新教徒，因為面孔黧黑的馬候尼帽子上戴着一枚板球棒似的銀質徽章。當我們走到滑鐵路口時，我們準備玩一場圍攻遊戲；可是沒有玩成，因為一定要有三個人才行。於是我們拿利奧．狄龍出氣，罵他是個孬種，猜想下午三點他會從賴恩先生那裏得到多少獎賞。

接着我們走到了河邊。喧鬧的大街兩旁矗立着石頭高牆，我們在街上逛了好久，觀看吊車和發動機工作，由於老是站着呆看不動，常常遭到開載重車的司機們的吆喝。我們到達碼頭時已是中午，所有的工人們似乎都在吃午飯，於是我們也買了兩個大的果子麵包，坐在河邊的金屬管道上吃了起來。我們愉快地欣賞着都柏林的商業景象——遠處的大船冒着一縷縷繚繞上升的黑煙，倫森德外面有一隊棕色的漁船，巨大的白色帆船正在對面的碼頭卸貨。馬候尼說，如果能搭乘一條那樣的大船跑到海上去，一定非常好玩。看着那些高大的桅杆，就連我自己也覺得，我在學校裏學的那一點點地理知識彷彿展現在眼前，漸漸變成了真實的東西。學校和家似乎在遠離我們，它們對我們的影響似乎也在消逝。

我們付錢搭渡船過黎菲河，同船的有兩個工人，還有一個提着包的小猶太人。我們一本正經，顯出一副莊重的模樣，可是在短短的航程中，只要我們一看見對方便忍不住發笑。上岸之後，我們觀看那條漂亮的三桅船卸貨，我們在對面碼頭時就看見它了。有個旁觀者說那是條挪威船。於是我便走到船尾，想找出它的標記，可甚麼也沒有找到，我又走回來，仔細觀察外國水手，看看他們是否有人長着綠色的眼睛，因為我模模糊糊覺得……但他們的眼睛是藍色的，有的是灰色的，甚至有的是黑色的。唯一一個可以算是綠眼睛的水手是個高個子，他為了使聚集在碼頭上的人開心，每次放下貨板時便歡快地吼叫：

「好嘞！好嘞！」

我們看夠了這一景象後，便慢慢地遊逛到倫森德。天氣變得悶熱，雜貨店的櫥窗裏，擺得太久的餅乾已經發白。我們買了一些餅乾和巧克力，一邊起勁地吃着，一邊在骯髒的街上閒逛，街的兩邊住的是漁民。由於找不到賣牛奶的地方，我們便到一家小舖裏每人買了一瓶山莓檸檬水。喝完之後，馬候尼又來了精神，跑去追一隻貓，一直追到一條衚衕裏，但那隻貓卻跑到曠野裏去了。我們倆都覺得累了，所以一到那片曠野，我們就走到河岸的斜坡上躺下，越過岸脊，我們可以看到多德爾。

時間已經很晚，而且我們也太累了，再沒有力氣去實現觀看鴿子房的計劃。我們必須在四點以前回到家裏，否則我們這次冒險活動就會被人發現。馬候尼滿臉遺憾的樣子看着他的彈弓，於是我不得不提出乘火車回去，以免他又來了新的興致。太陽鑽進了雲裏，我們只覺得疲憊不堪，吃的東西也變成了碎末。

田野裏只有我們兩人。我們默默地躺在河岸的斜坡上，過了好一會兒，我看見田野的盡頭有個人朝我們走來。我懶洋洋地望着他，一邊嚼着一根女孩們用來算命的嫩綠草梗。他慢慢地沿着河岸走來，一隻手放在臀部，另一隻手拿着一根拐杖，輕輕地敲打着草地。他穿着一套墨綠色的破舊衣服，戴一頂我們常常稱作夜壺的高頂氈帽。他看上去相當老了，因為他的小鬍子已經灰白。他從我們腳下走過時，迅速地抬頭瞥了我們一眼，然後便繼續走他的路。我們用眼睛跟着他，只見他往前走了大約五十步時，又轉過身往回走了。他非常緩慢地朝我們走來，仍然用拐杖敲打着地面。他走得太慢了，我覺得他一定是在草裏找甚麼東西。

他走到我們身邊時停了下來，向我們問好。我們也向他問好，然後他小心翼翼地、慢慢地在我們身邊的斜坡上坐下。他開始談論天氣，說這年夏天一定會很熱，還說季節和很久以前他小的時候相比已經發生了很大變化。接着他又說，毫無疑問，一生最快樂的時候是當小學生的日子，如果他能重返童年，他不惜花任何代價。在他講這些感傷的話時，我們有些厭煩，一聲不吭地聽着。然後，他開始談起學校和書。他問我們是否讀過托馬斯·莫爾的詩，或者瓦爾特·司各特爵士和李頓勳爵的作品。我自稱讀過他提到的每一本書，於是他最後說道：

「啊，我可以看得出，你和我一樣是個書蟲。喂，」他指指正在瞪着眼注視我們的馬候尼接着說，「他和你不同；他貪玩遊戲。」

他說他家裏藏有瓦爾特·司各特爵士的全部作品，也有李頓勳爵的全部作品，而且對它們總是百讀不厭。「當然，」他說，「李頓勳爵的某些作品孩子們是不能讀的。」馬候尼問為甚麼孩子們不能讀——這問題使我焦慮不安，因為我擔心這人會覺得我和馬候尼一樣愚蠢。不過，那人只是笑了笑。我看見他的黃牙之間露出了很大的空隙。接着他問我們兩人誰的情人更多。馬候尼輕浮地說他有三個女友。那人又問我有幾個。我說我一個也沒有。他不相信，說我一定有一個。我沒有做聲。

「告訴我們，」馬候尼冒失地對那人說，「你自己有幾個情人？」

那人依然笑了笑，說他在我們這樣的年紀時有許多情人。

「每一個男孩，」他說，「都有個小情人。」

他對這事的態度使我覺得有些奇怪，像他這樣年紀的人竟這麼開通。其實我心裏覺得，他對男孩和情人的看法倒是不無道理。然而我不喜歡從他嘴裏說出這些話來，而且我不明白他為甚麼顫抖了一兩次，好像他害怕甚麼或者突然覺得發冷似的。當他繼續說話時，我注意到他的口音挺好。他開始跟我們談論女孩子，說她們的頭髮多麼柔和漂亮，她們的手多麼綿軟，還說人們應該知道，並不是所有的女孩都像看上去那麼好。他說，他最喜歡的事就是看一個漂亮的年輕女孩，看她嫩白的雙手和她美麗的秀髮。他給我的印象是，他在反覆說他牢牢記在心上的某件事，或者由於迷戀他話裏的某些詞語，他的思想慢慢地繞着同一個路子轉來轉去。有時他的話好像盡說些人人都知道的事實，有時他又壓低聲音，說得很神秘，彷彿他在告訴我們某個他不想讓別人聽到的秘密。他一遍又一遍地重複他的話，只不過用他那單調的聲音圍繞着這些話稍加改變。我一面聽他說，一面繼續向斜坡下注視。

過了好一會兒，他的獨白停了下來。他慢慢站起身，說他得離開我們一會兒，大約幾分鐘的時間。我仍然凝視着斜坡下面，只見他慢慢離開我們，向田野近的一頭緩緩走去。他走了之後，我們仍然誰也沒有講話。又沉默了幾分鐘，我聽見馬候尼喊道：

「我說！你看他在幹甚麼！」

我既沒搭腔也沒抬頭去看，所以馬候尼又喊道：

「我說……他真是個古怪的老傢伙！」

「萬一他要問起我倆的名字，」我說，「就說你叫默菲，我叫史密斯。」

我們倆彼此再沒說甚麼。我仍然在想，那人回來再坐在我們身邊時，我是不是該走開。那人幾乎還沒有坐下，馬候尼瞥見了剛才跑掉的那隻貓，便跳起來越過田野去追趕。那人和我都看着他追逐。可是那貓又跑掉了，馬候尼就朝那貓躥上的牆頂扔石頭。扔完石頭，他就漫無目的地在田野的另一頭遊蕩。

過了一會兒，那人跟我說起話來。他說我的朋友是個很粗野的孩子，問我他在學校是否常挨鞭子。我想憤慨地頂他幾句，說我們不是「公立學校」那種挨鞭子的學生，像他說的那樣；可我還是忍着沒有說話。他開始談起懲罰學生的事情。他的思想彷彿又對他的話着了迷，似乎慢慢地繞着一個新的中心轉來轉去。他說，如果是那種粗野的孩子，就應該鞭打，應該好好地抽一頓。倘若一個孩子粗野不守規矩，使他學好的唯一辦法就是狠狠地鞭打，沒有其他的法子。打手板、刮耳光都無濟於事：他需要的是一頓實實在在、熱熱乎乎的鞭打。這種看法使我大為震驚，不由地抬頭瞟了一眼他的臉。在我看他時，我發現他那一雙深綠色的眼睛，從抽搐的額下正盯着看我。我又移開了我的眼睛。

那人繼續他的獨白。他似乎忘記了自己剛才的自由論調。他說要是他發現一個男孩和女孩說話，或者有一個女孩作情人，他就會拿鞭子一遍遍地抽他；那樣會使他接受教訓，不再跟女孩說話。要是一個男孩有了情人還撒謊不說，他就會把他往死裏打。他說在這個世界上他最喜歡的就是那樣教訓男孩子。他向我描述他如何鞭打這樣的孩子，彷彿他是在揭開甚麼精心設計的秘密。他說那是他在這個世界上最愛幹的事；而且，隨着他單調地向我訴說這個秘密，他的聲音幾乎變得親切起來，好像是懇求我理解他的意思。

我一直等到他的獨白再次停下來。然後我猛地站起身。為避免顯出慌亂不安，我假裝繫好鞋帶，故意拖延了一會兒，接着便向他告別，說我必須走了。我平靜地走上斜坡，但我的心卻跳得厲害，唯恐他會把我的腳脖子抓住。我走到坡頂時轉過身，看都沒看他一眼，便衝着田野的那邊大叫：

「默菲！」

我的聲音裏帶着一絲不自然的勇敢，連自己也對這種卑劣的花招感到羞慚。我不得不再喊這個名字，馬候尼這才看見我，回了一聲哈嘍。他越過田野向我奔跑時，我的心跳得多麼厲害呀！他跑過來像是來救我似的。而我卻覺得懊悔；因為我內心裏總有些瞧不起他。

註釋：

[1] 鴿子房（Pigeon House）原是炮台，後改為電力站。位於默薩河南岸。可通都柏林灣。在西方傳統中，鴿子也代表神聖。

阿拉比[1]

北里奇蒙街的一頭是死的，除了基督教兄弟會的學校放學的時候，這條街一向非常寂靜。在街的盡頭，有一座無人居住的兩層樓房，它坐落在一塊方地上，與周圍的鄰居隔開。街上的其他房屋，意識到裏面住着體面的人家，便以棕色莊嚴的面孔互相凝視。

以前我們這房子的房客是個牧師，他死在房子的後客廳裏。由於長期關閉，房間裏都散發出霉味，廚房後面廢棄不用的房間裏，滿地扔着陳舊無用的廢紙。我在紙堆裏找到了幾本包着紙皮的書，書頁捲起，而且潮乎乎的：一本是瓦爾特·司各特的《修道院長》，另兩本是《虔誠的聖餐接受者》和《維多克回憶錄》。我最喜歡最後一本，因為它的書頁是黃色的。房子後面荒蕪的花園裏，中央長着一棵蘋果樹，周圍有幾簇蔓延的灌木叢；在一簇灌木叢下面，我發現了已故房客留下的一個生了鏽的自行車氣筒。他是個仁慈寬厚的牧師；在他的遺囑裏，他把所有的錢都捐給了慈善機構，把房子裏的傢具留給了他妹妹。

晝短夜長的冬天到來之後，我們還沒吃好晚飯就已是黃昏。我們在街上碰頭時，房子都變得黑乎乎的。我們頭上的天空是千變萬化的紫羅蘭色，路上的街燈向上擎着光線微弱的燈籠。寒氣襲人，我們一直玩到渾身發熱。我們的呼喊聲在寂靜的街上回響。我們玩的遊戲使我們跑到了房後泥濘的小巷，在那裏我們遭到一幫從小房子裏出來的野小子們的夾擊；於是我們跑到昏暗潮濕的花園後門，那裏從灰坑中發出一股股臭氣，然後我們又跑到陰暗而難聞的馬廄，那裏馬夫在為馬梳理，或是敲着帶扣的馬具發出悅耳的樂聲。我們再回到街上時，從廚房窗子裏射出的燈光已把這一帶照亮。如果看到我叔叔正拐過牆角，我們就藏在陰影裏，直到我們看見他走進家裏。或者，如果曼根的姐姐[2]出現在門前的台階上，呼喚她弟弟回去喝茶，我們就從陰影裏注視她在街上東張西望的情景。我們等着看她是待在台階上還是轉回家去，如果她不走，我們就離開陰影，無可奈何地跟着曼根的腳步走過去。她在等着我們，燈光從半開着的門裏射出，她的身影清晰可見。她弟弟在聽從她之前總是先逗她一番，所以我便站在欄杆旁邊看着她。她移動身體時，衣服擺來擺去，柔軟的髮辮左右晃動。

每天早晨，我都爬在前廳的地板上，注視着她家的門口。我把百葉窗放下，留不到一英寸的空隙，免得被別人看見。她出門走到台階上時，我的心便急促地跳動。我跑到過道裏，抓起書跟在她後面。我的目光一直盯着她那褐色的身影，等快到我們分開的路口時，我便加快腳步超過她。天天早晨都是如此。除了偶爾隨便打個招呼，我從未跟她說過話，然而她的名字總使愚蠢的我熱血沸騰。

甚至在最不適宜浪漫的地方，她的形象也陪伴着我。星期六晚上，我姑媽到市場去的時候，我不得不替她去拿些東西。我們走過燈光閃耀的大街，被醉漢和討價還價的婦女們擠來擠去，街上熙熙攘攘，勞工們咒罵，守立在豬頭肉桶旁邊的店夥計尖聲吆喝，街頭賣唱的人用帶鼻音的腔調唱着關於奧多諾萬·羅薩的《大家一起來》之歌[3]，或者唱着關於我們祖國動亂的民謠。這些聲音在我心裏匯成一種獨特的生活感受：我想像自己捧着聖杯，在一群敵人中安然通過。在我進行自己並不理解的祈禱和讚美時，她的名字時不時地從我的嘴裏脫口而出。我眼裏常常充滿淚水（我也說不出為甚麼），有時一股熱流似乎從心裏湧上胸膛。我很少想到將來。我不知道究竟我是否會跟她說話，如果說，我怎麼向她說出我迷惘的愛慕之情呢。然而，我的身體像是一架豎琴，而她的言談舉止宛如撥動琴弦的手指。

一天晚上，我走進牧師在裏面死去的那間後客廳。那是一個漆黑的雨夜，房子裏一片靜寂。透過一塊玻璃破了的窗戶，我聽見密密麻麻的雨滴落到地上，不停的細雨像針一樣在濕透的花壇上跳躍。遠處某盞燈或者亮着燈的窗子在我下面閃爍。我慶幸自己看不清甚麼。我所有的感覺似乎都渴望模糊，當我覺得快要失去感覺時，我緊緊地把雙手合在一起，直合得它們顫抖起來，口中反覆地喃喃自語：「啊，愛情！啊，愛情！」

她終於和我說話了。她說第一句話的時候，我慌亂不安，不知該如何回答。她問我去不去阿拉比。我記不清回答的是去還是不去。那是一個非常壯觀的市場，她說她非常想去。

「那你為甚麼不去呢？」我問。

她說話的時候，不停地轉動手腕上的銀鐲。她不能去，她說，因為那星期修道院裏將做靜修。她的弟弟和另外兩個男孩在搶奪帽子，只有我一個人站在欄杆旁邊。她抓着一根欄杆的尖頭，把頭低向我這邊。從我們的門對面射出的燈光，照出她脖子的白白的曲線，照亮了她脖子上下垂的頭髮，並向下照亮了她在欄杆上的那隻手。光線落在她衣裙的一邊，照亮了她襯裙雪白的滾邊，她隨意站着時正好可以看見。

「你倒是真應該去，」她說。

「假如我去，」我說，「我一定給你帶點東西。」

那晚以後，不論白天黑夜我都胡思亂想，我是多麼地如癡如狂呀！我恨不得那幾天插在中間的沉悶日子一下子過去。學校的功課使我煩躁。不論晚上在臥室裏還是白天在教室裏，她的形象總在我盡力閱讀的書頁上出現。「阿拉比」這個詞的音節透過沉寂向我回響，我的心靈沉浸在靜寂之中，在我身上投射出一種東方的魅力。我請求允許我星期六晚上到阿拉比市場去。姑媽大為吃驚，她希望那不是為了「共濟會」[4]的甚麼事。我在課堂上幾乎不回答問題。我看到老師和藹的面孔變得嚴厲起來；他希望我並不是開始變懶。我無法集中思想。我幾乎對生活中的正經事沒有一點耐心，既然它阻礙了我的慾望，我就覺得它像是兒童遊戲，而且是令人討厭的、單調的兒童遊戲。

星期六早上，我提醒我姑父說，晚上我要去阿拉比市場。他正在衣帽架旁忙亂地尋找帽刷子，隨口回答說：

「去吧，孩子，我知道了。」

由於他在走廊裏，我不能到前廳去趴在窗邊。我覺得房子裏氣氛不好，便慢慢地向學校走去。外面空氣異常寒冷，我的心也已經忐忑不安。

我回家吃晚飯時，姑父還沒回來。其實時間還早。我坐下盯着時鐘看了一會兒，它的嘀嗒聲開始使我心煩意亂時，我就離開了房間。我登上樓梯，走到樓上。樓上那些高大清冷、空敞陰鬱的房間使我覺得自由，我唱着歌從一個房間走到另一個房間。從樓上的前窗，我看見我的夥伴們在下面的街上玩耍。他們的喊聲傳過來已經變弱，隱隱約約可以聽見，我把前額貼到冰冷的玻璃上，眺望她居住的那座黑乎乎的房子。我可能在那裏站了一個小時，甚麼都沒有看見，只有在我的想像中看見了她那褐色的身影，她那被燈光照亮的彎曲的脖子，她那放在欄杆上的手和她衣裙下面的滚邊。

我又回到樓下時，發現默瑟爾太太正坐在爐火旁邊。她是個愛饒舌的老太太，一個典當經紀人的遺孀，有收集舊郵票的嗜好。我不得不忍受她在茶桌邊的嘮叨。晚飯拖延了一個多小時，可姑父仍未回來。默瑟爾太太站起身要走：她抱歉不能再等下去，但已過了八點，她不願在外面待得太晚，因為夜晚的天氣對她不宜。她走了以後，我開始攥緊拳頭在屋裏踱來踱去。我姑媽說道：

「天哪，我恐怕你今晚去不成阿拉比市場了。」

九點鐘的時候，我聽見姑父用鑰匙開過道的前門。我聽見他自言自語，還聽見他掛大衣時衣帽架晃動的聲音。我知道這些聲音意味着甚麼。當他晚飯吃到一半時，我向他要錢去市場。他已經把這事給忘了。

「人們已經上床，現在都睡過頭覺了，」他說。

我沒有笑。姑媽有力地對他說：

「你就不能給他錢讓他去嗎？說實話，你讓他等得夠晚的了。」

我姑父說他把這事給忘了，真對不起。他說他相信那句老格言：「只讀書不玩耍，聰明的孩子也變傻。」他問我去甚麼地方，我又告訴他一遍後，他問我知不知道《阿拉伯人告別駿馬》這首詩。我離開廚房時，他正要向我姑媽背誦那首詩的開頭幾行。

我手裏攥着一枚兩先令的銀幣，邁開大步沿白金漢街向車站走去。街上擠滿了買東西的人，煤氣燈照耀得如同白晝，這景象使我想起了此行的目的。我在一輛空蕩蕩的火車的三等車廂裏找了個座位。過了好一陣令人難以忍受的延誤之後，火車終於慢慢地離開了車站。它緩慢地向前爬行，越過傾圮的房屋，穿過閃亮的河流。在威斯特蘭地區車站，一群人擠上了車門；但乘務員讓他們退下，說這是開往市場的專列。我仍然只是一人坐在那節空蕩蕩的車廂裏。幾分鐘之後，火車停靠在一個臨時用木頭搭成的站台旁邊。我下了車，走到馬路上，看見燈光照亮的一個大鐘，已經差十分十點了。我前面是一座大型建築，閃爍着迷人的名字。

我找不到任何一個六便士的入口，但又唯恐市場關門，所以便匆匆穿過一個旋轉門，將一先令遞給面容倦怠的看門人。我發現自己進入一間大廳，周圍是一圈半牆高的貨廊。差不多所有的貨攤都已關閉，大廳的一半都黑乎乎的。我辨識出一種靜寂，它像是做完禮拜之後瀰漫在教堂裏的那種靜寂。我有些膽怯地走進市場的中心。有幾個人聚集在一家仍在營業的貨攤周圍。在一塊上面用彩燈拼成「音樂咖啡廳」字樣的布簾前面，兩個人正在往一個盤子裏數錢。我聽着硬幣落下的聲音。

我好不容易才想起我為甚麼來到這裏，於是便匆匆走到其中一家攤位，端詳那裏的瓷瓶和有花卉裝飾的茶具。在這家攤位的門口，一位年輕女郎正在和兩位年輕的男士說笑。我注意到他們的英語口音，面無表情地聽着他們談話。

「啊，我從沒有說過這樣的事情！」

「啊，你肯定說過！」

「啊，我肯定沒說過！」

「她真的沒說過？」

「說過，我聽見她說的。」

「啊，這簡直是……胡扯！」

那位年輕女郎看見我，便走過來問我是否想買甚麼東西。她的口氣並不像鼓勵我買；似乎只是出於責任感才對我説話。那些大的瓷瓶像東方衛士似的直立在攤位黑暗入口的兩邊，我謙恭地望着它們，喃喃地説道：

「不，謝謝。」

那年輕女郎把其中一個花瓶挪了挪，然後又走回兩位男士身邊。他們又談論起同一個話題。有一兩次那年輕女郎回頭瞟了瞟我。

我在她的攤位前徘徊不定，彷彿我對她的貨物真有興趣，儘管我知道我在那裏逗留毫無意義。然後，我慢慢地離開那裏，穿過市場的中間走去。我讓口袋裏的一枚兩便士硬幣和一枚六便士硬幣撞擊作響。我聽見從貨廊的一頭傳來滅燈的喊聲。頓時，大廳上面的部份完全黑了下來。

抬頭向黑暗中凝視，我看見自己成了一隻被虛榮心驅使和嘲弄的動物；於是我的雙眼燃燒起痛苦和憤怒。

註釋：

[1] 阿拉比是阿拉伯的古名。此處指一個以「阿拉比」命名的室內大型集貿市場。

[2] 原文為「Mangan's sister」。根據唐．埃福德（Don Eifford）的註釋，曼根是愛爾蘭名詩人的名字，曼根曾寫過一首非常流行的詩《褐色的羅薩琳》，因此《褐色的羅薩琳》寓指愛爾蘭。

[3] 奧多諾萬．羅薩（一八三一——一九一五）是愛爾蘭自由運動的鬥士。

[4]「共濟會」是一種帶有互助性質的秘密社團，反對天主教，故被視為天主教的死敵。

伊芙琳

她坐在窗前，凝視着夜幕籠罩住街道。她的頭倚着窗簾，鼻孔裏有一股沾滿灰塵的印花布窗簾的氣味。她顯得非常疲倦。

街上行人稀少。有個男人從最後一幢房子裏出來，路過這裏回家；她聽見他的腳步沿着混凝土的人行道嗒嗒作響，後來又咯吱咯吱地走在紅色新房前的煤渣路上。以前那裏曾是片空地，每天晚上他們常和別家的孩子們在那裏玩耍。後來一位從貝爾法斯特來的人買了那片地，在上面蓋了房子——不像他們那種褐色的小房子，而是明亮的磚房，帶有閃閃發光的屋頂。以前，這條街上的孩子們常在那塊空地上一起遊戲——有狄威因家的，瓦特家的，鄧恩家的，小瘸子基厄夫，還有她和她的弟弟妹妹們。不過，厄尼斯特從來不玩：他太大了些。她父親常常用他的李木手杖從空地上往外攆他們；然而小基厄夫通常總是替他們望風，一看見她父親來了便大聲喊叫。儘管如此，他們那時似乎非常快樂。她父親當時並不那麼壞；而且，她母親還活着。那是很久以前的事了；如今她和弟弟妹妹們都長大了，她母親也已過世。蒂茜·鄧恩死了，瓦特一家已遷往英格蘭。一切都變了。現在她也要走了，像其他人一樣，離開她的家。

家！她環顧房間的四周，再看看房間裏所有熟悉的物品；多年以來，她每週都把這些東西擦拭一次，不知道灰塵究竟是從哪兒來的。也許她再也看不見那些熟悉的物品了，她做夢也沒想到會離開它們。然而，這些年來，她一直不知道這位神父的名字，他那發黃的照片掛在破風琴上面的牆上，旁邊是一幅向聖女瑪格麗特·瑪麗·阿拉考克許願的彩印畫。他曾是她父親上學時的一位朋友。每當她父親把照片拿給客人看時，他總是一邊遞照片一邊隨隨便便地說道：

「現在他住在墨爾本。」

她已經同意出走了，離開她的家。那樣做明智嗎？她盡力從每個方面權衡這個問題。無論如何，她在家裏有住的也有吃的，周圍有她從小就熟悉的那些人。當然，她得辛辛苦苦地幹活，不論是家裏的活還是店裏的活。倘若他們知道她跟一個小夥子跑了，那些人在店裏會說她甚麼呢？也許，說她是個傻瓜；而且她的位子還會通過廣告來招人替補。蓋文小姐會感到高興。她總是顯擺比她強，尤其是每當有人聽着的時候。

「希爾小姐，你沒看見這些女士們在等着嗎？」

「請你打起精神來，希爾小姐。」

她不會因離開這店而難過得哭泣。

可是，在她的新家，在一個遙遠陌生的國度，情況不會像那個樣子。那時，她就結了婚——她，伊芙琳。那時，人們會尊重她。她不會受到她媽媽生前所受的那種對待。甚至現在，雖然她已經年逾十九，有時仍覺得自己還受着父親暴力的威脅。她知道，正是那種威脅才使她膽戰心驚。他們成長的時候，他從未像喜歡哈利和厄尼斯特那樣喜歡過她，因為她是個女孩；可是後來，他開始威嚇她，說是要不看在她死去的母親的分上，他就會對她如何如何。現在她得不到任何人的保護。厄尼斯特已經死了，而哈利在做教堂裝飾生意，幾乎總是在鄉下到處奔波。此外，每星期六晚上，為了錢的事總免不了爭吵，這也使她開始感到說不出的厭煩。她總是把全部工資——七個先令——如數交出，哈利也總是把能寄的錢寄來，但問題是向她父親要錢。他說她常常亂花錢，說她沒有頭腦，還說他不會把他辛辛苦苦掙來的錢給她拋到街上，他還說了許多，因為星期六晚上他的情緒總是很壞。最終，他會把錢給她，但會問她是否打算為家裏買星期天的食品。那時，她只得盡快跑出家門，到市場上採購，手裏緊緊抓着黑皮錢包，在熙熙攘攘的人群裏擠來擠去，等到拎着食品返回家時已經很晚。她辛辛苦苦維持這個家，負責留給她照看的兩個年輕的孩子，讓他們按時上學，按時吃飯。這是辛苦的工作——一種辛苦的生活——但是她現在馬上就要離開它了，卻又覺得有點兒戀戀不捨。

她馬上就要和弗蘭克去開拓另一種生活。弗蘭克是個非常善良的人，心胸開闊，頗有男子漢的氣概。她要和他一起乘夜船離開，做他的妻子，和他一起在布宜諾斯艾利斯生活，他在那裏有個家等着她。她多麼清楚地記着她第一次見他時的情景呀；那時他寄宿在大路旁邊的一間房子裏，她也常常去那裏。這彷彿是幾個星期前的事情。他站在門口，他的鴨舌帽推到了腦袋後面，散亂的頭髮垂在古銅色臉的上方。後來他們就互相認識了。他每晚都在商店外面接她，然後送她回家。他帶她去看《波希米亞女郎》，她和他一起坐在劇院裏的雅座區，雖不習慣卻覺得非常愜意。他酷愛音樂，也唱得幾句。人們知道他們在談戀愛，因而當他唱起少女愛上一個水手的歌時，他總是高興得心醉神迷。他常常逗她叫她「小天鵝」。最初，她對身邊有個小夥子感到興奮，後來便漸漸喜歡他了。他知道許多遙遠國家的故事。他起初當艙面水手，在阿倫航運公司駛往加拿大的一艘船上工作，每月掙一個英鎊。他告訴她他曾在上面工作過的那些船的名字，還告訴她各種不同工作的名稱。他曾駛過麥哲倫海峽，於是便給她講可怕的帕塔格尼亞人的故事。他說他在布宜諾斯艾利斯曾死裏逃生，他來這個古老的國家只是為了度假。當然，她父親發現了他們的關係，於是便禁止她與他有任何來往。

「我知道這些當水手的小子們，」他說。

一天，她父親與弗蘭克吵了一架，從那以後，她不得不偷偷地與她的情人見面。

大街上夜色深沉。擱在她膝上的兩封信的白色變得模糊不清。一封是寫給哈利的；另一封是給她父親的。她寵愛厄尼斯特，但也喜歡哈利。她注意到她父親近來漸漸變老；他會想念她的。有時候他會非常慈祥。不久前，她生病在床上躺了一天，他給她讀鬼怪故事，還給她在火上烤了麵包片。還有一天，她母親活着的時候，他們全家曾一起到霍斯山去野餐。她記得父親戴上母親那個有帶子的女帽，逗孩子們發笑。

她的時間越來越少，可她仍然坐在窗邊，頭倚着窗簾，聞着沾滿灰塵的印花布窗簾的氣味。從窗下大街的遠方，她聽見傳來一架街頭手風琴的樂聲。她知道那個曲子。奇怪的是它竟然恰恰在今夜傳來，使她想起自己對母親的許諾——她曾許諾一定要盡力維持這個家。她記起母親病中的最後一個晚上；她又回到了過道那邊昏暗的屋裏，聽到外面傳來一首凄涼的意大利樂曲。拉手風琴的人被打發走了，花了六個便士。她記得父親趾高氣揚返回病房說：

「該死的意大利人！竟到這裏來了！」

在她沉思冥想之際，她母親一生可憐的景象如同符咒似的壓在了她的心頭——平平凡凡耗盡了生命，臨終都操碎了心。她渾身顫抖，彷彿又聽見母親的聲音愚頑不停地說着：

「我親愛的孩子！我親愛的孩子！」

她驀然驚恐地站了起來。逃！她必須逃走！弗蘭克會救她。他會給她新的生活，也許還會給她愛情。而她需要生活。為甚麼她不應該幸福？她有權利獲得幸福。弗蘭克會擁抱她，把她抱在懷裏。他會救她的。

＊　＊　＊　＊　＊

在諾斯華爾碼頭，她站在擠來擠去的人群當中。他拉着她的手，她知道他在對她說話，一遍遍談着航行的事兒。碼頭上擠滿了帶着棕色行李的士兵。透過候船室寬大的門口，她瞥見了巨大的黑色船體，停泊在碼頭的牆邊，舷窗裏亮着燈。她沒有說話。她覺得臉色蒼白發冷，由於莫明其妙的悲傷，她祈求上帝指點迷津，告訴她該做甚麼。大船在霧裏鳴響悠長而哀婉的汽笛聲。如果她走的話，翌日就會和弗蘭克一起在海上，向布宜諾斯艾利斯駛去。他們的船位已經訂好。在他為她做了這一切之後，她還能後退麼？她的悲傷使她真覺得想吐，於是便不停地翕動嘴唇，虔誠地默默祈禱。

一陣叮噹的鈴聲敲響了她的心房。她覺得他抓緊了自己的手：

「來呀！」

全世界的海洋在她的心中翻騰激盪。他把她拖進了汪洋之中：他會把她淹死的。她用雙手緊緊地抓住了鐵欄。

「來呀！」

不！不！不！不！這不可能。她雙手瘋狂地抓着鐵欄。在汪洋之中，她發出一陣痛苦的叫喊。

「伊芙琳！愛薇！」

他衝過柵欄，喊叫她跟上。有人喊他往前走，他卻仍在喊她。她迫不得已地向他抬起蒼白的面孔，像是一隻孤獨無助的動物。她雙眼望着他，沒有顯示出愛意，也沒有顯示出惜別之情，彷彿是路人似的。

賽車以後

汽車飛馳而來，疾速向都柏林駛去，平穩得就像在納亞斯路的車轍裏滾動的小球。在英奇柯爾的小山頂上，觀眾成群地聚集在一起，望着車隊疾速歸來，望着歐洲大陸的財富與工業穿過這條貧瘠而無生氣的通道奔馳。成群的觀眾不時為落後者鼓勁，使他們大為感激。不過，他們真正同情的是藍色車——那是他們的朋友法國人的車子。

另外，法國人確實是勝利者。他們的車隊非常穩健；他們贏得了第二名和第三名，而贏得第一名的德國車的駕駛員據說是個比利時人。因此，每一輛藍色車經過山頂時都受到加倍地歡迎，每一陣歡迎的歡呼聲都得到車上那些人微笑和點頭的回報。在這些造型漂亮的汽車當中，有一輛車上坐着四個年輕人，他們那時的情緒似乎遠遠超過了法國人獲勝時常有的心情：事實上，這四個年輕人幾乎是在狂歡。他們是車主夏爾·塞古安，出生於加拿大的青年電工安德烈·里維埃爾，一位身材高大名叫維洛納的匈牙利人，以及一位穿着整齊名叫杜瓦爾的年輕人。塞古安心情愉快，因為他出乎意料地收到了一些預訂貨單（他即將在巴黎開設一家汽車公司）；里維埃爾心情愉快，因為他將被聘為這家公司的經理；當然這兩位年輕人（他們是表兄弟）心情愉快還因為法國車隊的勝利。維洛納心情愉快，因為他吃了一頓美美的午餐；此外他生就是一個樂觀的人。不過，他們當中的第四個人過於興奮，難說是真正快樂。

他年約二十六歲，長着柔軟的淡褐色的鬍髭，一雙灰色的眼睛顯得相當天真。他父親曾是個激進的民族主義者，但很早就改變了自己的觀點。他在金斯鎮靠當屠宰商發跡，後來在都柏林及其郊區開了一些店鋪，比以前成倍地賺錢。他還非常幸運地和警察局簽了一些供應合同，最後變得極其富有，被都柏林的報紙稱為商界王子。他把兒子送到英格蘭，在一所大的天主教學院接受教育，後來又把他送到都柏林大學學習法律。吉米學習並不非常用功，有一段時間還走上了邪路。他有錢，人人都知道他；他奇怪地分配他的時間，一半用於音樂，一半用於賽車。後來，他又被送到劍橋一個學期，為的是開開眼界。父親對他的奢侈雖不無責備，但暗中卻感到得意，為他付了學校的賬單，把他帶回家去。正是在劍橋時他遇到了塞古安。當時他們只是泛泛之交，但吉米覺得自己極願與這個見過大世面的、據說擁有幾家法國最大旅館的人交往。這樣一個人（他父親也同意）即使不是那種可意的夥伴，也非常值得結交。維洛納同樣讓人感到高興——他是個絕好的鋼琴家——只可惜太窮了。

車子載着興高采烈的年輕人歡快地奔馳。兩個表兄弟坐在前排座；吉米和他的匈牙利朋友坐在後面。非常明顯，維洛納精神昂揚；他一路不斷地用深沉的低音哼着歌曲。法國人從前排座上隔肩拋來他們的笑聲和戲語，吉米常常不得不俯身向前才聽得清那些說得很快的話。這使他覺得很不舒服，因為他幾乎總要進行某種巧妙的猜測，然後頂着大風高聲喊出適當的回答。此外，維洛納哼歌曲的聲音也給大家添亂；何況還有車子的噪音。

穿過空間的高速運動使人飄飄欲仙；聲名狼藉也同樣如此；而擁有金錢也產生同樣的效果。這些就是令吉米興奮的三大原因。那天，他的許多朋友都看見他和這些大陸來的人待在一起。在中途停車站，塞古安把他介紹給一位法國車手，他慌亂地低聲讚揚了幾句，作為回答，那位車手油黑的臉上露出一排雪白閃亮的牙齒。在那種榮譽之後，再回到觀眾的世俗世界，被人們用肘臂輕輕推着，投以羨慕的眼光，真可謂是一件快事。至於錢——他確實有一大筆可以支配。塞古安也許不認為那是一大筆錢，但吉米卻清楚地知道那筆錢來得多麼不易，他雖然也犯些暫時的錯誤，可畢竟還是繼承了他父親根深蒂固的天性。這種認識使他以前的揮霍總是保持適度。倘若以前只是懷疑頭腦發昏時他還意識到賺錢之不易，那麼現在他要冒險把大部份財產用於投資，無疑對錢會有更強的意識！這對他可是一件大事。

當然，這是項很好的投資，而且塞古安使他覺得，完全是看在朋友的分上，才接受那麼一點點愛爾蘭的錢入股。吉米對他父親在生意上的精明一向敬佩，而這次投資其實也是他父親首先提出的；做汽車生意準能賺錢，而且會賺大錢。何況，塞古安有那種毋庸置疑的富豪氣派。吉米開始把他坐的那輛豪華汽車轉換成日常的工作。他跑得多穩呀！沿着鄉間公路奔馳他們是多麼的神氣！這種旅行像一隻具有魔力的手指撥動了生命的真正脈搏，使人的神經系統伴隨着疾馳的藍色動物激烈地跳動。

他們沿着戴姆街駛去。街上交通格外繁忙，汽車駕駛員的鳴笛聲響成一片，不耐煩的電車司機把開道鑼敲得叮叮噹噹。塞古安在銀行附近把車剎住，吉米和他的朋友下了車。人行道上聚集了一小群人，對尚未滅火隆隆響着的汽車致敬。那天晚上，他們這夥人將在塞古安的旅館裏用餐，同時吉米和他的朋友——住在他家裏——要回家去換換衣服。汽車慢慢地向格拉夫頓大街駛去，兩個年輕人便從觀看的人群中擠了出去。他們向北走，心裏有一種奇怪的失望感，而在他們頭上，城市裏蒼白的路燈懸掛在夏日夜晚的薄霧之中。

在吉米家裏，這頓晚飯被當作一件大事。某種驕傲與他父母的不安交匯在一起，還有想放蕩一番的急切心情，因為國外大城市的名人至少有這種時尚。吉米換裝之後看上去同樣很有風度，當他站在大廳裏最後整理領帶時，他父親甚至從商業的角度也會感到滿意，因為他使兒子獲得了一種常常用錢買不到的氣質。因此，他對維洛納非常友好，他的舉止表明他真正敬佩外國的成就；但這位匈牙利人可能並沒有注意他主人的這種微妙情感，因為他正開始急切切地巴望着吃那頓晚飯。

晚餐極其豐盛而精美。吉米斷定，塞古安的口味非常高雅。晚餐桌上添了一位年輕的英國人，名叫魯思，吉米在劍橋時曾和塞古安一起見過。這些年輕人在一間舒適的、點着電燭燈的房間裏用餐。他們海闊天空地神聊，毫無顧忌。吉米的想像力活躍起來，他覺得朝氣蓬勃的法國青年加上正襟危坐的英國人真可謂相得益彰。他想，這應是他自己的一種高雅形象，一種恰恰是他應該有的形象。他佩服主人引導大家談話的聰明機敏。五個年輕人各有不同的趣味，他們信口開河，無拘無束。維洛納懷着莫大的敬意，開始向略感驚奇的英國人講述英國詩歌的優美，深深惋惜古樂器的消失。里維埃爾——並不十分坦率地——向吉米說明法國機械師們所取得的成就。匈牙利人的洪亮聲音正要盡情譏諷浪漫派畫家的矯揉造作之時，塞古安把大家的話題引向了政治。這是大家都感興趣的話題。在強烈的感染之下，吉米覺得他父親身上那種久已泯滅的熱情在他身上復活了：他最後竟使沉靜的魯思也激動起來。房間裏的氣氛越來越熱烈，塞古安的工作也越來越難：甚至出現了個人攻擊的危險。機敏的主人找機會舉起了酒杯，要大家為博愛乾杯，等大家飲罷之後，他不無含意地打開了一扇窗子。

那天夜晚，這城市戴上了一個首都的面具。五個年輕人沿斯蒂芬綠地公園散步，空中飄散着淡淡的芬芳的煙霧。他們興高采烈地大聲交談，披在肩上的外衣晃來晃去。其他的人都為他們讓路。在格拉夫頓大街的拐角，一個矮胖的男人正在送兩個漂亮的女士上車，讓另一個胖男人照料。汽車開走以後，矮胖男人看見了這群年輕人。

「安德烈。」

「是法利呀！」

接下來是一陣熱烈的交談。法利是個美國人。誰也不大清楚他們談了些甚麼。維洛納和里維埃爾嚷嚷得最厲害，但所有的人都很興奮。他們跳上一輛汽車，互相擠在一起，發出一陣陣笑聲。他們駛過人群，和着歡快的音樂鐘聲，現在融進了柔和的色彩之中。他們在威斯特蘭街搭上火車，吉米覺得，只過了幾秒鐘他們便走出了金斯鎮車站。收票員是個老頭兒，他向吉米致敬：

「晚上好，先生！」

那是個晴朗的夏夜；海灣躺在他們腳下，像一面變黑了的鏡子。他們挽着胳膊向海灣走去，齊聲高唱《軍校學員盧塞爾》，每唱到「嗬！嗬！嗬嗨，真的！」時便一起跺腳。

他們在碼頭旁邊登上一條小船，向那個美國人的遊艇划去。遊艇上有晚餐、音樂和牌局。維洛納深信不疑地說道：

「一定會非常開心！」

遊艇的艙裏有一架鋼琴。維洛納為法利和里維埃爾彈了一曲華爾茲，法利扮演騎士，里維埃爾扮演淑女。接着是即興方形舞，自創舞步。多麼快活！吉米跳得很起勁；這至少是見識生活。後來法利跳得喘不過氣來，便喊叫：「別跳了！」一個男人端來了簡便的晚餐，出於禮貌，這些年輕人便坐下吃了一些。不過他們都喝了酒：還真有些波希米亞的情調。他們為愛爾蘭、英格蘭、法國、匈牙利和美利堅合眾國而乾杯。吉米發表了一通演説，演説很長，每當他停頓一下，維洛納便喊叫：

「聽呀！聽呀！」他講完坐下來時，響起了一陣熱烈的掌聲。那一定是篇精彩的演說。法利拍拍他的背，大聲笑了起來。多快活的弟兄們！多好的夥伴呀！

打牌！打牌！桌子整理好了。維洛納默默地回到鋼琴旁邊，為他們彈奏即興曲助興。其他人一局又一局地玩牌，大膽地投入冒險。他們為紅桃王后和方塊王后的健康乾杯。吉米隱隱感到缺乏觀眾：智力正在閃光。牌賭得很大，票據開始傳遞。吉米不十分清楚誰在贏錢，但他知道自己在輸。不過那是他自己的過失，因為他常常把牌弄錯，其他人還得替他計算借據。他們都是些精力充沛的傢伙，可是他希望他們停止：夜已經深了。有人提議為「新港美人」號遊艇乾杯，接着又有人提出賭一盤大的結束。

鋼琴早就停了；維洛納一定是到甲板上去了。這是一場可怕的賭博。就在牌局結束之前他們停了下來，舉杯互祝好運。吉米知道這場牌的輸贏在魯思和塞古安之間較量。多有意思啊！吉米也非常興奮；當然，他自己會輸。他下了多大的賭注呢？大家站起身來玩最後一招，邊談邊指手畫腳。魯思贏了。船艙隨着這些年輕人的歡呼而搖晃，紙牌被收在了一起。然後他們開始計算到底贏了多少。法利和吉米是最慘的輸家。

他知道次日早晨他會後悔的，但此時他高興能夠休息一下，高興昏暗麻木會掩蓋他的愚笨。他臂肘倚着桌子，雙手捧着臉，數着太陽穴的跳動。艙門打開了，他看見那個匈牙利人站在一縷灰白的晨曦之中：

「天亮了，先生們！」

兩個浪漢

八月，灰色溫暖的夜晚已經降臨到這座城市，街道上流散着一種柔和溫暖的氣息，一種夏日的記憶。由於星期天休息，商店關門，街道上到處是身着盛裝的人群。街燈像發光的珍珠，從高高的電杆的頂端照射着下面活動的群體圖形，它們不斷改變形狀和顏色，將單調的、不絕於耳的低聲細語拋向暖洋洋的灰色夜空。

兩個年輕人從魯特蘭廣場的小山上走下。其中一個正在結束一篇長長的獨白。另一個走在小路邊上，由於他同伴的魯莽幾次不得不走上馬路，但帶着一臉聽得津津有味的表情。他長得很結實，而且容光煥發。他的後腦勺上掛着一頂駕快艇用的帽子，他聽着同伴講的故事，臉上激起不斷起伏變幻的表情，從他的鼻子、眼睛和嘴角上溢出。哧哧的笑聲不停地迸發出來，笑得前仰後合。他那雙閃爍着狡詐的喜悅的眼睛，無時無刻不在瞟視他同伴的面孔。他像鬥牛士那樣把輕便雨衣斜披在肩上，有一兩次重新整理了一下。他的馬褲，他的白膠鞋，以及他瀟灑地披在肩上的雨衣，都顯示出青春的氣息。但他的腰部已經發粗，頭髮稀疏灰白，臉部在激動的表情消失之後也顯出憔悴的神色。

當他確信故事講完之後，不露聲色地足足笑了半分鐘的時間。然後他說：

「好！……真是妙極了！」

他的聲音似乎充滿了活力；為了加強語氣，他幽默地補充說：

「真的是獨一無二，絕妙之極，如果我可以這麼說的話，真該給個特等獎！」

說完這話以後，他變得嚴肅而沉默。他的舌頭發硬，因為整個下午他都在多塞特街一個酒店裏磨牙。大部份人都認為萊尼漢是個吸血鬼，但儘管有這樣的名聲，由於他的機敏和辯才，他的朋友很難形成反對他的一致意見。他常常大膽地闖進他們聚會的酒吧，大膽而機靈地待在他們旁邊，直到他也被請過去一起喝酒。但他是個遊手好閒的流浪漢，肚裏裝着許多故事、打油詩和謎語。他臉皮很厚，對各種不禮貌的舉止都毫不在乎。誰也不知道他何以過着這樣困頓的生活，但他的名字似乎和賽馬組織有甚麼關係。

「你在甚麼地方搞上她的，科爾利？」他問。

科爾利很快地用舌尖舔了舔上嘴唇。

「一天晚上，哥們兒，」他說，「我正沿着戴姆街閒逛，看見水站的鐘底下站着個挺不錯的風流女子，便上去跟她說了聲晚安，這你知道的。於是我們一起在運河邊上散了一圈步，她告訴我她在巴格特街一個人家裏當傭人。我用胳膊攬着她，當天晚上就使勁摟了她一把。第二個星期天，哥們兒，我們約好了見面。我們到了城外的多尼布魯克，我把她帶進了那裏的一片田野。她告訴我，過去她常跟牛奶場的一個男工在一起……真是不錯，哥們兒。每晚她都帶香煙給我，還付往返的電車錢。一天晚上，她帶了兩支絕好的雪茄給我——啊，真是絕好的雪茄，你知道，就是老傢伙常抽的那種……我擔心，哥們兒，她會懷上孕的。但她自有辦法。」

「也許她覺得你會跟她結婚，」萊尼漢說。

「我告訴她我沒有工作，」科爾利說。「我對她說我住在皮姆家裏。她不知道我的名字。我太毛糙，沒有告訴她。不過她覺得我有點上層階級的樣子，你知道。」

萊尼漢無聲地笑了起來。

「在我聽到過的小妞兒當中，」他說，「這真是最好的了。」

科爾利走路的步態承認了這番讚賞。他粗壯的身軀東搖西晃，使他的朋友不得不幾次在人行道和馬路之間跳來跳去。科爾利是警長的兒子，他的身材和步態與他父親的一脈相承。他走路時雙手在兩側前後擺動，身體挺直，腦袋左右晃動。他的頭又大又圓，油光光的；不論甚麼氣候都會冒汗；他那頂大的圓帽歪向一邊，好像從一個燈泡上又長出一個燈泡。他總是注目向前，彷彿是在遊行；當他想注視街上某個人時，他必須先扭動屁股轉過身子。目前他無所事事，在城裏到處遊蕩。只要有招工的事，他的朋友總是隨時勸他去幹。人們常常看見他和便衣警察走在一起，熱烈地交談。他知道各種事件的內幕，而且喜歡提出最後的判斷。他談話時只管自己講，不聽對方說些甚麼。他主要講他自己：他對某某人說了甚麼，某某人對他說了甚麼，他說了甚麼才解決了問題。當他把這些對話告訴別人時，他用佛羅倫薩人的方式唸自己名字裏的第一個字母的讀音。

萊尼漢遞給他朋友一支煙。當兩位年輕人繼續穿過人群前行時，科爾利時不時地轉過身，對某個經過的女孩微笑，但萊尼漢的目光卻一直盯着渾黃的、大大的月亮，它的周圍環繞着雙重暈圈。他聚精會神地注視着灰色的雲掠過月面，使它散射出網狀的昏光。終於他說：

「喂……告訴我，科爾利，我想這次你能順利實現吧，呃？」

科爾利頗有意味地閉起一隻眼睛作為回答。

「她會那樣做嗎？」萊尼漢半信半疑地問。「你永遠摸不透女人的心思。」

「她沒有問題，」科爾利說。「我知道怎樣攏住她，哥們兒。她有點離不開我了。」

「你真是我說的那種風流浪子，」萊尼漢說。「一個地地道道的情場老手！」

一絲嘲弄的意味使他擺脫了被動的姿態。為了保持面子，他慣於為自己的奉承話留個尾巴，進行嘲諷的解釋。可惜科爾利的頭腦沒那麼敏感。

「要找女人最好就是找一個好的女傭人，」他肯定地說。「你完全可以相信我。」

「玩夠了各種女人的傢伙才會這麼說話，」萊尼漢說。

「起初，我常和女孩子們來往，你知道，」科爾利坦率地說；「就是南市區的那些姑娘。我常常帶她們坐電車出去，哥們兒，由我付電車票錢；或者帶她們去聽音樂，到劇院去看戲，或者給她們買些巧克力和糖果，或者買些甚麼別的東西。我過去在她們身上花了不少錢呢，」他以一種令人信服的語氣補充說，彷彿他意識到別人會不相信似的。

但萊尼漢倒深信不疑；他一本正經地點了點頭。

「我知道那種把戲，」他說，「那是傻瓜才玩的把戲。」

「我從中得到的是他媽的甚麼呀，」科爾利說。

「可不是嘛，」萊尼漢說。

「只從她們當中一個人身上得了點甜頭，」科爾利說。

他用舌尖舔了舔上嘴唇。對往事的回憶使他的眼睛亮了起來。他也注視着現在幾乎被浮雲遮住的灰白的月亮，看上去若有所思。

「她是……有點意思，」他有些懊悔地說。

他又沉默下來。然後他補充說：

「現在她成了婊子。一天晚上，我看見她和兩個男人一起坐在汽車裏，沿伯爵街駛去。」

「我想那是你幹的好事，」萊尼漢說。

「在我之前她還有其他男人，」科爾利無所謂地說。

這一次萊尼漢覺得不可信了。他來回搖了搖頭，笑了起來。

「你知道，你騙不了我的，科爾利，」他說。

「對天發誓！」科爾利說。「難道還不是她親口告訴我的？」

萊尼漢做了個無可奈何的手勢。

「卑鄙的背叛者！」他說。

當他們沿着三一學院的欄杆走過時，萊尼漢跳到了馬路上，抬頭注視着大鐘。

「過了二十分鐘，」他說。

「有足夠的時間，」科爾利說。「她一定會在那裏。我總是讓她等一會兒。」

萊尼漢默默地笑了。

「真有你的！科爾利，你知道怎樣應付她們，」他說。

「我知道怎麼應付她們各種各樣的小花招，」科爾利承認。

「可是，告訴我，」萊尼漢又說，「你真有把握弄到手嗎？你知道這事會千變萬化。到了節骨眼上，她們會非常認真。哎？……怎麼辦？」

他那雙明亮的小眼睛在他同伴的臉上看來看去，探究有沒有把握。科爾利來回地搖着頭，好像要甩掉一隻貼住他不去的小蟲，然後皺起了眉頭。

「我會成功的，」他說。「你別管了，好不好？」

萊尼漢不再說話。他不想惹他的朋友發火，也不想挨罵，說他的意見沒人要聽。多少需要圓滑一點。不過，科爾利皺着的眉頭很快又舒展開來。他的思想跑到另一條路上去了。

「她是個漂亮有禮貌的小妞兒，」他讚賞地說；「她確實是那樣的小妞兒。」

他們沿納索街走着，然後轉到了基爾代爾大街。離俱樂部門廊不遠的地方，一個彈豎琴的人站在路上，正在對一小圈聽眾彈琴。他漫不經心地撥弄着琴弦，不時朝每個新來的聽眾瞥上一眼，還不時懶洋洋地望望天空。琴罩已經快掉到地上，豎琴毫不在乎，彷彿厭倦了那些陌生聽眾的眼睛和她主人的手指。琴師的一隻手在低音弦上彈出《啊，安靜，莫伊爾》，另一隻手在每組音之後便在高音弦上疾馳。曲調聽起來深沉而圓潤。

兩個年輕人在街上默默地走着，哀傷的音樂在身後迴盪。他們走到斯蒂芬綠地公園，然後橫穿過馬路。這裏電車的嘈雜聲，燈光和人群，打破了他們的沉默。

「她在那兒！」科爾利說。

在休姆街的拐角，站着一位年輕的女子。她身穿藍色的衣服，戴一頂白色的水手帽。她站在石頭馬路沿上，一隻手裏晃着把陽傘。萊尼漢來了興致。

「讓我們看看她，科爾利，」他說。

科爾利扭頭看了一眼他的朋友，臉上露出不高興的冷笑。

「你是不是想插一腿？」他問。

「去你媽的！」萊尼漢粗魯地反駁，「我又不要別人介紹認識她。我只是想看看她。不會吃掉她的。」

「哦……看看她？」科爾利說，語氣友好多了。「好吧……我告訴你怎麼辦。

我過去跟她說話，你可以從旁邊走過去。」

「就這麼辦！」萊尼漢說。

科爾利剛剛把一條腿跨過鐵鏈，萊尼漢便喊了起來：

「過後呢？我們在甚麼地方碰頭？」

「十點半，」科爾利回答，另一條腿也邁過了鐵鏈。

「在甚麼地方呀？」

「在梅里恩街的街口。我們會回來的。」

「祝你幹得順利，」萊尼漢分手時說。

科爾利沒有回答。他搖晃着腦袋，悠閒自得地走過馬路。他魁梧的身材，瀟灑的步伐，還有他的皮靴堅實的聲響，都顯出某種征服者的神態。他走近那年輕的女郎，沒有任何寒暄便跟她交談起來。她更快地晃動着她的陽傘，腳跟半旋着轉來轉去。有一兩次，當他湊近她說話時，她笑着低下了頭。

萊尼漢看了他們幾分鐘。然後他離開鐵鏈，迅速地沿着它走去，接着便斜穿過馬路。當他走近休姆街拐角時，發覺空氣裏有一股濃郁的香味，他迅速而急切地對那年輕女郎的容貌作了一番審視。她穿着假日的盛裝。藍色的嗶嘰裙子在腰部用一條黑皮腰帶繫住。腰帶上的大銀扣子彷彿把她身體的中部壓陷了下去，像夾子似的夾住了薄質料的白色上衣。她穿一件鑲着螺鈿扣子的黑色短外衣，脖子上圍着一條邊飾參差的黑色圍巾。她故意把薄紗圍巾的兩端鬆開，胸前別上一大束花枝向上的紅花。萊尼漢不無讚許地注視着她那矮胖而強健的身軀。她發光的面龐，飽滿紅潤的雙頰，以及她那雙毫不羞怯的藍眼睛，都顯示出一種不加掩飾的原生的健康。她的面貌是直線條的。臉上長着一對大鼻孔，嘴巴寬闊，遞送滿意的秋波時嘴巴張開，露出兩顆前凸的門牙。萊尼漢走過時脱帽致意，大約過了十秒之後，科爾利也向空中回了個禮。其實他只是稍微舉了舉手，若有所思地改變了一下他帽子的角度。

萊尼漢向遠處走去，一直走到謝爾本旅館才停下來等候。等了不久，他便看見他們朝他走來，他們右轉之後，他跟在他們後面，穿着白鞋的雙腳輕踩輕邁，沿梅里恩廣場的一邊走去。他慢慢地走，和他們保持同樣的速度，一面注視着科爾利，他的腦袋不停地湊向那年輕女子的臉，像一個大球繞着軸轉動。他一直盯着這對年輕人，直到他們登上開往多尼布魯克的電車；然後他轉過身，沿原路回去。

現在他孤獨一人，臉也顯得老了一些。他的喜悦似乎消失了，因此當他來到公爵家草坪的欄杆旁邊時，便把一隻手順着欄杆滑動。豎琴藝人演奏的曲子開始支配他的舉止。他的腳隨着曲調輕輕地踏着拍子，在每組曲調之後，他的手指沿欄杆猛地空滑過去，彷彿是一曲變奏。

他茫然地繞着斯蒂芬綠地公園漫步，然後走上了格拉夫頓大街。他穿過人群，注意到形形色色的人們，但眼裏卻顯出鬱悶的神色。他覺得一切可能使他着迷的東西都索然無味，對那些招引他大膽的媚眼也置之不理。他知道他得說一大堆廢話，編造故事，逗女人開心，但他的腦子枯竭，喉嚨乾燥，擔不起這樣的任務。如何打發再見到科爾利之前這段時間也使他困擾。他想不出甚麼別的方式，只能不停地漫步。他走到拉特蘭廣場的拐角時轉向左方，在昏暗寧靜的街道上心情好得多了，因為街道上昏暗的景象適應了他的心情。最後，他在一家店舖的窗前停住，店舖的外觀非常簡陋，窗子上面印着白字招牌「小吃酒吧」。窗玻璃上寫着兩行草體字：「薑汁啤酒」和「薑汁汽水」。窗子裏面一個大的藍色盤子裏放着切好的火腿，旁邊一個盤子裏盛着一塊薄薄的葡萄乾布丁。他盯着這些食物看了一會兒，然後小心地前後左右看了看街上，迅速走進了店裏。

他已經很餓，因為除了他請兩位小氣的牧師帶給他的幾塊餅乾之外，從早餐到現在一直沒吃東西。他坐在一張沒有桌布的木桌旁邊，面對着兩個女工和一個技工。

一個邋遢的女招待過來為他服務。

「豌豆多少錢一盤？」他問。

「一個半便士，先生，」那姑娘回答。

「給我來一盤豌豆，」他說，「再來一瓶薑汁啤酒。」

他說話顯得粗野，為的是掩飾他的斯文樣子，因為他一進來店裏的談話跟着就停了。他臉上發燒。為了顯得自然一些，他把頭上的帽子推到後邊，一雙臂肘放在桌上。技工和兩個女工從頭到腳仔細打量了他一番，然後壓低聲音恢復了他們的談話。女招待端來一盤加了胡椒和醋的熱豌豆，拿來一把叉子和一瓶薑汁啤酒。他狼吞虎嚥，覺得好吃極了，不禁在心裏記下了這家店舖。他吃完豌豆，呷着他的薑汁啤酒坐了一會兒，想着科爾利的艷遇。在想像中，他看見這對情人沿着一條昏暗的路漫步；他聽到科爾利深沉有力的聲音向那女的大獻殷勤，還看見那女的嘴上會心的一笑。這景象使他深切感到自己在物質和精神上的貧乏。他厭倦了四處遊蕩，在貧困中掙扎，厭倦了要手腕、搞詭計。到十一月他就三十一歲了。難道他永遠找不到一個好的工作嗎？他永遠不會有個自己的家嗎？他想，要是能坐在溫暖的火爐旁邊，吃上美味的晚餐，那該多麼愜意呀。他和朋友或女人們在街上閒逛實在是太久了。他知道那些朋友是甚麼貨色，他也知道那些女人是甚麼貨色。生活的經歷加深了他內心對這世界的怨憤。但他並沒有失去所有的希望。他吃完之後覺得比吃前好得多了，不再那麼厭倦自己的生活，精神也不那麼沮喪了。如果他能碰到一個心地善良純樸而且有點小積蓄的姑娘，也許他還能夠建立一個舒適的小家庭，過上幸福的生活。

他付給那個邋遢的姑娘兩個半便士，然後走出店舖，又開始他的漫步。他走進凱普爾大街，向市政廳走去。然後他拐進了戴姆大街。在喬治街的街口，他碰到了兩個朋友，便停下來與他們交談。他很高興他能從持久的漫步中停下來休息一會兒。他的朋友問他是否見到科爾利，最近的情況如何。他告訴他們自己同科爾利在一起待了一天。他的朋友很少說話。他們茫然地注視着人群中的某些人，有時還挑剔地評論一番。其中一個說他一小時前在威斯特摩蘭街看見了麥克。對此萊尼漢說他前天晚上在伊根酒店和麥克待在一起。那個說在威斯特摩蘭街看見麥克的年輕人便問是否真的麥克打台球贏了錢。萊尼漢不知道：他說郝勒漢曾在伊根酒店請他們喝酒。

九點三刻，他離開他的朋友，向喬治街走去。他在「城市商場」左轉，走進格拉夫頓大街。這時青年男女的人群已經漸少，當他沿街上行時，他聽到許多人群和一對對戀人互道再見。他一直走到外科醫學院的大鐘附近：它正好敲響十點。他立刻急匆匆地沿着草地的北邊走去，唯恐科爾利會提前返回。走到梅里恩大街的拐角時，他站到了一盞路燈的燈影下面，掏出一支他留下來的香煙，抽了起來。他靠在路燈杆上，眼睛死死地盯着他預料科爾利和那年輕女子歸來的地方。

他的思想又活躍起來。他猜想科爾利是否進展順利。他猜想他是否已經向她提出要求，或者他寧可留到最後再說。他似乎設身處地地分享着他朋友的痛苦和刺激，就像那是他自己的一樣。然而，想到科爾利慢慢地轉動腦袋的樣子，他多少平靜了一些：他確信科爾利會順利實現。突然，他覺得科爾利也許會從另一條路送她回家，撇了他了。他的眼睛在街上搜來尋去：沒有他們的影子。可是，從看見外科醫學院的大鐘到現在足足有半個小時了。科爾利會幹那樣的事嗎？他點上最後一支煙，開始不安地抽了起來。每當一部電車在廣場的遠角停下來，他都睜大眼睛觀望。他們一定是從另一條路上回家了。他的香煙紙破了，他罵了一句把煙扔在了路上。

忽然，他看見他們朝他走來。他興奮起來，緊緊靠着燈柱，試圖從他們走路的神態解讀他們幽會的結果。他們走得很快，年輕女子走的是急碎步，科爾利則邁着大步緊跟在她旁邊。他們好像並沒有說話。一種對結果的暗示像針尖一樣刺疼了他的心。他知道科爾利會失敗的；他知道這一次完了。

他們轉向巴格特大街，他趕緊走另一條人行道跟在他們後邊。他們停下時他也停下。他們談了一會兒，然後那年輕女子走上台階，走進一家宅院。科爾利仍然站在人行道的邊上，離門前的台階稍微有點距離。幾分鐘過去了。接着門廳的門慢慢地、小心地被人打開。一個女人跑下門前的台階，一邊咳嗽。科爾利轉過身向她走去。他寬大的身軀把她遮住了，有幾秒鐘看不見她，等她再出現時正跑上台階。她一進去門就關上了，於是科爾利開始迅速地向斯蒂芬綠地公園走去。

萊尼漢趕緊往同一方向奔走。一些雨點飄落下來。他把這些雨點當作警示，回頭看了看那姑娘進去的房子，確信沒有人看着他，便急切地跑過了馬路。焦急和快跑使他氣喘吁吁。他高聲喊道：

「喂，科爾利！」

科爾利回過頭看看是誰在喊他，然後像原先那樣繼續前行。萊尼漢跑着追他，用一隻手把雨衣披到肩上。

「嗨，科爾利！」他又喊了一聲。

他終於追上了他的朋友，仔細地觀察他的面孔。但他甚麼也看不出來。

「怎麼樣？」他問。「成功嗎？」

他們已經到了伊萊廣場的角上。科爾利仍然沒有回答，他竟左轉走進了一條小街。他的面容顯得鎮定而平靜。萊尼漢緊跟着他的朋友，不安地喘着粗氣。他困惑不解，說話時透出一種逼迫的聲調。

「難道你不能告訴我們？」他說。「你到底試過她沒有？」

科爾利在第一盞路燈處停下，冷冷地盯着他的前面。然後他以一種嚴肅的手勢把手伸向燈光，微微地笑着，慢慢地把手打開，讓他的門徒細看。一枚小小的金幣在他的掌心裏閃爍。

公寓

穆尼太太是個屠宰商的女兒。她是個能夠獨自處理事務的女人：一個果斷的女人。她嫁給父親手下的一個工頭，在「春園」附近開了一家肉店。但岳父一死，穆尼先生便開始走上了邪路。他酗酒，從錢櫃裏偷錢，欠了一屁股債。讓他發誓戒酒也毫無用途：過不了幾天他就會違背誓言。由於他當着顧客的面跟老婆打架，還賣壞肉，他把自己的生意給毀了。一天晚上，他拿着屠刀去要挾他的老婆，她不得不躲到鄰居家裏去睡覺。

此後他們就分居了。她去找神父，和他離了婚，孩子由她照顧。她一點錢也不給他，吃的住的一概不管；於是他不得不申請去警局當個雜差。他是個衣衫襤褸、畏畏縮縮、不名一文的醉漢，白臉、白鬍子、白眉毛，眉毛像是用眉筆畫的似的，下面長着一雙渾濁的佈滿血絲的小眼睛；他從早到晚整天坐在法警的屋裏，等候分派工作。穆尼太太是個高大而莊嚴的女人，她把她在賣肉生意中剩下的錢取出來，在哈威克街開了一家提供膳食的公寓。她的公寓有一些流動的房客，多是從利物浦和曼島來的遊客，偶爾也有從音樂廳來的「藝術家」。長期房客都是在城裏做事的職員。她對公寓的管理精明而嚴格，知道甚麼時候賒賬，甚麼時候苛刻，也知道甚麼時候聽之任之。所有常住的年輕房客都稱她「太太」。

穆尼太太的年輕房客每週付十五先令，包括吃住（但不包括啤酒或烈性黑啤酒）。他們有共同的興趣和職業，因此彼此相處得十分融洽。他們互相討論成功和失敗的機會。穆尼太太的兒子傑克·穆尼是弗里特街上一家代理商的職員，他的難纏是出了名的。他喜歡講士兵常說的那種下流話；通常他過了午夜才回家。他遇到朋友時，總會對他們說一句新的下流話，而且他總是確切地知道甚麼話對他們新鮮——譬如說，一匹有希望的馬或可能走紅的「藝人」。他善於打棒球，也會唱幽默歌曲。星期天晚上，穆尼太太的前廳裏常有聯歡會。音樂廳的「藝術家們」總來義演；謝立丹演奏華爾茲和波爾加，或者為唱歌者伴奏。穆尼太太的女兒珀麗·穆尼也來唱歌。她唱道：

我是個……淘氣的姑娘。
你不必假裝：
你知道我是那樣。

珀麗是個十九歲的苗條少女；她有一頭柔軟的淺色秀髮，還有一張豐潤的小嘴。她的眼睛灰中泛綠，跟人說話時習慣於往上看，使人覺得她像是個倔強任性的小姑娘。穆尼太太原先曾把女兒送到一家穀物代理商的辦公室裏當打字員，但因一個聲名狼藉的警員每隔一兩天就到辦公室去騷擾，要求跟他女兒說幾句話，穆尼太太便又把女兒帶回家裏，讓她做些家務。由於珀麗十分活潑，她的意圖是讓她跟那些年輕人接觸接觸。再說，年輕人也喜歡覺得身邊有個年輕的姑娘。當然，珀麗也跟那些年輕人調情賣俏，但穆尼太太像個精明的法官，知道那些年輕人只不過是消磨時間：他們誰也不認真行事。事情這樣持續了好長時間，後來穆尼太太又想把珀麗送去打字時，她發現珀麗和其中一個年輕人之間真的有某種關係在發展。她注視着這對年輕人，沒有表示自己的意見。

珀麗知道自己受着監視，但她母親一直保持沉默不可能被她誤解。母女之間不可能公開同謀，也不可能把話挑明，但是，儘管公寓的人開始談論這件風流韻事，穆尼太太卻仍然不加干預。珀麗的舉止開始有些異樣，那個年輕人也明顯地焦躁不安。最後，當穆尼太太斷定時機已到時，她出面干預了。她處理道德問題就像屠夫切肉：對這件事她已經拿定了主意。

那是初夏一個晴朗的星期天早晨，可能會變得很熱，但有一股清新的微風吹來。

公寓裏的窗子全都打開了，在推起的窗扉下面，帶花邊的窗簾微微隆起，像氣球似的向街上飄舞。喬治教堂的鐘樓傳出一連串的鐘聲，信徒們有的單人獨行，有的三五成群，穿過教堂前的圓形小廣場，不用看他們戴手套的手上拿的小冊子，單是他們自持自重的舉止就表明了他們的目的。公寓裏的早餐已過，早餐的桌子上杯盤狼藉，盤子上留着蛋黃的縷縷痕跡和一片片肥熏肉及肉皮。穆尼太太坐在淡黃色的安樂椅裏，看着女僕瑪麗收拾早餐桌子。她讓瑪麗把吃剩的麵包皮和碎片收集起來，以便用來做星期二的麵包布丁。待桌子清好，碎麵包收集起來，糖和黃油也鎖好之後，她開始回想頭天晚上她與珀麗的談話。事情正如她所猜想的那樣：她坦率地提出問題，珀麗坦率地作了回答。當然，兩人都多少有點尷尬。母親尷尬是因為她不想過於爽快地接受這個消息，或者說不想使人覺得她有縱容之嫌；珀麗尷尬不僅因為一提起那種事就使她不自然，而且還因為她不想讓人覺得以她的聰明天真她已經看穿了母親寬容背後的意圖。

穆尼太太本能地瞥了一眼壁爐台上的小鍍金鬧鐘，她立刻從沉思中醒過來，意識到喬治教堂的鐘聲已經停止。十一點十七分：她有足夠的時間與多倫先生談清楚這事，然後在十二點之前趕到馬爾波羅街。她確信她會成功。首先，社會輿論會傾向於她這一邊：她是個受了傷害的母親。她讓他住在自己的家裏，以為他是個高尚的人，而他竟濫用了她好客的熱心。他已經三十四五歲了，因此青春年少不能作為他的藉口；天真無知也不能作為他的託辭，因為他是個已經見過些世面的人了。他完全利用了珀麗的年幼無知：那是很明顯的。問題是：他怎樣補償？

對這件事一定要補償。男的倒是一切都很好，圖一時快樂，可以一走了之，彷彿甚麼都不曾發生；可是女的卻要承擔重重的壓力。有些做母親的，只要得一筆錢作為補償也就心滿意足；這事她見得多了。但她決不會這麼做。她認為能夠挽回她女兒名譽的唯一補償是：結婚。

她把手上所有的牌又數了一遍，然後派瑪麗上樓告訴多倫先生，說她想和他談談。她相信她一定會贏。他是個嚴肅的年輕人，不像其他人那樣，放蕩不羈，大聲招搖。如果男的是謝立丹先生或米德先生或者班特姆·賴昂斯先生，她要處理起來就棘手多了。她覺得他不願意把事情公開。所有的房客都多少知道這事；有些人還製造了一些細節。再說，他在一家信天主教的大酒商的公司裏幹了十三年了，公開之後也許意味着他會失去工作。然而如果他同意結婚，一切都平安無事。她知道他的薪水不低，估計他可能還有些積蓄。

快十一點半了！她站起身，對着穿衣鏡把自己打量了一番。她紅潤的大臉盤兒上那副果斷的表情使她頗為滿意，她想起了她認識的一些母親，她們總是無法把自己的女兒嫁出去。

這個星期天上午，多倫先生確實非常不安。他曾兩次想刮刮臉，但他的手抖得厲害，結果只好作罷。他發紅的鬍子三天沒刮了，像流蘇一樣掛在下巴上；而且，每過兩三分鐘，霧氣便積聚在他的眼鏡上，他不得不摘下來，用手絹擦拭。回憶起前天晚上自己的懺悔，他禁不住心如刀割；牧師把那件事的每一個可笑的細節都從他口中引出，最後說他的罪孽實在深重，以致他幾乎要感謝那牧師給他指出一線補償的機會。已經造了孽。現在除了結婚或逃走，他還能做甚麼呢？他不能厚着臉皮活下去。人們肯定會議論這件事，他的老闆一定也會聽到對這事的議論。都柏林是這麼小的一個城市：每一個人都了解其他每個人的底細。在他狂熱的想像中，他似乎聽到利奧納德老先生粗聲粗氣地喊道：「請把多倫先生帶過來。」這時，他覺得他的心熱乎乎地跳到了嗓子眼上。

這麼些年他的工作全都白幹了！辛苦勤勞也化為烏有！誠然，作為一個年輕人，他放蕩過；他曾鼓吹自己的自由思想，在酒店裏對他的同伴公開否認上帝的存在。但是，那一切都過去了，幾乎……完全放棄了。他仍然每週買一份《雷諾茲報》，但他很注意承擔自己的宗教責任，而且一年中十分之九的時間他都過着規規矩矩的生活。他有足夠的錢成家；這不是問題的關鍵。關鍵是家裏會看不起她。首先她有個聲名狼藉的父親，其次她母親的公寓也開始有了點名聲。他好像有一種被人挾持的感覺。他可以想像他的朋友們如何談論這件事，如何嘲笑他。她實在是有點粗俗；有時她竟說些不合語法的錯話。可是如果他真的愛她，語法有甚麼關係呢？就她已經做的事來說，他拿不準到底是愛她還是鄙視她。當然，這事他自己也做了。他的本能力促他保持自由，不要結婚。一旦你結了婚你就完了，它說。

當他穿着襯衫和褲子無助地坐在床邊時，她輕輕地敲了敲他的門走了進來。她將事情和盤托出，說她事情的前前後後全都告訴了她母親，她母親今天上午要找他談談。她哭了，雙臂摟住他的脖子，說道：

「啊，鮑勃！鮑勃！我該怎麼辦呀？我到底該怎麼辦呀？」

她不想活下去了，她說。

他無力地安慰她，叫她別哭，告訴她事情會處理好的，用不着害怕。他感到她的胸脯貼着他的襯衫在起伏。

發生這事並非全是他自己的過錯。由於單身男人奇特而持久的記憶力，他還清楚地記得，她的衣服、她的呼吸、她的手指無意中對他的初次觸摸。後來，一天深夜，他正在脱衣服準備上床，她羞怯怯地敲響了他的門。她想借他的蠟燭點燃自己的蠟燭，因為她的蠟燭讓一陣風給吹滅了。那天晚上她洗了澡，穿着一件印花法蘭絨做的寬鬆開胸的花邊睡衣。她的白腳背從毛皮拖鞋的開口露出，閃閃發光；在她塗了香水的皮膚下面，熱血充盈。當她點燃蠟燭拿手穩住時，她的雙手和手腕也散發出一股幽香。

每逢他遲歸的晚上，總是她為他熱飯。在這夜深人靜、人們正在熟睡的公寓裏，由於覺得只有她一個人待在身邊，他幾乎不知道自己在吃些甚麼。她多麼體貼人啊！如果遇上天冷、下雨或颱風的夜晚，一定會有一小杯美酒等他。也許他們在一起會幸福的……

他們常常踮着腳尖一起上樓，每人手裏拿一支蠟燭，在第三層樓梯處依依不捨地互道晚安。他們常常接吻。他清楚地記得她的眼睛，她的手的撫摸，以及他的極度興奮……

但是極度的興奮消失了。他重複着她說的話，把她的話用於自己：「我該怎麼辦？」單身漢的本能警告他回頭是岸。但罪孽已經鑄成；甚至他的榮譽感也告訴他必須為這樣一種罪孽作出補償。

當他和她一起坐在床邊時，瑪麗來到門口，告訴他女主人想在客廳裏見他。他站起身，穿上他的外套和背心，顯得比任何時候都更加孤弱無援。他穿好衣服之後，走到她身邊安慰她。一切都會好的，不用擔心。他離開她，留下她在床上哭泣，她輕輕地呻吟着：「啊，我的上帝！」

下樓之際，他的眼鏡因潮濕又變得模糊不清，不得不摘下來擦拭。他渴望朝上穿過房頂，飛到另一個國家，在那裏再也聽不到他的煩惱，然而有某種力量推着他一步步走下樓梯。他的老闆和女主人兩張嚴厲的面孔盯着他的窘相。在最後一段樓梯上，他與傑克．穆尼擦肩而過。傑克剛從食品間出來，揣着兩瓶「巴斯」啤酒上樓。他們冷冷地互相打了個招呼；大約有一兩秒鐘，這情人的眼睛看着那張殘橫兇狠的臉和一雙又粗又短的胳膊。到了樓梯腳下，他向上瞟了一眼，看見傑克正從返回房間的通道上盯着他。

突然，他想起來了，有天晚上，一個從音樂廳來的「藝術家」，一個黃髮碧眼、個子瘦小的倫敦人，曾相當放肆地談到珀麗。傑克暴跳如雷，幾乎把聯歡會給攪了。

大家都勸他不要動氣。那位「藝術家」臉色比平時蒼白，不停地賠着笑臉說他毫無惡意：但傑克仍然對他大吼大叫，聲言誰要敢對他妹妹玩那種遊戲，他一定用牙齒咬斷他的喉嚨，他會這麼做的。

＊　＊　＊　＊　＊

珀麗哭哭啼啼在床邊坐了一會兒。然後她擦乾眼淚，走到鏡子前面。她把毛巾的一頭在水盆裏浸濕，用冷水擦洗了一下眼睛。她側過身照照自己，整了整她耳朵上面的髮卡。隨後她又走到床邊，在床腳邊坐了下來。她對着枕頭望了很久，這景象在她腦海裏喚醒了那些神秘而溫馨的回憶。她把頸背靠在涼冰冰的鐵床架上，陷入了夢幻之中。她的臉上再也看不見甚麼煩惱的表情。

她耐心地等待着，幾乎是歡歡喜喜，毫無驚恐之狀，她的回憶漸漸變成了對未來的希望和憧憬。她的希望和憧憬縱橫交錯，她再也看不見她盯着的白色枕頭，也忘記了她在等待着甚麼。

她終於聽到了母親的叫聲。她跳起來，跑向樓梯的欄杆。

「珀麗！珀麗！」

「甚麼事，媽媽？」

「下來，親愛的。多倫先生想跟你談談。」

這時，她記起了她一直在等待着甚麼。

一片小陰雲

幾年前，他曾在諾斯華爾為朋友送行，祝朋友一路順風。加拉赫也真的一帆風順。從他走過許多地方、見過世面的神態，從他剪裁得體的花呢西服，還有他充滿自信的語調，你立刻可以斷定他獲得了成功。很少人有他那樣的才幹，而成功後仍能保持本色的人就更少。加拉赫心地純正，他應該成功。有他這樣一個朋友真值得慶幸。

午飯以後，小錢德勒一直想着他與加拉赫的見面，加拉赫的邀請，還有加拉赫居住的大城市倫敦。人們叫他小錢德勒，因為他使人覺得他長得矮小，其實他只比一般人的身材略微小些。他的手又白又小，骨架子很單薄，説話慢聲細語，舉止溫文爾雅。他特別注意保護他那漂亮的柔軟光滑的頭髮和鬍子，還常常在手絹上小心地灑上香水。他的指甲宛如半月，修剪得非常完美；每當他微笑的時候，你會瞥見一排像幼兒那樣的雪白的牙齒。

他坐在王室法學會自己的辦公桌旁邊，想着八年來發生了多大的變化。他認識的這位朋友當年衣不蔽體，窮困潦倒，如今成了倫敦報界熠熠生輝的人物。他不時從他那令人厭煩的文書工作中抬起頭，凝視辦公室的窗外。晚秋落日的餘暉照耀着草坪和小路，將柔和的金粉灑向衣着不整的保姆和在長櫈上昏昏欲睡的衰弱的老人；餘暉在所有移動的人們身上搖曳閃爍——包括沿着沙路奔跑呼叫的孩子們，還有穿過花園的每個行人。他望着這景象，思量着人生；（正如每當他思量人生時會出現的那樣）他禁不住感傷起來。一種淡淡的哀愁籠罩着他。他感到與命運抗爭毫無用途，這是千百年來歷史留給他的智慧的重負。

他想起家裏書架上的那些詩集。那都是他在結婚之前買的，有多少個夜晚，他坐在遠離這大廳的小屋裏，忍不住想從書架上抽出一本，為他的妻子唸上幾首。可是羞怯總使他躊躇不前；於是那些書一直待在書架上。有時候他獨自背誦幾行，這倒也使他感到安慰。

他的下班時間一到，他便小心翼翼地站起身，離開辦公桌和他的同事。他從王室法學會那座帶有封建色彩的拱門下走出，顯得整潔而謙和，然後快步沿着亨利埃塔大街走去。金色的落日漸漸隱去，天氣開始轉涼。一群骯髒的孩子佔據了街頭。他們站在馬路上或者在馬路上奔跑，或者在敞着門的門前台階上爬來爬去，或者像耗子一樣蹲在門檻上。小錢德勒不理睬他們。他敏捷地找着路，穿過那群聚集如蟲蟻般的生命，在荒涼的、幽靈似的大宅邸的陰影中前行，而這些大宅邸曾是舊時都柏林貴族們的寓所。但他無意去回憶過去，因為他的腦海裏充斥着一種現時的歡樂。

他從未去過考萊斯酒店，但他知道這店名的身價。他知道人們看完戲後常去那裏吃牡蠣喝酒；他還聽説那裏的服務員講法文和德文。夜晚他匆匆路過那裏時，曾看見出租車停在門口，濃妝艷抹的女人，在男士的殷勤陪伴下，從車裏下來轉身便走了進去。她們穿着鮮艷刺目的衣服，配着多種多樣的衣飾。她們的臉上敷着粉，腳剛一着地便提起曳地的長裙，像是受了驚嚇的阿塔蘭達公主。他經常路過那裏時連頭都不回。他習慣快步在街上走路，甚至白天也如此；每當他發現自己深夜還在城裏時，他更是又怕又興奮地匆匆趕路。不過，有時他的恐懼也是自作自受。他選擇最黑暗、最狹窄的街道，大着膽子往前走，腳步周圍的靜寂使他不安，游動的、不聲不響的人影使他困擾；有時一陣低沉遠去的笑聲嚇得他渾身哆嗦，像一片樹葉似的。

他向右轉向凱普爾大街。伊格納提厄斯·加拉赫轟動了倫敦報界！八年前誰能想得到呢？不過，現在回首往事，小錢德勒仍能記起有許多跡象預示了他朋友的輝煌未來。人們常説伊格納提厄斯·加拉赫很野。當然，那時他確實與一群浪蕩子混在一起，飲酒無度，到處借債。最後，他捲進了某種見不得人的事件，某種金錢的交易：至少那是關於他為甚麼逃跑的一種説法。但是，誰也不會否認他的才幹。在伊格納提厄斯·加拉赫身上，總是有某種……令你無法忘記的東西。甚至在他窮困潦倒、一籌莫展之時，他也表現得頗有骨氣。小錢德勒記得（這記憶使他臉上微微泛起驕傲的紅暈）加拉赫走投無路時常說的一句話：

「還有一半時間，朋友們，」他總是輕鬆愉快地說，「我怎麼沒考慮到呢？」那就是伊格納提厄斯·加拉赫的真面目；可他媽的你決不能不佩服他。

小錢德勒加快了他的步伐。他生平第一次感到自己優於身邊路過的人們。他也第一次對凱普爾大街的沉悶庸俗產生了反感。這是不容置疑的：要想成功你就得離開這裏。在都柏林你甚麼都幹不成。他路過格蘭登橋時，俯視河水流向低處的碼頭，對那些簡陋矮小的棚屋頓生憐憫。他覺得，它們像一群流浪漢，擁擠在河的兩岸，破舊的外衣上沾滿灰塵和煤末，在落日的普照下顯得死氣沉沉，等待着夜晚的第一股寒氣叫它們站起來，讓它們渾身顫抖，然後離去。他不知道他能否寫首詩來表達自己的想法。也許加拉赫能幫他在倫敦的某家報紙上發表。他能不能寫出有新意的東西呢？他說不清他想表達的是甚麼思想，但詩興已在他身上出現的念頭，像不成熟的希望那樣激活了他的心。他昂首闊步地前行。

每一步都使他更靠近倫敦，更遠離他自己那平淡無味的生活。一縷光芒開始在他心靈的地平線上搖曳。他還不是那麼老——才三十二歲。他的性格可以說剛好成熟起來。有那麼多不同的情緒和感受他希望用詩來表達。他感到它們就在自己的心中。他努力衡量自己的心靈，想看看它是不是詩人那種。他認為，憂鬱是他性格的主調，但這是信念、屈從和單純歡樂的循環出現所形成的一種憂鬱。如果他能出版一部詩集把它表達出來，或許人們也會欣賞。他決不會成為著名詩人：他清楚地知道這點。他不可能影響大批的人，但或許可以與一小圈思想相近的人發生共鳴。也許英國批評家會認為他是個凱爾特派詩人，因為他的詩裏充滿了憂鬱的情調；除此之外，他還會運用不少的引喻。他甚至開始想像他的詩集會得到甚麼樣的評論：「錢德勒先生善寫輕快優雅的詩歌。」……「一種幽思的哀傷彌散在這些詩裏。」……「凱爾特派的情調。」可惜他的名字不能更像愛爾蘭人的名字。也許在姓的前面加上他母親的名字會更好一些：托馬斯．梅隆．錢德勒；或者再進一步，寫成T．梅隆．錢德勒。他會跟加拉赫商量這件事。

他沉迷在自己的幻想之中，走過了他要去的街道，不得不折回來。當他走近考萊斯酒店時，先前的那種不安又支配了他，他猶豫不定地在門前停了下來。最後，他推開門走了進去。

酒吧裏的燈光和喧鬧使他在門廳裏停了一會兒。他四周觀望，許多紅綠酒杯交相輝映，看得他眼花繚亂。他覺得酒吧裏坐滿了人，覺得這些人正好奇地看着自己。他很快地向左右掃視了一番（略微皺起眉頭，顯得相當莊重），但當他稍微看清一些時，發現根本沒人轉過身看他；然而他看見了伊格納提厄斯·加拉赫，一點不錯，他正靠着櫃枱，叉開腿站着。

「哈嘍，湯米，老朋友，你終於來了！來點甚麼？你想喝甚麼？我在喝威士忌：比我們在海外喝的好多了。加不加蘇打水？鋰鹽礦泉水？不要礦泉水？我也不摻東西。摻了就變味了。……嗨，夥計，拿兩份半杯的麥芽威士忌來，實實在在的。……哦，自從我上次見你之後，過得怎麼樣？天哪，我們都老起來啦！你看我是否也有些老相——呃，甚麼？腦袋頂上的頭髮已經灰白，而且越來越稀——是吧？」

伊格納提厄斯·加拉赫摘掉帽子，露出一個幾乎禿了的大腦袋。他的臉龐腫蒼白，刮得乾乾淨淨。他的藍灰色的眼睛襯托着他的不健康的灰白，在他鮮艷的橙色領帶上面清晰地閃動。在這些不協調的特徵之間，他的嘴唇顯得很長，不成形狀，也沒有一絲血色。他低下頭，用兩根手指在頭頂上憐惜地摸着稀疏的頭髮。小錢德勒搖搖頭，表示否定。伊格納提厄斯·加拉赫又戴上了他的帽子。

「辦報這行會把你拖垮的，」他說。「總是疲於奔命，到處找稿子，有時還找不到。而且還總要在你的材料裏有些新的東西。他媽的，還要幹幾天校對和印刷。告訴你吧，這次回老家來真是太高興了。度幾天假，實在是大有好處。自從在親切而骯髒的都柏林上岸，我感覺好多了。這杯是你的，湯米。要水嗎？要甚麼就說。」

小錢德勒讓他的威士忌加了水，大大沖淡了。

「朋友，你真不會喝，」伊格納提厄斯·加拉赫說。「我喝純酒，不摻一滴水。」

「我一般很少喝酒，」小錢德勒謙虛地說。「遇到老朋友時，大概頂多也只喝上半杯。」「啊，那好，」伊格納提厄斯·加拉赫高興地說，「為了我們，為了過去在一起的時間，為了老交情，乾杯。」

他們碰碰杯，舉杯共飲。

「今天我碰到了那幫老人兒中的幾個，」伊格納提厄斯·加拉赫說。「奧哈拉似乎過得不怎麼樣。他在做甚麼？」

「甚麼也不做，」小錢德勒說。「他墮落了。」

「不過霍根的地位不錯，對吧？」

「對；他在土地委員會裏工作。」

「一天晚上我在倫敦碰見他，他好像是大大地發了……可憐的奧哈拉！我想，是喝酒太多了吧？」

「還有別的事，」小錢德勒簡短地說。

伊格納提厄斯·加拉赫笑了。

「湯米，」他說，「我發現你一點兒沒變。你還是原來那個非常嚴肅的人，每當我喝酒喝得星期天上午頭痛舌膩時，你總是訓誡我一番。當時你曾想漫遊世界。你從沒到甚麼地方旅行過嗎？」

「我到過曼島，」小錢德勒說。

伊格納提厄斯·加拉赫大笑。

「曼島！」他說。「要去倫敦或巴黎。應該選擇巴黎。那對你會有好處的。」

「你去過巴黎？」

「可以說去過！我在那裏轉過一些地方。」

「巴黎真的像人們說的那麼漂亮麼？」小錢德勒問。

他吮了一口酒，而伊格納提厄斯·加拉赫則豪放地一飲而盡。

「漂亮？」伊格納提厄斯·加拉赫說，停下來琢磨這個詞，回味着他的酒香。「並不特別漂亮，你知道。當然，它還是很漂亮的。……不過，最好的是巴黎的生活；那才是關鍵。要說娛樂、運動和刺激，沒有一個城市比得上巴黎。」

小錢德勒喝完了他的威士忌，費了一番周折才把招待員叫來。他照前一樣又要了一份。

「我去過紅磨坊，」伊格納提厄斯·加拉赫在招待員拿開杯子時繼續說，「我去過所有的波希米亞咖啡館。真夠味兒！但不適合你這樣的正人君子，湯米。」

小錢德勒沒有說話，直到招待員又送了兩杯酒來，他才輕輕碰了碰他朋友的杯子，回敬先前的祝酒。他開始有些感到他的幻想在破滅。加拉赫的聲調和自我表現的方式使他感到不快。他朋友身上有些很俗氣的東西，而他以前並未發覺。不過，也許那完全是因為他生活在倫敦，由報界的繁忙和競爭所致。在這種新的華而不實的風度之下，那種舊的個人的魅力仍然存在。畢竟，加拉赫已經有過經歷，見過世面。小錢德勒有些羨慕地看了看他的朋友。

「在巴黎事事都愉快，」伊格納提厄斯·加拉赫說。「他們的信念就是享受生活——你不覺得他們是正確的嗎？如果你要想真正享受人生，你就得去巴黎。你要注意，他們對愛爾蘭人非常熱情。他們聽說我是從愛爾蘭來的之後，幾乎要把我給吃了，朋友。」

小錢德勒連着吮了四五口酒。

「告訴我，」他說，「巴黎傷風敗俗真的是那麼……像他們說的那樣麼？」

伊格納提厄斯．加拉赫用右臂做了個泛泛的表示。

「每個地方都有傷風敗俗，」他說。「當然，在巴黎你確實會找到一些有味兒的東西。例如，你去參加一個學生舞會。當妓女開始放蕩時，如果你喜歡，那也挺夠勁的。我想你知道她們是些甚麼東西。」

「我聽說過，」小錢德勒說。

伊格納提厄斯．加拉赫喝乾了他的威士忌，搖了搖頭。

「啊，」他說，「隨便你怎麼說。沒有女人比得上巴黎的女人——不論講時髦還是講風度。」

「那麼，它真是一個傷風敗俗的城市了？」小錢德勒說，怯怯地堅持自己的看法——「我的意思是，和倫敦或都柏林相比。」

「倫敦！」伊格納提厄斯．加拉赫說。「沒有甚麼不同。你問問霍根，朋友。

他到倫敦時我曾帶他逛過一些地方。他會讓你開開眼的。……我說，湯米，別把威士忌兑成甜酒，來點地道的。」

「不，真的……」

「哦，來吧，再來一杯對你不會有甚麼傷害。要甚麼？我想還是剛才喝的那種吧？」

「那……好吧。」

「弗朗索瓦，同樣的再來一杯。……抽煙嗎，湯米？」

伊格納提厄斯·加拉赫掏出了他的雪茄盒子。兩位朋友點燃雪茄，默默地抽着，直到他們要的酒送來。

「我來告訴你我的看法，」伊格納提厄斯·加拉赫説，過了一會兒才從掩蔽着他的繚繞煙霧中探出頭來，「這是個無奇不有的世界。就説説道德敗壞！我聽到過一些實例——我説甚麼來着？——我應該説知道一些：一些……道德敗壞的實例……」

伊格納提厄斯·加拉赫沉思地吸着雪茄，然後以一個平靜的歷史學家的語調，開始為他朋友描述在國外流行的一些傷風敗俗的情形。他概括了許多首都的罪惡，似乎認為柏林是首屈一指。有些事他不能保證是不是事實（他是聽朋友說的），但其他許多事情都是他的親身經歷。不論地位高低，他講起來毫不留情。他揭露了歐洲大陸修道院裏的許多秘密，描繪了上層社會流行的一些習慣，最後還詳細講述了一個英國女公爵的故事——一個他相信是真實的故事。小錢德勒聽了大為震驚。

「啊，不過，」伊格納提厄斯．加拉赫說，「我們這裏是因循守舊的都柏林，那樣的事聽都不會聽說。」

「你走了那麼多地方以後，」小錢德勒說，「一定覺得都柏林太缺乏生氣了！」

「不一定，」伊格納提厄斯．加拉赫說，「到這裏來是一種休息，你知道。畢竟，像人們說的那樣，這裏是老家，對吧？你禁不住會對它有一種依戀。這是人之常情。……不過，跟我談談你自己吧。霍根告訴我，你已經……嘗到婚姻生活的歡樂。兩年前結的婚，是嗎？」

小錢德勒紅着臉微微一笑。

「是的，」他說。「我去年五月結的婚，一年了。」

「我希望現在向你賀喜還不算太晚，」伊格納提厄斯．加拉赫說。「我不知道你的地址，不然我當時就會祝賀的。」

他伸出手，小錢德勒握住。

「好，湯米，」他說，「我祝你和你全家生活愉快，老朋友，祝你財源滾滾，只要我不殺你你永遠不死。那是一個真誠的朋友、一個老朋友的祝福。你知道吧？」

「我知道，」小錢德勒說。

「有孩子嗎？」伊格納提厄斯．加拉赫問。

小錢德勒再次紅了臉。

「我們有一個孩子，」他說。

「兒子還是女兒？」

「小男孩。」

伊格納提厄斯．加拉赫在他朋友的背上使勁拍了一下。

「你真行，」他說，「我從不懷疑你的本事，湯米。」

小錢德勒笑笑，他迷茫地望着酒杯，三顆雪白的孩子似的門牙咬住下唇。

「在你回去之前，」他說，「我希望某個晚上你能到我家裏來聚一聚。我妻子會很高興見到你的。我們可以聽聽音樂，並且——」

「太謝謝了，老朋友，」伊格納提厄斯．加拉赫說，「遺憾的是我們沒有早一點見面。然而我明天晚上就得走了。」

「也許今天晚上……？」

「真對不起，老朋友。你看，我在這裏還有另一個朋友，他是個年輕聰明的小夥子。我們約好了去參加一個牌局。只是為了……」

「哦，如果情況是那樣……」

「可是，誰知道呢？」伊格納提厄斯．加拉赫體諒地說。「既然我開了頭，明年我可能還會回來。聚會只不過是一次推遲了的歡樂。」

「很好，」小錢德勒說，「下次你來我們一定要找個晚上好好聚聚。現在就算說定了，怎麼樣？」

「好，說定了，」伊格納提厄斯．加拉赫說。「如果我明年來，決不食言。」

「為了這最後的決定，」小錢德勒說，「我們現在再來一杯。」

伊格納提厄斯．加拉赫拿出一塊挺大的金錶看了看。

「這該是最後一杯了吧？」他說。「因為，你知道，我還有個約會。」

「哦，是的，肯定是最後一杯，」小錢德勒說。

「很好，」伊格納提厄斯．加拉赫說，「讓我們再喝一杯，作為『告別酒』——

我想這是一句恰當的本地話。」

小錢德勒叫了酒。剛才臉上泛起的紅暈變得通紅。不論甚麼時候，只要喝一點酒他的臉就會發紅。現在他覺得渾身發熱，精神興奮。三小杯威士忌已經上了頭，加拉赫的烈性雪茄也使他昏昏然，因為他一向是個纖弱而不動煙酒的人。但八年後與加拉赫相會，在考萊斯酒店與加拉赫在燈光和喧鬧中對飲，聽加拉赫講故事，暫時分享加拉赫流浪而勝利的生活，這些大膽的舉止破壞了他敏感天性的平衡。他強烈感到他和朋友生活間的反差，覺得這太不公平。加拉赫的出身和教育都不如他。他確信他能比朋友取得更大的成就，或者，只要他有機會，決不至於只是幹個俗氣的記者。是甚麼妨礙了他呢？他不幸的怯懦性！他希望以某種方式為自己辯白，證明他的男子漢氣概。他看出了加拉赫拒絕他的邀請背後的含義。加拉赫只是出於友誼才對他惠顧，正像他由於訪問才惠顧愛爾蘭一樣。

招待員端來他們要的酒。小錢德勒把一杯推向他的朋友，自己大膽地端起了另一杯。

「世事難料，」他端起酒杯說。「也許明年你來的時候，我會有幸祝伊格納提厄斯．加拉赫先生和夫人健康幸福。」

加拉赫飲着酒，意味深長地在酒杯上邊閉起一隻眼睛。他喝完之後，堅定地咂咂嘴，放下杯子說道：

「朋友，不必為那事擔心。我要先盡情享受一番生活，遊歷遊歷世界，然後再套上婚姻的枷鎖——如果我想結婚的話。」

「總有一天你會的，」小錢德勒平靜地說。

伊格納提厄斯．加拉赫轉轉他那橙色的領帶，睜大藍灰色的眼睛，盯着他的朋友。

「你這樣想嗎？」他問。

「你會套上婚姻的枷鎖的，」小錢德勒堅定地重複說，「和其他每個人一樣，只要你找到了合適的姑娘。」

他稍微加強了一下語氣，意識到自己顯得有些激動；但是，儘管他的臉已經通紅，他仍然沒有迴避他朋友的目光。伊格納提厄斯．加拉赫看了他一會兒，然後說：

「即使要結婚，你可以確信，我也絕不會有甚麼花前月下，神魂顛倒。我的意思是，為了錢才結婚。她必須在銀行有大筆的存款，否則我不會要她。」

小錢德勒搖搖頭。

「怎麼，本來就是這麼回事嘛，」伊格納提厄斯·加拉赫激動地說，「你知道是怎麼回事嗎？只要我說句話，明天我就會又有女人又有錢。你不相信？我可是清楚得很。數百個——我說甚麼來着？——應該說數千個有錢的德國人和猶太人，錢多得都腐爛了，巴不得你娶她們。……你等着瞧，朋友。看看我是否玩不贏我的牌。告訴你吧，我要是想幹甚麼事，一定要幹成。你就等着看吧。」

他突然把杯子舉到嘴邊，一飲而盡，放聲大笑。然後若有所思地看着前面，以一種比較平靜的語調說道：

「但我並不着急。她們可以等着。我可不喜歡把自己拴到一個女人身上，你知道。」

他用嘴做了個嘗嘗滋味的樣子，又做了個鬼臉。

「我想那樣一定會變味的，」他說。

＊　＊　＊　＊

小錢德勒坐在大廳外的房間裏，懷裏抱着個孩子。為了省錢，他們沒僱保姆，但每天早上和晚上，安妮的妹妹莫尼卡都來一個小時左右，幫助他們。然而莫尼卡早就回家了。現在差一刻九點。小錢德勒回家遲了，錯過了喝茶的時間，而且他還忘了從貝萊商店裏給安妮帶包她要的咖啡回來。難怪她要生氣，對他愛搭不理。她說一點茶不喝也沒甚麼關係，可是到了拐角的商店快關門時，她又決定親自去買四分之一磅茶葉和兩磅糖。她靈巧地把熟睡的孩子塞到他懷裏說：

「抱好。別把他弄醒了。」

桌上放着一盞白瓷罩小枱燈，燈光照亮了一張嵌在牛角框裏的相片。這是安妮的照片。小錢德勒望着它，目光停在了緊閉的薄嘴唇上。她穿着一件淡藍色的夏用寬上衣，那是一個星期六他給她買回家的一件禮品。他花了十先令十一個便士；但真正使他難受的是買衣服時緊張不安的情緒。那天他吃夠了苦頭，先是在商店門口一直等到商店裏空了才進去，然後站在櫃枱旁邊裝得輕鬆自如，任售貨姑娘把女用外衫堆在他面前，接着付款時忘了拿找回的零頭，讓收款員又把他叫了回去，最後他離開商店時，為了掩飾自己羞紅的臉，他眼睛盯着包裝，像是要看看是否捆紮得結實。當他把外衣拿回家裏時，安妮吻了他，說那件外衣又漂亮又時髦；但她聽了價錢之後，便把外衣往桌子上一扔說，這件衣服要十個先令十一個便士，簡直是坑人。起初她想把衣服退掉，可她試穿後覺得非常滿意，尤其袖子的做法十分別致，於是她又吻了他，說他能想着她太好了。

哼！……

他冷冷地注視着照片上的眼睛，它們也冷冷地注視着他的眼睛。當然它們很漂亮，整個臉龐兒也很漂亮。但他看出其中有某種讓人不舒服的東西。為甚麼神情如此木然而又像個貴婦？眼睛的沉靜使他生厭。它們好像在拒斥他、蔑視他：沒有激情，沒有歡愉。他想起加拉赫談到的有錢的猶太人。那些東方人的黑眼睛，他想，它們多麼充滿了激情，充滿了激起情慾的渴望！……他怎麼娶了照片上的這雙眼睛呢？

想到這個問題，他回過味來，不安地看了看房間四周。他發現漂亮的傢具也有一些令人生厭的地方。傢具是他以分期付款的方式給家裏買的，但是由安妮親自選的，因此這也使他想到了她。傢具也顯得莊嚴而漂亮。一種沉鬱的對生活的厭惡在他內心覺醒。他不能逃離這個小家嗎？像加拉赫那樣大膽地生活太晚了麼？他可以去倫敦嗎？傢具的錢還沒有還清。如果他真的能寫一本書出版，那就可能會為他打開路子。

一部拜倫的詩集放在他面前的桌子上。他小心地用左手打開，生怕把孩子吵醒。

接着他開始讀詩集的第一首：

風聲逝去，夜幕下一片靜寂，
樹叢中也沒有一絲微風穿過，
我歸來憑弔我的瑪格麗特之墓
將鮮花撒向我所愛的泥土。

他停了下來。他感到詩的韻律在室內圍繞他迴盪。這韻調多麼哀傷！他是否也能寫出這樣的詩，表達自己心靈的抑鬱？他想描寫的東西太多了：例如幾個小時前，他站在格蘭登橋上的感受。如果他能重新回到那樣的情緒……

孩子醒了，開始啼哭。他離開書頁，設法使他安靜，但他還是哭個不停。於是他抱着他在懷裏搖來搖去，可哭聲越來越高。他一邊更快地搖晃，一邊又讀起第二個詩節：

在這狹小的墓穴裏躺着她的軀體那軀體曾經……

一點沒用。他無法讀下去。甚麼都做不成。孩子的哭聲刺疼了他的耳鼓。真沒辦法，沒辦法！他成了生活的囚徒。他氣得雙臂顫抖，突然低下頭對着孩子的臉喊道：

「別哭了！」

孩子停了片刻，嚇得抽搐了一下，然後開始尖聲哭叫。他從椅子上跳起來，抱着孩子急匆匆地在屋裏走來走去。孩子開始可憐地抽噎，四五秒鐘才喘過氣來，接着又放聲大哭。房間的薄牆回響着哭聲。他盡力哄他，但他渾身痙攣，哭得更厲害了。他望着孩子抽緊顫動的小臉，開始感到恐懼。他數着孩子抽噎了七聲都沒有喘氣，嚇得他把孩子摟在了懷裏。要是他死了！……

門突然打開了，一個年輕女人跑了進來，氣喘吁吁。

「怎麼啦？怎麼啦？」她嚷道。

孩子聽見媽媽的聲音，突然爆發出一陣抽泣。

「沒甚麼，安妮……沒甚麼……他剛才哭起來了……」

她把買的東西扔到地上，一把從他懷裏奪過孩子。

「你怎麼他啦?」她喊道，怒氣不息地盯着他。小錢德勒讓她瞪了一會兒，當他看出那目光中的仇恨時，他的心一下子收緊了。

他開始結結巴巴地說：

「沒怎麼他……他……他開始哭……我沒辦法……我甚麼都沒做……怎麼啦?」

她不再理他，緊緊抱着孩子開始在房間裏走來走去，口中喃喃地說：

「我的乖兒子!我的小寶貝兒!是不是嚇着了，寶貝兒?……不哭了，寶貝兒!不哭了，啊!……小羊兒咩咩!媽媽最乖的小羊兒!……不哭了!」

小錢德勒自覺滿面羞慚，站到了燈光照不到的暗處。他聽着孩子的陣陣抽泣漸漸平息;悔恨的淚水從他眼裏流了下來。

何其相似

鈴聲響得刺耳，帕克小姐走向聽筒，一個憤怒的聲音帶着愛爾蘭北部尖銳的語調在聽筒裏吼道：

「讓法林頓上這兒來！」

帕克小姐回到她的打字機旁邊，對一個伏在辦公桌上寫東西的男人說：

「奧萊恩先生叫你到樓上去。」

那男人低聲嘟囔了一句「見他的鬼！」，向後挪了挪椅子，站起身來。他站直身子時，顯得又高大又魁梧。他長了一副紫紅色的長臉，襯着淡黃色的眉毛和鬍子；他的眼睛稍微有點外凸，眼白渾濁不清。他掀開櫃枱板，穿過顧客，踏着沉重的腳步走出了辦公室。

他踏着沉重的腳步一直走到二樓，那裏有個門上鑲着一塊銅牌，上面刻着「奧萊恩先生」。他停下來，因急匆匆地上樓而喘着粗氣。他敲敲門，一個尖銳的聲音喊道：

「進來！」

他走進奧萊恩先生的辦公室。就在他進來的同時，奧萊恩先生從一堆文件上抬起頭來。奧萊恩身材瘦小，戴一副金絲眼鏡，臉刮得乾乾淨淨，紅潤的禿頭看上去像隻擱在文件堆上的大雞蛋。奧萊恩先生迫不及待地說道：

「法林頓？你這是甚麼意思？為甚麼老是讓我抱怨你呢？請問，為甚麼你沒有準備好鮑德利和科萬之間的合同？我告訴過你四點之前一定要準備好的。」

「可是，雪萊先生說，先生——」

「『雪萊先生說，先生……』老老實實聽着我說些甚麼，別理甚麼『雪萊先生，先生』。你總有這種那種藉口偷懶。我可告訴你，如果今晚之前不把合同抄好，我就把這事報告克羅斯比先生……你聽見了沒有？」

「聽見了，先生。」

「現在你聽見我說的話沒有？……還有另外一件小事！跟你說話簡直像是對牛彈琴。好好記着，你吃午飯的時間是半個小時，不是一個半小時。我真想知道，你一頓飯要吃幾道菜。……記住我的話了麼？」

「是的，先生。」

奧萊恩先生又把頭低到他那堆文件上面。法林頓目不轉睛地注視着他那顆統領克羅斯比和奧萊恩公司事務的禿光光的腦殼，估量它經不起甚麼打擊。突然，一陣無名的怒火湧上他的喉嚨，但很快又過去了，之後便覺得非常地乾渴。他了解這種感覺，知道晚上一定要痛飲一番才行。這個月已經過了大半，如果他能及時把合同搞好，也許奧萊恩先生會讓出納預支他工資。他一動不動地站着，眼睛死死地盯着文件堆上面的腦袋。忽然，奧萊恩開始打亂所有的文件，好像在尋找甚麼東西。接着，彷彿剛發現法林頓還站在那裏，他猛然又抬起頭來說：

「呃？你準備整天站在那兒嗎？哎呀，法林頓，你可真清閒啊！」

「我在等着看……」

「很好，你不必等着看。到樓下幹你的工作去。」

法林頓無精打采地向門口走去，剛要出屋，又聽到奧萊恩在身後喊道：要是到晚上沒有把合同抄好，這事就要由克羅斯比來處理。

他回到樓下自己的辦公桌旁邊，數了數要抄的合同紙。他拿起筆，蘸上墨水，但眼睛卻繼續呆滯地注視着剛才寫下的最後字句：「在任何情況下，上述伯納德·鮑德利都不得……」夜幕即將降臨，幾分鐘之後他們就會點燈：那時他就可以寫了。他覺得自己必須先解除喉嚨的乾渴。於是他從桌邊站起身來，像剛才那樣掀開櫃枱板，向辦公室外走去。在他向外走的時候，主任疑惑地望着他。

「沒甚麼事，雪萊先生，」他說，一邊用手指指出他要去的地方。

主任朝帽架上瞥了一眼，但看到帽子全在，便沒説甚麼。法林頓一到樓梯口，就從口袋裏掏出一頂牧人戴的那種蘇格蘭呢便帽，戴到頭上，匆匆跑下搖動的樓梯。他出了臨街的大門，沿人行道的內側，偷偷摸摸地走到街口的拐角，然後竄進了一個門廊。現在他安全地來到奧尼爾酒店昏暗的私室，激動的面孔帶着濃酒或腐肉的顏色，緊貼着臨向酒吧櫃枱的小窗叫道：

「喂，帕特，給咱來杯黑啤酒，做個好人。」

掌櫃的給他拿來一杯甚麼都沒摻的黑啤酒。法林頓一飲而盡，然後又要了一粒茴蒿籽。他把一個便士放在櫃枱上，讓掌櫃的在昏暗中亂摸，而自己像進來時那樣，悄悄地溜出了酒店的私室。

黑暗攜帶着濃霧正在淹沒二月的黃昏，尤斯泰斯大街上的路燈已經點亮。法林頓走過一幢幢房子來到辦公室門口，不知道自己能否按時抄完合同。走上樓梯，一股濕潤濃烈的香水味撲鼻而來：顯然，他到奧尼爾酒店時德拉科爾小姐已經來了。他把帽子重又塞進口袋走進了辦公室，裝出一副若無其事的樣子。

「奧萊恩先生一直在找你，」主任嚴厲地説。「你到甚麼地方去了？」

法林頓向站在櫃枱旁邊的兩個顧客瞟了一眼，好像暗示有他們在場不便回答。

由於兩位顧客都是男的，主任自己便笑了起來。
「我知道你那種鬼把戲，」他說。「一天五次是有點……算了，你最好快些給奧萊恩先生找出我們關於德拉科爾案件的信件。」
當眾受了這番斥責，加上跑步上樓和剛才喝了急酒，法林頓感到心慌意亂，當他坐在辦公桌旁邊做他該做的事時，他才意識到五點半之前根本完不成那份合同。黑暗潮濕的夜晚漸漸來臨，他渴望在酒吧裏度過這樣的夜晚，在明亮的煤氣燈下，觥籌交錯，與朋友開懷暢飲。他找出關於德拉科爾的信件，走出了辦公室。他希望奧萊恩先生不會發現缺了最後兩封信。
到奧萊恩先生辦公室的樓梯上，一路彌散着濕潤濃烈的香水氣味。德拉科爾小姐是個中年婦女，看上去像猶太人。據說奧萊恩先生非常喜歡她，或者非常喜歡她的錢。她常常來辦公室，而且一來就待好久。現在她正坐在他的辦公桌旁邊，渾身散發着一股濃郁的香氣，一邊撫摸着她的傘把一邊點頭，帽子上的大黑羽毛不時地顫動。奧萊恩先生已經把椅子轉過來面對着她，悠然自得地將右腳架上了左膝。法林頓把信件放在辦公桌上，恭恭敬敬地鞠了一躬，可是奧萊恩先生和德拉科爾小姐誰也沒有理會。奧萊恩先生用手指在信件上敲了敲，然後朝他揮了揮，好像是說：

「行了，你可以走了。」

法林頓回到樓下的辦公室，又坐在了自己的桌前。他目不轉睛地盯着面前不完整的句子：「在任何情況下，上述伯納德．鮑德利都不得……」覺得非常奇怪的是後三個詞的開頭竟都是字母「B」。主任開始催促帕克小姐，說她總是不能及時把信打出來郵寄。法林頓聽着打字機的嗒嗒聲，過了幾分鐘，才開始抄寫他的合同。然而他腦袋裏糊裏糊塗，心已經漫遊到燈火輝煌、杯盤叮噹的酒店之中。這是個應該喝烈性酒的晚上。他奮筆疾書，但到五點鐘的時候，他仍然有十四頁未抄。該死！他不可能按時完成。他想大聲咒罵，或者用拳頭使勁砸甚麼東西。他太憤怒了，竟然將「伯納德．鮑德利」寫成了「伯納德．伯納德」，結果不得不換一張紙重抄。

他覺得渾身是勁，單槍匹馬就可以把整個辦公室除掉。他的身體極想幹點甚麼，想跑出去與人打鬥一場。他一生中所有的屈辱都在激怒他……他能否請出納員私下裏預支點工資？不行，出納員是無用之徒，毫無用處：他決不會預支的……他知道在甚麼地方會那幫弟兄：利奧納德、奧豪勞恩和努賽．弗林。他的衝動達到了頂點，似乎非得來一次縱情的發洩。

他沉迷在自己的想像裏，別人叫了他兩遍他才回答。奧萊恩先生和德拉科爾小姐站在櫃枱外邊，所有的職員都轉過身來，期待着某種事情發生。法林頓從桌邊站起身。奧萊恩先生開始了一連串的咒罵，說是少了兩封信。法林頓說他對此一無所知，他完全是如實照抄的。咒罵繼續進行，非常刻薄而激烈，法林頓幾乎無法控制自己，恨不得揮拳砸向面前這個矮子的腦袋。

「我根本不知道還有甚麼另外兩封信，」他愣頭愣腦地說。

「你——不——知道。當然你甚麼都不知道，」奧萊恩先生說。「告訴我，」他瞟了一眼身邊的女士像是先徵求她的同意似的補充說，「你是不是把我當成傻瓜了？你是不是以為我是個徹頭徹尾的傻瓜？」

法林頓的目光從那位女士的臉上掃到這個雞蛋似的小腦袋上，然後又掃了過去；突然，他幾乎還沒有意識到要說甚麼便脫口說出了一句妙語：

「我覺得，先生，」他說，「你不該問我這麼一個不合適的問題。」

一時間，所有的職員們都屏住了呼吸。每個人都大吃一驚（說這句妙語的人同樣也大吃一驚），而肥胖結實、待人隨和的德拉科爾小姐卻咧着嘴笑了起來。奧萊恩先生臉紅得像朵野玫瑰；他的嘴不停地抽搐，儼然像個盛怒的侏儒。他在法林頓面前揮動着他的拳頭，最後看上去像是某種電機的球形旋鈕在顫動：

「你這個不懂事理的流氓！你這個沒有教養的流氓！我馬上就要收拾你！你等着瞧吧！你必須為你的無禮向我道歉，否則你立刻滾蛋！我告訴你，要麼滾蛋，要麼向我道歉！」

* * * * *

他站在辦公室對面的過道裏，等着看出納員是否一個人單獨出來。所有的職員都走了出去，最後出納員才和主任一起走來。如果他和主任在一起，跟他說甚麼話也沒用。法林頓覺得自己的處境太壞了。為了剛才的無禮，他不得不低頭向奧萊恩先生道歉，可是他知道，那樣一來整個辦公室會對他變成一個甚麼樣的馬蜂窩。他記得奧萊恩先生如何威逼小皮克讓出位子，好使他安排自己的侄子。他感到怒不可遏，口渴難忍，想進行報復，他惱恨自己，惱恨其他每一個人。奧萊恩先生不會讓他有一時的安寧；他的生活今後將像是一座地獄。這次他可把自己變成了一個真正的傻瓜。難道他就不能控制自己的舌頭？不過話又說回來，他跟奧萊恩先生從一開始就不和，自從那天奧萊恩先生聽到他模仿他的愛爾蘭北部口音與希金斯和帕克小姐逗樂，他們之間就產生了隔閡。他本可以向希金斯借些錢的，但希金斯肯定沒有一分多餘的錢給他。一個人要養兩個家，當然不可能……

他覺得他那龐大的身軀又在渴望酒店裏的舒適。夜霧已經開始令他感到寒冷，他想着是否可以在奧尼爾酒店裏向帕特借些。他最多只能向他借到一個先令——而一先令毫無用處。可是他非得想法弄些錢才行：那杯黑啤酒已經花掉了他最後一個便士，而且天已太晚，很快就沒有任何地方可以弄錢了。突然，在他的手指撫弄他的錶鏈時，他想到了弗里特大街上的特里・凱利的當舖。就這麼辦！他怎麼沒早些想到這點？

他快步走過坦普爾酒吧狹窄的小巷，一邊小聲地自言自語：他們全他媽的可以滾了，因為他要痛痛快快地過一個夜晚。特里・凱利當舖的職員說：「值五個先令！」但當者堅持要六個先令；最後實際上還是給了他六個先令。他興高采烈地離開當舖，把硬幣摞成一個小的圓柱，夾在拇指和其他手指之間。在威斯特摩蘭大街，人行道上擁擠着下了班的青年男女，衣衫襤褸的報童跑來跑去，吆喝着各種晚報的名稱。法林頓穿過熙熙攘攘的人群，得意洋洋地觀看街上的景象，神氣傲慢地盯着走過的年輕女職員。他的腦袋裏充滿了有軌電車的叮噹聲和無軌電車的嗖嗖聲，他的鼻子已經聞到了繚繞的酒氣。他一邊向前走着，一邊預想他如何向他的夥伴們講述發生的事件：

「於是，我就看着他——冷冷地，你們知道，然後又看看她。接着又回過來看着他——一點不急，你們知道。我對他說，『你不該問我這麼一個不合適的問題。』」

努賽．弗林坐在他在戴維．勃恩酒店常坐的那個角落裏，當他聽完故事後，敬了法林頓半杯，說這是他聽到過的最有趣的故事。法林頓回敬了他一杯。過了一會兒，奧豪勞恩和帕迪．利奧納德來了，於是又把故事向他們重述了一遍。奧豪勞恩請大家喝了一杯熱飲，然後講起他在佛恩斯街卡倫公司時如何頂撞主任的故事；不過，由於他的反駁是模仿田園詩中自由牧童的方式，所以他不得不承認他的反駁不像法林頓的那麼巧妙。聽完這話，法林頓讓大家乾掉杯中酒再來一杯。

正當他們又在點要毒酒時，突然闖進一個人來，竟是希金斯！當然，他只得與別人一起飲酒。人們請他照他的版本講講那個故事，於是他便講了起來，而且講得繪聲繪色，非常生動，因為眼前的五小杯威士忌着實令他興奮。當他表演奧萊恩先生如何在法林頓面前揮舞拳頭時，每個人都忍不住放聲大笑。接着，他又模仿法林頓的聲音說，「照我拍的地方打，隨你的便，」而法林頓用渾濁的醉眼看着大家，面帶微笑，不時用下唇吮掉掛在鬍鬚上的酒滴。

那輪酒喝完之後，大家停了下來，奥豪勞恩還有錢，可其他兩人似乎已不名一文；於是大家只好不無憾意地離開了酒店。在杜克大街的拐角，希金斯和努賽．弗林斜插向左邊，其他三個人又折向城裏。毛毛細雨飄落在寒冷的街道上，當他們走到壓艙物管理處時，法林頓建議去蘇格蘭酒家一聚。酒吧裏擠滿了顧客，人聲喧鬧，碰杯聲響成一片。三個人擠過門口叫賣火柴的小販，聚坐在櫃枱的一角。他們又開始輪流講述故事。利奥納德給他們介紹了一位叫韋瑟斯的年輕人，他在提沃利戲院表演雜技，是個流浪「藝術家」。法林頓請大家點酒。韋瑟斯說他想喝一小杯加蘇打水的愛爾蘭威士忌。法林頓是個酒裏行家，完全知道他要的是甚麼，便問大家是否也來一杯；但其他人卻告訴酒保要喝熱的。談話變得頗富戲劇性。奥豪勞恩請大家喝了一巡，接着法林頓又請大家喝了另一巡，而韋瑟斯則說他們的熱情好客太過愛爾蘭化了。他許諾把他們帶到幕後，給他們介紹一些漂亮的姑娘。奥豪勞恩說他和利奥納德會去的，但說法林頓不會去，因為他是個結了婚的人；法林頓用他渾濁的醉眼斜瞥了他們一下，彷彿在說他明白他們在取笑他。韋瑟斯只是掏腰包請大家喝了一小杯色酒，然後答應等會兒在普爾貝格大街的目力根酒店跟他們見面。

蘇格蘭酒家關門之後，他們便折向目力根酒店。他們走進後面的營業廳，奥豪勞恩請大家喝了一小杯特製的烈酒。他們都開始感到了一些醉意。正當法林頓要請大家再喝一杯時，韋瑟斯回來了。使法林頓寬心的是，他這次只喝了杯苦酒。錢雖然越來越少，但還夠他們喝一陣子。這時，門外走進兩個頭戴大檐帽的年輕女子，還有一個身穿花格西裝的年輕男人，他們坐在了附近的一個桌子旁邊。韋瑟斯跟他們打了個招呼，告訴大家他們是從提沃利戲院來的。法林頓的眼睛不時向其中一個年輕女子的身上游動。那女子的外貌倒確實有些楚楚動人。一條孔雀藍薄紗大頭巾圍着她的帽子，在頦下綰成一個大的蝴蝶結；她戴着一副明黃色的手套，一直延長到肘部。法林頓愛慕地盯着她那不時幽雅地移動的豐滿的胳膊；過了一會兒，當她回眸相望時，她那雙深褐色的大眼睛更使他着迷。那雙眼裏斜睨凝視的神情迷得他神魂顛倒。她看了他一兩次，當她那夥離去的時候，她碰到了他的椅子，於是她以倫敦口音對他說，「哦，對不起！」他望着她離開，希望她能回頭看看他，但他失望了。他咒罵自己沒錢，怨恨自己請人喝了那麼多酒，尤其是請韋瑟斯喝加蘇打水的威士忌。天下他最恨的就是蹭酒喝的人。他惱怒極了，連他的朋友們談些甚麼都沒有聽到。

帕迪·利奧納德叫他時，他才發現他們在談論臂力。韋瑟斯正向大家炫耀他堅實的二頭肌，大吹特吹，因此其他兩個人便招呼法林頓，讓他維護一下愛爾蘭民族的榮譽。於是法林頓也照樣縮起袖子，繃起二頭肌亮給大家。大家把兩條胳膊對比着看來看去，最後一致同意讓他們較量一下臂力。桌子被清理乾淨，兩人將臂肘撐在上面，兩隻手緊握在一起。帕迪·利奧納德說聲：「開始！」兩隻手腕便較起勁來，都想把對方的手壓倒在桌上。法林頓看上去非常認真，決心要贏。

較量開始了。大約三十秒鐘之後，韋瑟斯慢慢地把對方的手壓到了桌上。法林頓讓這樣一個年輕人贏了，羞怒難當，氣得深酒色的臉變成了紅黑色。

「你不該把身體的重量壓在手腕上。要遵守規矩，」他說。

「誰不遵守規矩啦？」另一個說。

「那就再比比。三局兩勝。」

於是較量又開始了。法林頓額上的青筋暴出，韋瑟斯蒼白的面容變得像一朵紅牡丹。雙方的手和胳膊因承受壓力都在顫抖。經過一番長時間的拼搏，韋瑟斯再次將對方的手慢慢地壓到了桌上。觀看的人低聲為他們喝彩。站在桌邊的酒保向勝利者點着他那戴紅帽子的腦袋，不識趣地以親切的口吻說：

「嘿！那才是本事呢！」

「你他媽的知道甚麼？」法林頓轉過身兇狠地衝着酒保吼道。「用你說甚麼廢話？」

「噓，噓！」奧豪勞恩說，他已經注意到法林頓狂怒的表情。「差不多了，夥計們。再喝一小杯就該走了。」

一個面容非常陰鬱的人站在奧康奈爾橋頭，等着乘開往桑的芒的單節電車回家。他胸中充滿了難以抑制的憤怒和復仇心理。他覺得受了屈辱，一肚子不滿；他甚至毫無醉的感覺；而他口袋裏只剩下了兩個便士。他詛咒一切。他在辦公室裏毀了自己，當了錶又花光了錢；而現在連醉的感覺都沒有。他又開始感到口乾舌燥，渴望再次回到熱氣騰騰的酒店之內。他兩次敗在一個乳臭未乾男孩子手下，從此失去了大力士的名聲。他心裏脹滿了怒氣，而當他想到那個戴大檐帽的女人、那個蹭了他並對他說「對不起」的女人時，他的憤怒簡直要使他窒息。

他在謝爾本路下了電車，沿着棚屋牆的陰影，拖着碩大的身軀向前走去。他不願意回家。當他從旁門進去後，他發現廚房裏一無所有，連爐火都快要滅了。他衝着樓上吼道：

「愛達！愛達！」

他妻子是個面部線條清晰的小個子女人。丈夫清醒時，她常對丈夫吆五喝六；要是丈夫醉了，她就忍氣吞聲。他們有五個孩子。一個小男孩從樓上跑了下來。

「誰呀？」法林頓問，一邊透過黑暗張望。

「我，爸。」

「你是誰？查理嗎？」

「不是，爸。是湯姆。」

「你媽呢？」

「她到教堂去了。」

「那好……她有沒有想到給我留晚飯？」

「有的，爸。我——」

「點上燈。黑洞洞的你幹嗎不點燈呀？別的孩子都睡了嗎？」

孩子點燈的時候，他重重地坐在了一把椅子上。他開始模仿着兒子平平的音調，像是半對兒子半對自己似的説道：「到教堂去了。你看怪不怪，到教堂去了！」燈點亮之後，他砰的一聲把拳頭砸在桌子上，喊道：

「晚飯給我吃甚麼？」

「我這就去……做，爸，」小男孩說。

他怒沖沖地跳起來，用手指了指爐火。

「在那火上做！你把火弄滅了！真的，我得教教你怎樣再把火弄滅！」

他一步跨到門口，抓起放在門後的拐杖。

「我得教教你怎樣把火弄滅！」他說，一邊捲起袖子使胳膊運動自如。

小男孩哭喊着，「噭，爸！」邊哭邊繞桌子跑着躲避，可是他追着他不放，終於抓住了他的外衣。小男孩狂亂地四處觀望，但看到無路可逃時，撲通一聲跪倒在地上。

「哼，讓你下次還把火弄滅！」法林頓說，一邊使勁用拐杖打他。「打死你這個小崽子！」

拐杖打破了孩子的大腿，疼得他發出一聲聲尖叫。他把雙手在空中攥起，嚇得聲音顫顫抖抖。「噭，爸！」他哭喊着說。「別打我了，爸！我……我要為你祈禱『萬福馬利亞』……要是你不打我，我會為你祈禱『萬福馬利亞』，爸爸。……我會祈禱『萬福馬利亞』……」

泥土

女總管已經准了她的假，一等女工們用完茶她就可以離開，於是瑪利亞便期盼着晚上出去。廚房是嶄新的：廚師説那些銅的煮器亮得像鏡子，可以照見你自己。爐火正旺，光焰熊熊，靠邊的一張桌子上放着四大塊草籽黑麵包。這些麵包好像還沒有切開；但你若走近去看，你就會發現它們已被切成又長又厚均匀的麵包片，用茶時隨時可以分發給大家。這些是瑪利亞親手切的。

其實，瑪利亞是個身材非常纖小的女人，但她卻長了一副很長的鼻子和下巴。她説話略帶鼻音，總是那麼親切溫柔：「是，親愛的」或「不，親愛的」。每當女工們為她們的水桶爭吵時，總是把她請來，而她也總能成功地使她們平息。一天，女總管對她説：

「瑪利亞，你可真是個名副其實的和事佬！」

副總管和兩個管委會的女士都聽到了這番稱讚。而且金傑·穆尼也總是説，要不是看在瑪利亞的面上，她決不會與那個管熨斗的啞巴善罷甘休。每個人都這麼喜歡瑪利亞。

女工們將在六點鐘用茶，這樣瑪利亞在七點之前就可以離開。從鮑爾斯橋到皮拉，二十分鐘；從皮拉到德魯姆康德拉，二十分鐘；還有買東西要二十分鐘。她八點之前會趕到那裏。她拿出鑲銀扣的錢包，又讀了一遍上面寫的「來自貝爾法斯特的禮物」。她特別喜歡那個錢包，因為那是五年前喬和奧菲在「週一假日」[1]去貝爾法斯特旅行時給她買的。錢包裏有兩枚五先令的銀幣和一些零散的銅幣。付過電車費之後，她還會淨剩五個先令。孩子們一起唱歌，他們將度過多麼美好的一個晚上呀！只是她希望喬不要醉醺醺地回來。只要他喝了酒，就像換了個人似的。

喬常想讓她去跟他們生活在一起；但她總覺得自己會妨礙他們（雖然喬的妻子一向待她很好），而且她也過慣了洗衣房的生活。喬是個好人。他是她一手帶大的，還有奧菲；因此喬常常說：

「媽媽就是媽媽，可瑪利亞是我真正的媽媽。」

家裏鬧翻後，孩子們給她在「都柏林燈光洗衣店」裏謀到了那份差事，她自己也喜歡這工作。過去她一向認為新教徒不好，可是現在她覺得他們都是很善良的好人，儘管他們有點過於沉靜和嚴肅，但卻仍然是可以一起生活的很善良的好人。後來她在溫室裏種了花草，而且很喜歡照料它們。她種有可愛的蕨類植物和熱帶青藤，每當有人來看她時，不論是誰，她總要從溫室裏剪一兩枝給來人帶去。有一件事她不喜歡，那就是牆上貼的新教的傳單；不過女總管是個極好相處的人，通情達理，很有教養。

廚師告訴她一切都準備好了以後，她便走進女工間，開始拉響了大鈴。幾分鐘之後，女工們開始三三兩兩地走了進來，有的在圍裙上擦着冒熱氣的雙手，有的正捋下襯衣的袖子遮住紅紅的、冒着熱氣的胳膊。她們在各自的大杯子前坐下，廚師和啞巴把已經在大鐵皮桶裏兑好牛奶和糖的熱茶倒進了杯裏。瑪利亞主管分麵包，保證每個女工分到自己的四片。她們一邊吃喝，一邊不停地嬉戲說笑。麗姬．弗萊明說瑪利亞一定會得到戒指，儘管弗萊明多次在萬聖節前夕說過這話，瑪利亞還是不得不笑笑說，她既不要戒指也不要男人。她笑的時候，灰綠色的眼睛中流露出失望的羞澀，鼻子尖幾乎要碰到下巴尖了。接着，正當其他女工把杯子在桌子上碰得叮噹亂響之際，金傑．穆尼舉起了她的茶杯，提議為瑪利亞的健康乾杯，然後又說她覺得遺憾的是沒有喝口黑啤酒來為瑪利亞祝福。瑪利亞又笑了起來，直笑得她的鼻子尖幾乎碰到下巴尖，纖小的身子要散了架似的。她知道，穆尼是出於一片好意，雖然她的看法無疑只是個普通女人的看法。

不過，當女工們吃完茶點，廚師和啞巴開始收拾茶具時，瑪利亞可不是真的高興極了！她回到自己小小的臥室，想起第二天早上要望彌撒，便把鬧鐘從七點撥回到六點。然後她脫掉工作裙和室內穿的便鞋，把她最好的裙子拿出來放在床上，又把一雙小巧的專供外出穿的皮鞋放在床腳旁邊。她還換了一件襯衫，當她站在鏡子前面打量自己時，她想起了自己是個小姑娘時的情景，想起了那時為星期天望彌撒她如何穿衣打扮。她顧影自憐，望着她那經常修飾的纖小的身軀。儘管歲月銷蝕，她發現自己小巧的身軀仍然嬌嫩健美。

她出門後天下起雨來，大街上雨水映射着燈光，她慶幸自己帶了那件棕色的舊雨衣。電車裏坐滿了人，她只好坐在尾部的一張小櫈上，面對着所有的乘客，腳尖剛剛能觸到車底板。她心裏計劃着要做些甚麼，很高興自己能自食其力，口袋裏的錢由自己支配。她希望他們會度過一個美好的夜晚。她對此深信不疑，但又忍不住去想，要是奧菲和喬互不說話多令人遺憾。他倆正鬧彆扭，可他們童年時卻是最好的一對。不過，生活就是如此。

她在皮拉下了電車，急匆匆地在人群中尋路穿行。她走進唐尼斯糕點店，但店裏擠滿了人，等了好長時間才輪到她購買。她買了十多種便宜的雜錦糕點，最後出來時抱了大大的一包。然後她琢磨還應該買些甚麼：她想買點真正的好東西。他們家裏一定有不少蘋果和乾果。很難說該買些甚麼，她唯一能想到的就是蛋糕。她決定買些葡萄乾蛋糕，但唐尼斯店裏的葡萄乾蛋糕表層上的杏仁霜不多，於是她便轉到亨利街上的一家店去。她在這裏久久拿不定主意，櫃枱後面那個時髦的年輕女人顯然有點不耐煩了，問她是不是想買結婚蛋糕。這話使瑪利亞羞紅了臉，尷尬地衝着那位年輕女人微笑；可是那位年輕女人卻非常認真，最後切了厚厚的一塊葡萄乾蛋糕，包好後對她說：

「兩先令四便士。」

她以為在去德魯姆康德拉的電車上一定得站着，因為那些年輕人好像沒有一個注意她，可是後來一位年長的紳士卻給她讓了座位。那紳士身材魁梧，戴一頂棕色的禮帽；四方臉面色紅潤，鬍子已經灰白。瑪利亞覺得那紳士看上去像個上校，心裏又想他比那些只盯着前面看的年輕人可禮貌多了。那紳士開始與她聊起萬聖節前夕和下雨的天氣。他想那袋子裏裝滿了給孩子們的好東西，便說孩子們小的時候就該吃好玩好。瑪利亞同意他的看法，拘謹地點着頭，嗯嗯地表示贊同。他對她真是很好，她在運河橋下車時，躬身向他致謝，他也躬身還禮，還舉起帽子親切地對她微笑；當她低着小腦袋在雨中沿台階向上走時，她心想認識一個紳士竟這麼容易，哪怕他已經喝了杯酒略帶醉意。

她一進喬家，大家便異口同聲地說：「啊，瑪利亞來啦！」喬待在家裏，已經下班，所有的孩子都穿着星期天的盛裝。有兩個鄰居家的大女孩也在那裏，正在玩着遊戲。瑪利亞把糕點包交給最大的男孩奧菲去分，唐奈利太太說她帶這麼一大包糕點真是太客氣了，於是孩子們一齊說：

「謝謝，瑪利亞！」

但瑪利亞說她給爸爸媽媽帶了一點特殊的東西，某種他們一定喜歡的東西，說着便開始找那塊葡萄乾蛋糕。她先在唐尼斯店的袋子裏找，然後又在她雨衣的口袋裏找，接着又到衣帽架那裏去找，可是她哪裏都沒有找到。於是她問所有的孩子們是不是有誰把它給吃了——當然是無意中搞錯了——但孩子們全都說沒吃，而且他們看上去好像是如果被指責偷吃，他們寧可不吃那些糕點。每個人都對這件怪事作出自己解釋，唐奈利太太說顯然是瑪利亞忘在了車上。瑪利亞憶起那位灰白鬍子紳士使她多麼迷亂的情景，羞得滿臉通紅，又懊惱又失望。想到自己不僅未能給大家一個小小的驚喜，而且還白白扔掉了兩先令四便士，她真想大哭一場。

然而喬說這沒有關係，並讓她坐在了火爐旁邊。他對她好極了。他向她講他辦公室裏發生的種種事情，重述他對經理的一句絕妙回答。瑪利亞不明白為甚麼喬對他回答經理的話如此大笑不止，但她說那經理一定是個專橫傲慢、不好相處的人。喬說如果你摸透了他也並不那麼難處，他是那種正派人，只是你不要以錯誤的方式惹他。唐奈利太太為孩子們彈奏鋼琴，孩子們又跳又唱。然後鄰居家的兩個女孩散發胡桃。誰也找不到胡桃夾子，為此喬幾乎發起火來，問他們沒有胡桃夾子讓瑪利亞怎麼弄開胡桃。但瑪利亞說她不愛吃胡桃，別為她操心。於是喬問她要不要喝一瓶黑啤酒，唐奈利太太也說家裏還有紅葡萄酒不知她是否喜歡。瑪利亞說她寧願他們甚麼都別給她準備：但喬堅持要做。

這樣，瑪利亞只好讓他照他自己的意思去做。他們坐在爐火旁邊，談論往日的事情，瑪利亞覺得她應該為奧菲說句好話。可是喬卻大聲說，要是他再同弟弟說一句話他就被天打雷劈，於是瑪利亞也只得說她不該提起這事。唐奈利太太對她丈夫說，他那樣說自己的親骨肉實在是不知羞愧，但喬說奧菲根本不是他弟弟，而且差一點為此與妻子爭吵起來。不過，喬說他不願意在這樣一個晚上發火，因此又讓他妻子開了幾瓶黑啤酒。兩個鄰居的女孩已經安排好一些萬聖節前夕的遊戲，很快一切又歡快起來。瑪利亞很高興看到孩子們如此快樂，喬和他妻子的興致也這麼高。鄰居家的女孩在桌上放了幾個碟子，然後把蒙了眼的孩子們領到桌子旁邊。其中一個拿到了祈禱書，另外三個摸到了水；當鄰居家的女孩有一個拿到戒指時，唐奈利太太對羞紅了臉的姑娘晃動着手指，好像說：「啊，我全知道啦！」接着他們堅持要蒙上瑪利亞的眼睛，把她帶到桌邊，看她會摸到甚麼；當他們綁布條時，瑪利亞禁不住笑了又笑，直到她的鼻尖幾乎碰到了她的下巴尖。

他們在嬉戲歡笑聲中把她引到桌邊，她按照他們要求把手伸出在空中。她的手在空中到處移來移去，然後落在了一個碟子上面。她的手指觸到了一種又軟又濕的東西，而使她驚訝的是既沒人說話也沒人拿掉她的布條。有幾秒鐘的時間聲息全無；接着是一片混亂和竊竊私語。有人說了關於花園的甚麼事情，最後唐奈利太太說了一些與鄰居家的一個女孩說的完全不同的話，告訴她趕緊把那東西扔出去：那可不是鬧着玩的。瑪利亞知道那次是搞錯了，所以她只得重新來過：這次她摸到了祈禱書。

在那以後，唐奈利太太為孩子們彈奏了《麥克勞德小姐的紡車》，喬又讓瑪利亞喝了杯葡萄酒。很快他們又都高興起來，唐奈利太太說瑪利亞年內要去當修女，因為她摸到了祈禱書。瑪利亞從未見過喬對她像那晚這麼好，他談笑風生，念念不忘舊事。她說他們全都對她很好。

最後，孩子們顯得睏倦了，喬問瑪利亞在她走前是否願意唱支小曲，唱支老歌。唐奈利太太也說，「唱吧，一定唱一支，瑪利亞！」於是瑪利亞只好起身站到鋼琴旁邊。唐奈利太太吩咐孩子們保持安靜，好好聽瑪利亞唱歌。然後她彈起序曲，說道：「唱吧，瑪利亞！」瑪利亞滿面通紅，開始用纖細顫抖的聲音唱了起來。她唱的是「我夢見我住在……」唱至第二節時，她再次唱道：

我夢見我住在大理石的殿堂
公侯臣僕侍立在兩旁
在濟濟一堂的眾人當中
我是他們的驕傲和希望。
我的財富多得數不清
我可以誇耀高貴的門庭
但我最高興的還是夢想
你愛我一如既往。

但是誰也不想指出她的錯誤。她唱完之後，喬大為感動。他說，無論別人怎麼講，他總覺得今不如昔，也沒有任何音樂能與可憐的老鮑夫相比。他的眼裏浸滿了淚水，模糊得看不見他要找的東西，最後他只好讓妻子告訴他開酒瓶塞的起子放在哪裏。

註釋：

[1]「週一假日」是英國和愛爾蘭的法定假日，原文為「Whit-Monday」，即「降靈節」（Whit-Sunday）之翌日。每逢「Whit-Sunday」，新受洗的人皆穿白袍，故名。

痛苦的事件

詹姆斯·杜菲先生住在查普利澤德，因為他希望盡可能遠離他是其公民的那座城市，也因為他覺得都柏林的其他郊區都顯得那麼難看，現代而造作。他住在一所昏暗的舊房子裏，從他房間的窗口，他可以看到那個廢棄的酒廠，也可以看到那條淺河的上游——都柏林就建在那條河上。他的房間裏沒鋪地毯，高高的牆壁上也沒掛圖畫。房間裏的每一件傢具都是他親自買的：一個黑色的鐵床架，一個鐵的臉盆架，四把藤椅，一個衣架，一個煤斗，一道爐圍，一些生爐子的鐵器，還有一個方台，上面放着張雙人書桌。壁櫃裏用白木隔板做成了一個書櫃。床上鋪着白色的床單，一塊黑紅相間的腳毯放在床腳。臉盆架上掛着一面帶柄的小鏡子，白天，一盞白燈罩的燈放在爐台上，構成它唯一的裝飾。白木書架上的圖書自下而上按體積大小排列。最底層的一端放着一套華茲華斯的全集，最高層的一端放着一本用筆記本的硬布封面裝訂起來的《麥努斯教義問答手冊》。寫作用的東西總是放在書桌上。書桌當中放着一部豪普特曼的《邁克爾·科拉默》的翻譯手稿，其中舞台指導部份用紫色墨水寫成，還有一紮紙用銅質的大頭針別在一起。在這些紙上，不時會寫着一個句子，而且莫名其妙的是，第一張紙上還貼着張「拜爾·賓斯」廣告的大字標題。一打開書桌蓋，立刻飄逸出一股淡淡的香氣——新杉木桿鉛筆的香氣，或者一瓶膠水的香氣，抑或是放在那裏忘記了的一隻熟過了的蘋果的香氣。

杜菲先生厭惡一切表示物質或精神混亂的東西。中世紀的醫生一定會說他患了精神憂鬱症。他的臉是都柏林街道的那種棕色，顯現出一副飽經風霜的樣子。他的腦袋又長又大，長着一頭乾枯的黑色毛髮，黃褐色的鬍子幾乎蓋不住那張顯得不和藹的嘴巴。他的顴骨使他臉上顯出一種嚴厲的性格；但他的眼睛卻毫無嚴厲的神色，它們從黃褐色的眉毛下觀察世界，使人覺得他是個隨時歡迎別人悔過自新而常常失望的人。他過着一種與自己的軀體拉開距離的生活，以懷疑的目光從側面注視着自己的行為。他有一種奇怪的作自傳的習慣，因此常常在腦子裏構想關於自己的短句，一般只包含一個第三人稱的主語和一個過去時的謂語。他從不對乞丐施捨，走路時步履穩健，帶一根結實的手杖。

多年來，他一直在巴格特街一家私營銀行當出納員。每天早上，他從查普利澤德乘電車來上班。中午他去丹·勃克餐館吃午飯——一瓶淡啤酒加一小盤藕粉餅乾。他下午四點下班。然後他去喬治街一家餐館吃晚餐，在那裏他覺得安全，可以躲開都柏林的紈絝子弟，而且那裏的價錢也誠實公道。晚上他要麼坐在房東太太的鋼琴前彈琴，要麼就在城郊四處閒逛。他喜歡莫扎特，因此有時去聽一場歌劇或聽一場音樂會：這些是他生活中僅有的耗費。

他沒有伴侶也沒有朋友，沒有宗教也沒有信條。他過着自己的精神生活，不與任何人交流，只在聖誕節去看看親戚，他們死了時到墓地為他們送葬。他盡這兩項社交責任實是出於昔日的尊嚴，除此之外絕不承認任何支配公民生活的習慣常規。他馳騁自己的想像，覺得在某些情況下他會搶劫他工作的銀行，但由於這些條件從不出現，所以他的生活也就平平淡淡——恰似一個沒有冒險的故事。

一天晚上，在羅通達歌劇院裏，他發現自己坐在兩個女士旁邊。大廳裏聽眾不多，冷冷清清，令人不安地預示着演出要失敗。靠近他坐着的那個女士環視了一兩次空曠的大廳，然後說道：

「今晚聽眾這麼少，太遺憾了！讓人對着空座位演唱，實在是難堪。」

他以為這話是想和他攀談。令他驚訝的是她似乎一點不顯得尷尬。他們談話的時候，他試圖牢牢地把她記住。當他得知她身邊那位年輕姑娘就是她女兒以後，他斷定她只比自己小一兩歲的樣子。她的臉過去一定很漂亮，現在仍然還透着靈氣。這是一張鴨蛋形的臉，面部的五官清晰分明。一雙眼睛是深藍色的，穩重而堅定。當她注視時，開始像是藐視，但隨着瞳孔漸漸隱入虹膜又顯得有些混亂，在瞬間表現出一種感情非常豐富的氣質。瞳孔很快重新出現，這種半揭示出來的性格重又受到謹慎的控制，而突出她那豐滿胸脯的羔皮上衣，更明確地顯出高傲蔑視的色彩。

幾星期之後，在鄂爾斯福階梯音樂廳的一次音樂會上，他再次遇到了她，於是他便抓住她女兒不注意的時刻與她親近。她有一兩次提到她丈夫，但語氣並不怎麼像是一種警告。她的名字叫西尼考太太。她丈夫的曾祖父的曾祖父來自里奧恩。她丈夫是一條商船的船長，往返於都柏林與荷蘭之間；他們有一個孩子。

當他第三次偶然碰到她時，他鼓起了勇氣和她約會。她如期而至。這是他們多次約會的開始；他們總是在晚上見面，並且找最安靜的地方一起散步。然而，杜菲先生不喜歡隱蔽的方式，當他發現他們被迫偷偷地會面時，他堅持讓她邀請他到她家去。西尼考船長力促他來訪，以為人家看上了自己的女兒。他早就失去了與自己妻子尋歡作樂的興趣，因此毫不懷疑還有誰會對她產生興趣。由於丈夫常常出航，女兒常常出去教音樂課，杜菲先生有很多機會和西尼考太太愉快地待在一起。他和她以前誰都不曾有過這樣的冒險，因此誰也沒有意識到有甚麼不妥。漸漸地，他們倆的思想糾纏在一起，十分投契。他借書給她，給她介紹種種觀念，與她共享他那種知識生活。她聽信他所說的一切。

有時，作為對他那些理論的回答，她也向他傾吐自己生活的某些真情。她還以近乎母親般的關懷，促使他對她以誠相待：她變成了他的告解神父。他告訴她，有一段時間他曾在愛爾蘭社會主義黨的一些會議上幫過他們，一群樸素的工人在閣樓上點着暗淡的油燈開會，他覺得自己在他們中間像是個獨特的人物。那個黨後來分成三派，每派各有自己的領袖和開會的閣樓，於是他便不再去參加這種會議。他說，工人們討論時不敢大膽發表意見；而他們對工資問題又過份熱心。他覺得他們是面目醜陋的現實主義者，他們對精確的態度憤憤不滿，以為那是他們無法達到的閒暇的產物。他對她說，幾個世紀之內，都柏林不大可能發生社會革命。

她問他為何不把自己的想法寫出來。他反問她，為了甚麼呢？略微帶有一點不屑為之的樣子。同那些不能連續思考一分鐘的、毫無頭腦的空談家爭論嗎？讓自己遭受愚鈍的中產階級的批評嗎？中產階級讓警察主宰他們的道德，讓經理主宰他們的藝術。

他常去都柏林郊外她那小小的別墅，而且晚上常常兩個人單獨在那裏度過。漸漸地，隨着他們的思想越來越深地糾纏在一起，他們也談論一些比較切身的話題。她的情義像是在異國他鄉的一片熱土。有好多次她故意不去開燈，讓黑暗籠罩在他們身上。黑暗樸素的房間，與世隔絕的環境，以及仍然在耳邊縈繞的音樂，使他們緊密地融合起來。這種融合使他得到了一次昇華，磨掉了他性格中的粗稜，使他的精神生活充滿了感情。有時候，他發現自己會不自覺地自言自語。他覺得在她的眼裏，他會上升成一位天使的形象。隨着他越來越喜歡自己伴侶的那種熱情性格，他聽到了一種奇怪的非個人的聲音，他能辨別出這聲音就是自己的聲音，而且這聲音堅持他保持不可救治的心靈的孤獨。這聲音說：我們不能把自己給出去，我們是屬於我們自己的。這些話語的結果是，一天晚上，西尼考太太顯得異常興奮，她激動地抓起他的手，緊緊地把它貼在她的臉上。

杜菲先生大為驚訝。她對他的話的解釋，使他從幻覺中醒悟過來。他有一個星期沒去看她；然後他寫了一封信約她會面。他不想讓他們這最後一次談話受到干擾，不想讓他們那已經毀滅的懺悔式談話影響他們，所以他約了她在公園大門附近的一家小點心店裏相見。時值蕭瑟的秋天，儘管很冷，但他們仍然在公園的小路走來走去，差不多走了三個小時。他們同意從此不再來往：他說每一種聯繫都是導致痛苦的聯繫。他們出了公園，默默地向電車走去；然而這時她開始劇烈地顫抖，他唯恐她會再次失控，便趕緊向她告別，離她而去。幾天之後，他收到了一個包裹，裏面裝着他的書和樂譜。

四年過去了。杜菲先生又恢復了他平靜的生活。他的房間仍然井井有條，這證明他的精神也仍然循規蹈矩。樓下房間的樂譜架上塞滿了一些新的樂譜，他的書架上也添了兩卷尼采的作品：《查拉圖斯特拉如是說》和《歡樂的科學》。他很少在桌上放的那沓紙上寫甚麼東西。在他最後一次與西尼考太太談話兩個月之後，他寫的話中有一句這樣說：男人與男人之間不可能有愛情，因為他們不可能進行性交；男人與女人之間不可能有友誼，因為他們一定會進行性交。他不再去音樂會，怕萬一會碰到她。他父親去世了；銀行那位年輕的合夥人撤出了他的股份。然而他仍然每天早上乘電車進城，每天晚上在喬治街吃適度的晚飯，把讀晚報當作甜食，然後從城裏步行回家。

一天晚上，正當他要把一勺牛肉末和捲心菜送進嘴裏時，他的手停在了空中。他的眼睛不由自主地盯住了晚報上的一篇報道，當時他正把晚報支在水瓶上邊吃邊讀。他將那勺食物重又放回盤子，仔細地閱讀那篇報道。然後他喝了一杯水，將盤子推到一邊，把那張報紙對摺起來捧在手上，將那篇報道翻來覆去地讀了又讀。捲心菜在他的盤子裏開始積起冷白色的油脂。服務小姐走到他面前，問他是不是飯做得不好。他說飯做得很好，勉強地又吃了幾口。然後他付了賬，走了出去。

頂着十一月的蒼茫暮色，他快步向前走去，他堅實的榛木拐杖有規律地敲打着地面，淡黃色《郵報》的報紙邊，從他雙排扣緊身外衣的側口袋裏時隱時現。在從公園大門到查普利澤德那條行人稀少的道路上，他放慢了腳步。他的拐杖不再那麼有力地敲打地面，他的呼吸也變得沒有規律，幾乎帶有一種嘆息的聲音，在冬天的空氣中凝結起來。他一到家，立刻奔向樓上的臥室，從口袋裏拿出報紙，借着窗口微弱的光線，再一次讀起那篇報道。他沒有大聲閱讀，但卻輕輕地移動嘴唇，好像神父讀彌撒序誦前的默禱似的。下面就是這篇報道：

悉尼廣場一婦人死亡
一起令人悲傷的事件

今天，在都柏林市醫院，副驗屍官（在勒夫雷特先生不在的情況下）對愛米麗·西尼考太太的屍體進行了檢驗。死者四十三歲，昨天晚上在悉尼廣場車站遇禍身亡。證據表明，這位死去的婦人試圖跨越鐵路線時，被十點從金斯頓開來的慢車的機車撞倒，頭部和身體右側受傷，導致死亡。

機車司機詹姆斯・倫農供説，他在鐵路公司已經工作了十五年。他一聽到列車員的哨聲便馬上開動火車，一兩秒之後，他聽見大叫聲又立刻把車剎住。當時車開得很慢。

鐵路行李員鄧恩供説，火車就要開動時，他看見一個女人正試圖跨越鐵路線。他一邊向她跑一邊衝她喊叫，但沒等跑到她身邊，機車的緩衝器就把她撞倒在地上。

一個陪審員問，「你看見那婦人倒下的？」

證人回答，「是的。」

警官克洛利作證説，他到達的時候，發現死者躺在月台上，顯然已經死了。於是他讓人把屍體抬到候車室裏，等着救護車到來。

第57E號警察證實了警官克洛利的證詞。

都柏林市醫院住院部助理外科醫生豪平供説，死者下肋骨有兩根折斷，右肩嚴重挫傷。頭的右側在跌倒時受傷。對常人來説，這種傷勢不足以導致死亡。他認為，死亡的原因可能是突然撞擊造成了心臟跳動的驟然停止。

H．B．帕特森．芬利先生代表鐵路公司對這一意外事件深表遺憾。公司一向都採取各種預防措施，防止人們橫越鐵路時不走天橋，例如他們在每個車站張貼告示，在交叉路口使用專利彈簧門，等等。死者看來習慣於在深夜橫越鐵路，從一個站台到另一個站台，再加上對這個案件某些其他情況的考慮，他認為鐵路職員不應該受到指責。

家住悉尼廣場附近利奧維爾的西尼考船長，即死者的丈夫，也提供了證詞。他說死者是他的妻子。事件發生時他不在都柏林，因為那天早上他剛剛從鹿特丹返回這裏。他們結婚已經二十二年，一直過着幸福愉快的生活，大約自從兩年以前，他妻子的脾性開始變壞。

瑪麗．西尼考小姐說，最近她母親常常在夜裏出去買酒。她作證說，她常常努力勸她母親，並且還引導她加入了一個戒酒協會。事件發生時她不在家，一個小時後她才回去。

陪審團根據醫學證據作出了判決，宣佈司機倫農無罪。

副驗屍官說這是一個令人非常悲傷的案件，並對西尼考船長和他女兒表示深切的同情。他敦促鐵路公司採取強有力的措施，防止日後再發生類似的事件。他沒有對任何人進行譴責。

杜菲先生從報紙上抬起頭來，凝視着他窗外那陰暗慘淡的夜色。那條河靜靜地躺在空寂的釀酒廠旁邊，魯坎路上的房子裏時不時亮起一縷燈光。甚麼樣的一種結局！關於她死去的通篇報道都使他感到厭惡，這使他又想起了自己對她講的那些他視為神聖的事情。記者的陳詞濫調，虛假的同情，以及謹慎的措詞，成功地掩蓋了一個平凡庸俗的死亡事件的詳情，這使他感到一陣陣惡心。她不僅貶低了她自己，而且也貶低了他。他看到了她那骯髒的罪惡，卑鄙無恥，充滿惡臭。她竟是自己的精神伴侶！他想到那些蹣跚而行的可憐的人們，他們提着瓶瓶罐罐讓酒店的招待員灌酒。公正的上帝呀，這是甚麼樣的一種結局！顯然她已經不適於生存，缺乏堅強的意志，屈從於不良習慣，成了人類文明的一個蛀蟲。沒想到她竟能墮落到如此下賤的地步！對於她的情況，難道可能是他完全想錯了？他回憶起那天晚上她突然爆發的激情，並以他從未有過的嚴厲觀念進行了解釋。他現在一點不覺得他的做法有甚麼不妥。

天黑了下來，他的回憶開始遊蕩，他想起了她的手觸摸他的手的情景。剛才使他惡心的那種衝擊現在刺激着他的神經。他趕忙穿上外衣，戴上帽子，向外走去。剛出門口，一陣冷氣便向他撲來，鑽進他外衣的袖子。當他來到查普利澤德橋頭的酒館時，他走了進去，要了一杯熱的調和酒。

店主殷勤地招待他，但未敢同他說話。店裏有五六個工人，正在議論一個紳士在基爾代爾縣的產業的價值。他們不時端起巨大的玻璃杯灌酒，不停地抽煙，經常把痰吐到地上，有時還用他們厚重的靴子在地上掃些木屑把痰蓋住。杜菲先生坐在自己的櫈子上注視着他們，但既沒有看見他們也沒有聽見他們。過了一會兒他們走了，他又要了一杯調和酒。這杯酒他喝了很長時間。酒店裏非常清靜。店老闆懶洋洋地靠在櫃枱上，一邊讀《先鋒報》一邊打哈欠。時而聽到一輛電車在外面冷清的路上颼颼地駛過。

他坐在那裏，重溫昔日他和她在一起的生活，腦海裏交替浮現他現在把她想像成的兩種形象，這時他意識到她已經死了，她已經不復存在，已經變成了一種回憶。他開始感到不安。他捫心自問，他當時還能做些別的甚麼。他不可能和她演一齣欺騙的喜劇；他不能和她公開生活在一起。他已經做了他覺得最適當的事情。怎麼能指責他呢？現在由於她去世了，他理解了她過去的生活一定是多麼孤獨，夜復一夜地一個人在那個房間裏坐着。他自己的生活也會孤獨的，直到他也死去，不復存在，變成一種回憶——如果有誰記得他的話。他離開酒店時已經九點多了。夜色清冷而陰暗。他從第一個大門走進公園，沿着光禿禿的樹下的小路漫步。他穿過他們四年前曾走過的荒涼的小徑，黑暗中彷彿她就在他的身邊。有時他好像覺得她的聲音傳入了耳朵，又覺得她的手拉住了自己。他靜靜地站着諦聽。為甚麼他不給她留條活路？為甚麼他置她於死地？他覺得他的道德品性正徹底崩潰。當他來到馬家辛山頂後，他停了下來，沿着那條河向都柏林眺望，城裏的燈火在寒夜裏燃放着令人感到親切的紅光。他向山坡下望去，在山腳下公園圍牆的陰影裏，他看到一些人躺在那裏。那些用金錢買來的偷偷摸摸的性愛，使他心中充滿了絕望。他啃噬着自己正直的生活；他覺得遭到了生命盛筵的拋棄。有一個人看來曾經愛着他，而他卻斷送了她的生命和幸福：他判定她恥辱有罪，使她羞慚致死。他知道牆邊那些躺在黑影裏的人正在注視着他，希望他趕快離去。沒有人要他；他遭到了生命盛筵的拋棄。他把眼睛轉向那條閃着灰光的河流，河水曲曲折折向都柏林流去。在河的遠處，他看到一列貨車蜿蜒地駛出金斯橋車站，它像一條帶着火頭的爬蟲，頑強而吃力地蜿蜒着穿過黑暗。它慢慢地從視線中消失了；但他的耳朵仍然聽得見機車奮力的轟隆聲，反覆地奏出她的名字。

他沿着原路往回走去，機車的節奏仍然衝擊着他的耳朵。他開始懷疑他回憶中的現實。他停在一棵樹下，讓機車的節奏消逝。他感覺不到黑暗中她在自己身邊，耳朵也聽不到她的聲音。他等了幾分鐘，聚精會神地聽着。他甚麼也聽不見：夜幕下一片靜寂。他又仔細聽聽：仍然是一片靜寂。他感覺到自己是孤身一人。

委員會辦公室裏的常青節〔1〕

老傑克用一塊硬紙板把尚未燃盡的煤渣搓起來，小心地撒在爐子中燃得發白的隆起的煤堆上。當他在那煤堆上薄薄地撒了一層煤渣後，他的臉便隱入黑暗之中，但等他準備再去煽火時，他蹲伏的身影爬到了對面牆上，他的臉又慢慢地出現在光亮之中。這是一張老人的臉，瘦骨嶙峋，鬍子拉碴。一雙濕漉漉的藍眼睛閃映着火光，濕漉漉的嘴不時地張開，閉上時總是機械地嚼一兩下。煤渣全部燃着之後，他把硬紙板靠在牆上，舒了口氣説：

「現在好了，奧康納先生。」

奧康納先生是個年輕人，長着一頭灰色的頭髮，臉上有許多雀斑和粉刺，影響了他的外觀。他剛剛把捲枝煙卷的煙草塞進一根精巧的圓筒，聽到老傑克跟他説話，便若有所思地停了下來。然後他又開始若有所思地捲煙，想了一會兒，決定把煙紙舔濕。

「泰爾尼説沒説他甚麼時候回來？」他用一種假裝的沙啞聲問。

「他沒説。」

奧康納先生把煙卷放進嘴裏，開始在他的口袋裏搜索。他掏出了一疊薄紙板做的卡片。

「我來給你找盒火柴吧，」老頭兒説。

「別麻煩，這個就行了，」奧康納先生説。

他挑出一張卡片，讀着上面印的東西：

市政選舉

皇家交易所選區

在皇家交易所選區即將舉行選舉之際，濟貧法監察員理查德·J·泰爾尼先生懇祈閣下惠賜一票並鼎力贊助。

理查德·泰爾尼謹拜

奧康納先生受僱於泰爾尼的代理人，負責在該選區的某個部份游説拉票，但因天氣又濕又冷，他的靴子都濕透了，所以那天他大部份時間都待在威克勞大街委員會的辦公室裏，跟老管理員傑克一起坐在爐子旁邊。他們就這樣一直坐在那裏，短暫的白天早已黑了下來。那天是十月六日，外面陰沉而寒冷。

奧康納先生從卡片上撕下一條兒，引着火，點燃了他的香煙。這時，火苗照亮了他別在外衣翻領上的一片深色發光的常春藤葉子。老人關切地注視着他，然後又拿起那塊硬紙板，在他抽煙的時候開始慢慢地煽火。

「哎，真是，」老人接下來說，「真不知道怎樣才能教育好孩子。誰會想到他現在竟變成那個樣子！我把他送到基督教兄弟會學校上學，為他做了能做的一切，而他卻學會了胡吃海喝。我是想盡量讓他正派體面，像個樣子。」

他無精打采地把硬紙板放回到原處。

「可惜我現在成了個老頭兒，不然我非叫他改弦更張不可。我要是有勝過他的力氣，擒得住他，我就用棍子抽他的脊背——像我以前多次做過的那樣。可是他媽媽，你知道，總是這樣那樣地寵他……」

「那樣會毀了孩子的，」奧康納先生說。

「可不是嘛，」老人說。「而且還不得好報，得到的只有無禮的放肆。每當看見我吃甚麼東西，他便會對我吆喝。兒子這樣對老子說話，這世界還成甚麼樣子呀？」

「他多大了？」奧康納先生問。

「十九了，」老人答道。

「為甚麼你不讓他找點事做呢？」

「怎麼不呢？自從那個小醉鬼離開學校，我一直為他操心。『我養不起你了，』我說。『你一定得找份工作。』可是，說實在的，有了工作反而更糟，他連工作都給喝掉了。」

奧康納先生同情地搖了搖頭，老人默不作聲，靜靜地凝視着爐火。這時有人推開房門，喊道：

「喂！這是不是共濟會的會議？」

「誰呀？」老人問。

「你們黑着燈幹甚麼？」一個聲音問。

「是你嗎，海恩斯？」奧康納先生問。

「是呀。你們黑燈瞎火地幹甚麼？」海恩斯一邊說一邊走到爐火的亮處。

他是個身材細高的年輕人，留着淺棕色的鬍子。他的帽檐上懸着細小的雨珠，短外套的領子向上翻起。

「嗨，馬特，」他對奧康納先生說，「情況怎麼樣？」

奧康納先生搖搖頭。老人離開爐火，磕磕絆絆在屋裏摸索了一陣，回來時手裏拿着兩支插在燭台上的蠟燭；他將它們分別伸進爐火裏點燃，然後安放在桌子上。空蕩蕩的房間一覽無餘，爐火失去了它那歡快的光輝。房間的四壁光禿禿的，只有一份競選演說的副本掛在牆上。房子中間有一張小桌，上面堆着一摞文件。

海恩斯先生靠在爐架上，問道：

「他是否給過你錢了？」

「還沒有，」奧康納先生說。「但願上帝保佑，今天晚上他別讓我們白等。」

海恩斯先生大笑起來。

「哦，他會給你的。用不着擔心。」他說。

「如果他真想辦事，我希望他對這事靈活些，」奧康納先生說。

「你怎麼想，傑克？」海恩斯問老人，語氣有些譏諷。

老人回到他爐邊的座位上說：

「無論如何他有這筆錢。不像另外那個老粗。」

「甚麼另外那個老粗？」海恩斯先生問。

「我是說科爾根，」老人一口輕蔑的語氣說。

「你那樣說是不是因為科爾根是個工人？一個善良誠實的磚瓦匠和一個稅收員

之間有甚麼不同——吭？難道工人不是和別人一樣有權參與自治機關的競選嗎——啊？比起那些在有頭銜的人面前卑躬屈膝的小人不是更有這種權利嗎？是不是這樣，馬特？」海恩斯先生轉向奧康納先生說。

「我想你說的是對的，」奧康納先生說。

「這個人是個樸素誠實的人，沒有任何黨派傾向。他代表勞工階級參加競選。而你正在為之工作的這個傢伙，一心想撈取某個職位。」

「當然，勞工階級應該有人代表，」老人說。

「工人千辛萬苦，」海恩斯先生說，「但卻掙不到甚麼錢。然而正是勞工才生產出一切。工人不會為自己的兒子、侄子和親戚們謀求肥差。工人不會玷污都柏林的名譽去討好一個德國人國王[2]。」

「那是怎麼回事？」老人問。

「你不知道愛德華七世明年來這裏時他們要獻上一篇歡迎辭嗎？我們幹嗎要給一個外國國王磕頭呢？」

「我們那位不會贊成這篇歡迎辭的，」奧康納先生說。「他是作為民族黨的候選人競選的。」

「他真的不會嗎？」海恩斯先生說。「他會不會你等着瞧吧。我了解他。不就是耍滑頭、靠不住的泰爾尼嗎？」

「天哪！也許你是對的，喬，」奧康納先生說。「無論如何，我希望他快些帶了錢來。」

三個人陷入沉默。老人開始攏更多的煤渣。海恩斯先生摘掉帽子，甩了甩，然後翻下外衣的領子，這時，翻領上露出一片常春藤葉子。

「要是這個人活着，」他指指常春藤葉子說，「我們決不會談甚麼歡迎辭。」

「那當然啦，」奧康納先生說。

「呃哈，願上帝保佑他們！」老人說。「那時畢竟還有些生氣。」

房間裏又沉默下來。接着，一個顯得匆匆忙忙的小個子推門進來。他抽着鼻子，耳朵凍得紅紅的。他快步走向爐火，搓着雙手，好像準備用雙手搓出火花。

「沒錢了，夥計們，」他說。

「坐在這兒，亨奇先生，」老人說，一邊讓出他自己坐的椅子。

「哎，別動，傑克，別動，」亨奇先生說。

他隨便地向海恩斯先生點點頭，坐在了老人給他騰出的椅子上。

「你到奧吉爾街活動過沒有？」他問奧康納先生。

「活動過，」奧康納先生回答，同時開始在口袋裏翻找備忘錄。

「你有沒有拜訪格萊姆斯？」

「去過了。」

「怎麼樣？他持甚麼態度？」

「他不肯許諾。他説：『我不會告訴任何人我準備投誰的票。』不過我覺得他沒有問題。」

「為甚麼？」

「他問我提名的人都是誰；我告訴了他。我提到勃克神父的大名。所以我想不會有甚麼問題。」

亨奇先生開始抽起發塞的鼻子，烤着火拚命地搓着雙手。然後他説：

「看在上帝的面上，傑克，給我們添點煤吧。一定還有些剩下的。」

老人從房間走了出去。

「毫無進展，」亨奇先生搖搖頭説。「我問過那小子，可是他説：『啊，聽着，亨奇先生，如果我看到工作正常地進行下去，我決不會忘記你的，你放心好了。』

真是個卑鄙吝嗇的小人！說實在的，他怎麼能不是這種人呢？」

「我跟你說甚麼來着，馬特？」海恩斯說。「耍滑頭、靠不住的泰爾尼。」

「他真是要多滑頭有多滑頭，」亨奇先生說。「他那雙豬一樣的小眼睛可不是白長的。該死的混蛋！他幹嗎不能像個男子漢那樣把錢給清，而不是說：『哦，亨奇先生，我得跟范寧先生說說……我已經花了不少錢了』？卑鄙該死的小畜生！他大概忘了他那瘦小的老爸在馬利衚衕開舊貨店的日子。」

「可這是真的麼？」奧康納先生問。

「蒼天在上，當然是真的，」亨奇先生說。「你從沒聽說過？星期天早上，店舖開門之前，男人們常常到那兒買件背心或買條褲子——便宜嘛！但滑頭泰爾尼的小老爸總是要花招在某個角落藏一個小黑瓶子。現在你在意不在意？就是那麼回事。他就是在那種地方生出來的。」

老人又回到屋裏，帶來一些煤塊，將它們均勻地撒在火上。

「那倒是一種挺尷尬的局面，」奧康納先生說。「可是他不給錢怎麼還指望我們為他工作呢？」

「我也沒有辦法，」亨奇先生說。「我倒希望回到家時總管在大廳裏等着我。」

海恩斯先生笑笑，他挪動肩膀離開爐台，準備走了。

「等愛迪國王來時一切都就好了，」他說。「喂，夥計們，這會兒我要走了。回頭見。再見，再見。」

他慢慢地走出屋子。亨奇先生和老人誰也沒有吭聲，但就在門要關上的時候，一直鬱鬱寡歡地注視着爐火的奧康納忽然喊道：

「再見，喬。」

亨奇先生等了一會兒，然後朝門的方向點了點頭。

「告訴我，」他隔着爐火說，「我們這位朋友怎麼到這兒來了？他要幹甚麼？」

「咳，可憐的喬！」奧康納說着一邊把煙蒂扔進火裏，「他跟我們一樣，也是錢緊哪。」

亨奇先生使勁地抽抽鼻子，重重地往火裏吐了幾大口痰，差點兒把火給噴滅了；爐火發出嘶嘶的聲響，像是對他抗議。

「跟你說我個人的真實想法，」他說，「我覺得他是另外一邊的人。要是你讓我直說，我說他是科爾根的間諜。應該打到他們那邊去，想法兒看看他們在搞些甚麼。他們不會懷疑你的。你懂嗎？」

「啊，可憐的喬可是個正派人，」奧康納先生說。

「他父親倒是個可尊敬的正派人，」亨奇先生承認。「可憐的老拉里·海恩斯！他活着的時候真做了不少好事！可我非常懷疑，我們這位朋友真不怎麼樣。他媽的，我能理解一個人缺錢用的情形，但不能理解一個依靠他人的軟菜瓜。難道他就不能有點兒大丈夫的氣概？」

「他來的時候並沒有得到甚麼熱情的歡迎，」老人說。「他應該為自己的一邊做事，別在這裏搞甚麼間諜活動。」

「我不知道，」奧康納猶豫地說，一邊又掏出了捲煙紙和煙絲。「我覺得喬·海恩斯是個正直的人。他人也聰明，會寫東西。你是否記得他寫的那篇東西……？」

「既然你問我，我得說這些山裏人和芬尼亞[3]分子有一些是聰明過了頭，」亨奇先生說道。「關於那些小丑中的某些人，你知道我心裏的真實想法嗎？我相信他們當中有一半是由政府豢養的。」

「這就不知道了，」老人說。

「呵，可我知道這是真的，」亨奇先生說。「他們是城堡僱傭的走狗……我不是說海恩斯。……不，他媽的，我認為他比那些人高出一籌。……可是，有個長着鬥雞眼的小小的貴族——你知道我講的這個愛國者麼？」
奧康納先生點了點頭。
「如果你願意，可以說他是西爾少校的嫡傳子孫！啊，滿腔愛國者的熱血！現在正是這個人為了四個便士便出賣他的國家——唉——還跪下來感謝萬能的基督，他有個國家可賣。」
這時有人敲門。
「進來！」亨奇先生說。
一個又像窮教士又像窮演員的人出現在門口。這個人身材矮小，穿着緊扣在身上的黑色衣服，很難說他穿的是教士的衣服還是俗人的衣服，因為他的舊外衣領子繞脖子翻了起來，裸露的紐扣閃映着燭光。他戴着一頂圓形的黑色硬氈帽。他的臉上掛滿雨珠閃閃發亮，看上去像是濕漉漉的黃色奶酪，只有兩塊紅紅的地方表明那是他的顴骨。他突然張開大嘴表示失望，同時他又睜大他那非常明亮的藍眼睛表示驚喜。
「啊，科恩神父！」亨奇先生從椅子上跳起來說道。「是您嗎？請進來呀！」
「哦，不，不，不！」科恩神父迅速地說，繃着嘴像是對一個小孩說話。

「進來坐坐吧？」

「不，不，不！」科恩神父說，聲音謹慎而溫和，帶點逗弄的意味。「別讓我現在打擾了你們！我只是想找范寧先生……」

「他大概在『黑鷹』那裏，」亨奇先生說。「可是您真的不進來稍稍坐一會兒嗎？」

「不，不，謝謝你。只是一件小小的公事，」科恩神父說。「謝謝你了，真的。」

他從門口退去，亨奇先生抓起一枝燭台，提到門口照着他走下樓梯。

「哦，請你別麻煩了！」

「不麻煩，再說樓梯也太黑。」

「不，不，我能看見……謝謝你，謝謝。」

「您能行嗎？」

「沒問題，謝謝了……謝謝。」

亨奇先生手持燭台轉了回來，將燭台放回到桌上。他重又在爐火旁坐下。有一會兒大家都沒有說話。

「告訴我，約翰，」奧康納說，用另一張卡片點燃了他的捲煙。

「呃？」

「他到底是幹甚麼的？」

「問我個容易點兒的問題吧，」亨奇先生說。

「我覺得范寧和他好像非常親近。他們常常一起待在卡瓦納的店裏。他究竟是不是神父？」

「呃——是吧，我想是的……我認為他就是所謂的黑色綿羊。好在我們沒有多少這樣的人，感謝上帝！不過我們也有幾個……他是個有點不幸的人……」

「那他是怎麼搞的呢？」奧康納問。

「那是又一個秘密。」

「他是不是屬於某個教堂或者教會或者某個機構或者——」

「不，」亨奇先生說，「我想他自己是獨來獨往……請上帝寬恕我，」他補充說，「我剛才還以為他是送那打黑啤酒來了。」

「有沒有可能給咱們弄點啤酒喝？」奧康納問。

「我也覺得口乾舌燥，」老人說。

「我跟那小子講過三次了，」亨奇先生說，「請他送一打黑啤酒上來。剛才我又跟他說了，可他靠在櫃枱上，只穿着襯衫，正和奧爾德曼·考利説悄悄話呢。」

「你為甚麼不提醒他呢？」奧康納先生説。

「咳，他跟奧爾德曼·考利説話時我不可能過去。我只好等到他看見我時才説：『關於我對你説的那件小事……』『不會有問題的，亨先生，』他説。他媽的，這個小個子肯定把那事忘得個一乾二淨。」

「看來那個區在進行某種交易，」奧康納先生沉思地説。「我昨天看見他們三個人在薩福克街角處起勁地談個不停。」

「我想我知道他們玩的那種小花招，」亨奇先生説。「這年頭你要是想當市長大人，你一定得欠市參議員們錢。然後他們就會讓你成為市長。上帝呀！我真想自己也成為一個市參議員。你覺得怎麼樣？我能勝任嗎？」

奧康納先生笑了笑。

「就欠錢而言……」

「乘車駛出市政大廈，」亨奇先生説，「一副政客模樣，傑克站在我身後，戴着有裝飾的假髮——哎？」

「還要讓我當你的私人秘書，約翰。」

「對。我還要讓科恩神父做我的私人神父。我們要搞個像家庭一樣的團體。」

「真的，亨奇先生，」老人開口說，「你準比他們某些人更有派頭。有一天我跟門房老基根閒聊，我對他說，『你喜歡你們的新主子嗎，帕特？你現在沒甚麼人請客了吧。』『請客！』他說。『他靠聞抹布上的油味兒活着。』你們知道他跟我講了些甚麼？對天發誓，當時我真不敢相信他的話。」

「講了些甚麼？」亨奇先生和奧康納先生問。

「他告訴我：『一個都柏林市長老爺派人買一磅排骨當晚飯你以為如何？那種高級生活怎麼樣？』他說。『好呀！好呀，』我說。『買一磅排骨送到市府裏面，』他說。『好呀！』我說，『現在究竟成了甚麼樣的人了？』」

這時有人敲門，一個男孩探進頭來。

「甚麼事？」老人問。

「從『黑鷹』來的，」男孩一邊說一邊側身走進屋裏，把一個籃子放到地上，籃子裏發出瓶子磕碰的聲響。

老人幫男孩把瓶子從籃子裏拿到桌子上，數了數一共有幾瓶。然後男孩把籃子挎到胳膊上，問道：

「有瓶子嗎？」

「甚麼瓶子？」老人反問。

「讓我們先喝了再說好嗎？」亨奇先生說。

「老闆叫我帶空瓶子回去的。」

「明天再來吧，」老人說。

「喂，小夥子！」亨奇先生說，「請你跑到奧法雷爾店裏給我們借一個開瓶塞的起子——就說亨奇先生讓借的。告訴他我們一會兒就還。把籃子先放在這裏。」

男孩走了出去，亨奇先生開始高興地搓着雙手，說道：

「啊，好呀，畢竟他還不是那麼壞。不管怎樣，他說的話還算數。」

「沒有喝酒的杯子呀，」老人說。

「啊，這你用不着擔心，傑克，」亨奇先生說。「許多男子漢一向都是對着瓶口喝的。」

「無論如何，總比沒有酒好，」奧康納先生說。

「他不是個壞人，」亨奇先生說，「只是范寧欠他的錢太多了。他不夠大方，你知道，但並無惡意。」

男孩借了起子回來。老人打開三瓶酒，正要把起子還回去的時候，亨奇先生對男孩說：

「你要不要喝一瓶，小夥子？」

「如果你願意讓我喝的話，先生，」男孩說。

老人不情願地又打開一瓶，遞給了男孩。

「你多大歲數了？」他問。

「十七了，」男孩回答。

老人再沒有說甚麼，於是男孩拿起酒瓶說，「先生，我向亨奇先生致以最崇高的敬意，」咕嚕咕嚕喝乾瓶裏的酒，將瓶子放回桌上，用袖子抹抹嘴，然後拿起開瓶的起子，側身走出門外，低聲咕噥着像是道別。

「這就是酗酒的開始，」老人說。

「由小到大，積久成習，」亨奇先生說。

老人將打開的三瓶酒分給每個人，大家便一起對着瓶口喝了起來。喝過之後，各人伸手將酒瓶放在爐台上，心滿意足地舒了一口長氣。

「哈，今天的工作我乾得不錯，」亨奇先生停了一會兒說。

「是這樣嗎，約翰？」

「是呀。我在道森街給他拉到一兩張有把握的選票，克羅夫頓和我在一起。我只對你一個人説，你知道，克羅夫頓（他當然是個正派人），根本他媽的不會游説。狗咬他他都不會説話。我對人們説話的時候，他只會站在一邊傻看。」

這時有兩個人走進房間。其中一個是大胖子，他穿的藍嗶嘰衣服好像要從他那斜坡似的身軀上滑落下來。他有一張大臉，表情像一頭小牛的面孔，瞪着一雙藍色的眼睛，留着灰白色的髫子。另一個人年輕得多，也單薄得多，瘦削的臉刮得乾乾淨淨。他脖子上圍着一副高高的雙層領套，頭上戴一頂寬邊的禮帽。

「你好，克羅夫頓！」亨奇先生對那個胖子説。「説到鬼……」

「哪兒來的酒？」年輕人問。「是不是母牛下小牛了？」

「啊，那當然，萊昂斯第一件事就是盯住酒！」奧康納先生笑着説。

「你們這些傢伙就這麼游説，」萊昂斯先生説，「讓克羅夫頓和我頂風冒雨在外面找選票？」

「怎麼啦，你個該死的，」亨奇先生説，「我會在五分鐘裏拉到比你們一個星期拉的都多的選票。」

「開兩瓶黑啤酒，傑克，」奧康納先生說。
「怎麼開呀？」老人說。「已經沒了開瓶塞的起子。」
「等等，等等！」亨奇先生急忙站起身說。「你們見沒見過這種小竅門？」
他從桌上拿起兩瓶酒，走到爐火旁邊，把酒瓶放到爐架上。然後他又在爐邊坐下，從他的酒瓶裏喝了一口。萊昂斯先生坐在桌子邊上，把帽子推到後腦勺，開始晃動他懸着的雙腿。
「哪一瓶是我的？」他問。
「這瓶，小子，」亨奇先生說。
克羅夫頓先生坐在一個箱子上，目不轉睛地盯着架子上的另一瓶。他一言不發有兩個原因。第一個原因不言自明，他無話可說；第二個原因是他認為他的同伴們比不上他。他曾為保守黨人威爾金斯游說拉票，可是當保守黨退出競選，轉而選擇為害較少的民族黨並支持他們的候選人時，他也就轉而為泰爾尼先生工作。幾分鐘之後，隨着一聲辯護似的「噗」聲，萊昂斯那瓶酒的軟木塞子飛了出來。萊昂斯先生跳下桌子，走到爐邊，拿起酒瓶又回到桌子上坐下。
「剛才我正在告訴他們，克羅夫頓，」亨奇先生說，「我們今天拉到了好多張選票。」

「你們都拉到誰了？」萊昂斯先生問。

「啊，我們拉到帕克斯一張，阿特金森兩張，還有道森街沃德的。他也是個挺好的老頭——地道的老公子哥兒，老保守分子！『你們的候選人難道不是個民族黨黨員？』他說。『他是個可尊敬的人，』我說。『他贊成一切有利於這個國家的事情。他是個納稅大戶，』我接着說。『他在城裏有大量的房產，還有三個商業機構，保持低稅率不是對他自己也有好處嗎？他是個傑出而可敬的公民，』我又說，『一個貧困法的衛士，不屬於任何黨派，不論好的、壞的還是中立的。』對他們就得這麼講。」

「致國王的歡迎詞又怎麼樣了？」萊昂斯先生喝了口酒，咂咂嘴說。

「聽我説，」亨奇先生說。「就像我對老沃德説的那樣，在這個國家，我們需要的是資本。國王到這裏來，意味着有一筆資金要流進這個國家。都柏林的公民們將從中受益。看看碼頭附近那些工廠，全都一片蕭條！只要我們振興這些昔日的工業，這些麵粉廠、造船廠和其他工廠，看看國家有多少錢吧。我們真正需要的是資金。」

「可是，請注意，約翰，」奧康納先生說，「為甚麼我們要歡迎英國國王？難道帕內爾[4]本人……」

「帕內爾死了，」亨奇先生說。「哦，我對此事的看法是這樣：這傢伙一直被他老娘控制，現在等到他頭髮白了才登上王位。他是個世界性的人物，對我們頗有好感。要是你問我的話，我得說他是個非常正派的好人，沒有甚麼可挑剔的。他只是對自己說，『老娘從未去看過這些野蠻的愛爾蘭人。基督啊，我可要親自去看看他們是甚麼樣子。』當一個人來這裏進行友好訪問時，我們能侮辱他嗎？呃？難道不對嗎，克羅夫頓？」

克羅夫頓點了點頭。

「可是總而言之，」萊昂斯先生爭辯說，「愛德華國王的生活，你知道，並不太……」

「過去的事就算過去了，」亨奇先生說。「我個人就佩服他。他只不過像你我一樣，是個普通的浪蕩子而已。他喜歡喝兩杯，也許有點放浪形骸，而且還是個不錯的運動員呢。媽的，難道我們愛爾蘭人就不能公正一些？」

「這些說得都對，」萊昂斯先生說。「可是現在你看看帕內爾的情形。」

「上帝呀，」亨奇先生說，「這兩件事有甚麼相似之處？」

「我的意思是，」萊昂斯先生說，「我們有自己的理想。可是現在，我們為甚麼要歡迎那樣一個人呢？你現在是不是覺得，帕內爾做了那種事之後還適合當我們的領袖人物？不然為甚麼我們要歡迎愛德華七世呢？」

「今天是帕內爾的紀念日，」奧康納先生說，「別破壞了我們的情緒。他現在已經死了，我們人人都尊重他——連保守派都尊重他，」他轉向克羅夫頓補充說。

噗！克羅夫頓先生那瓶酒的瓶塞拖到這時才飛了出去。克羅夫頓先生從他坐的箱子上跳起來，走到爐邊。他拿起酒瓶回到原處時，用低沉的聲音說道：

「我們這邊的人也尊重他，因為他是個君子。」

「你說的對，克羅夫頓！」亨奇先生激動地說。「他是唯一能駕馭那群滑頭的人。『下去，你們這群狗！別亂動，你們這些雜種！』這就是他對待他們的方式。進來，喬！進來！」他看見海恩斯站在門口，叫道。

海恩斯先生慢慢走了進來。

「再開一瓶黑啤酒，傑克，」亨奇先生說。「哎，我忘了沒有開瓶塞的起子啦！來，給我一瓶，我放到爐火旁邊。」

老人遞給他一瓶，他放到了爐架上。

「坐下，喬，」奧康納先生說，「我們正在談『頭兒』的事。」

「啊，是啊！」亨奇先生說。

海恩斯先生靠近萊昂斯先生坐在桌子邊上，但一句話沒說。

「不管怎樣，他們當中有一個人，」亨奇先生說，「沒有背叛他。上帝作證，我要為你說話，喬！你沒有背叛他，上帝作證，你一直跟着他，像個男子漢！」

「哎，喬，」奧康納先生突然說，「把你寫的那篇東西唸給我們聽聽——你記得嗎？有沒有帶在身上？」

「啊，好啊！」亨奇先生說。「給我們唸唸。你聽到過嗎，克羅夫頓？現在聽聽吧，真是妙極了。」

「開始吧，」奧康納先生說。「別猶豫了，喬。」

海恩斯先生似乎一時記不起他們講的那篇東西，但想了一會兒後他說：

「哦，是那篇東西……說實在的，那篇東西現在過時了。」

「快唸吧，夥計！」奧康納先生說。

「噓，噓，」亨奇先生說，「開始吧，喬！」

海恩斯先生又猶豫了一會兒。然後在一片肅靜中，他摘掉帽子放在桌上，站起身來。他好像在要在心裏把那篇東西先背誦一遍。過了好長一會兒，他才唸道：

帕內爾之死

一八九一年十月六日

他清了清嗓子，然後開始背誦：

他去世了。我們的無冕之王去世了。
啊，愛爾林[5]，沉痛悲傷地哀悼
因為他長眠地下，被兇惡的一幫
現代的偽君子打倒。

他躺在那裏被怯懦之狗殺死
他曾使牠們脫離泥沼獲得榮光；

於是愛爾林的希望和愛爾林的夢想
　隨着她君主的火葬而消亡。

在宮殿、小屋或在茅舍裏
　愛爾蘭的心處處都在
哀傷哭泣——因為他去世了
　誰還會決定她的命運。

他本可使他的愛爾林名聲顯赫，
　綠色的國旗燦爛輝煌地飄揚，
使她的政治家、詩人和戰士
　在世界各民族面前挺胸高昂。

他夢想（唉，只是夢想！）
　自由：但在他奮力

撲捉那女神之際，背叛
使他和他熱愛的自由分離。

無恥啊怯懦卑鄙的黑手
殺死了他們的主人，或用親吻
將他出賣給那群烏合之眾
阿諛奉承的教士——決非他的友人。

願永恆的恥辱吞噬
那些人的記憶，他們企圖
玷污他崇高的名譽
而他以自己的自尊鼓舞他們。

他像其他偉人那樣倒下了，
壯烈地直到最後不屈不撓，

死亡現在將他結合
　納入到愛爾林昔日的英雄行列。

沒有爭鬥的喧鬧驚擾他的睡眠！
　他靜靜地安息：沒有人間的苦難
或者雄心壯志激勵他現在
　攀登光輝的峰巔。

他們實現了目的：他們使他倒下。
　可是愛爾林，記着，他的精神
會像火中的鳳凰那樣升起，
　在破曉的黎明時分，

給我們帶來自由政權的那天。
　那一天愛爾林舉杯歡慶之中

願她別忘了寄上一片悲情，

——哀悼帕內爾的英靈。

海恩斯先生重又坐到了桌子上。他朗誦完之後，房間裏一片沉寂，接着爆發出一陣掌聲：甚至萊昂斯也鼓起掌來。掌聲持續了一會兒。掌聲停止以後，所有聽的人都默默無語，對着瓶口喝起酒來。

噗！海恩斯先生那瓶酒的瓶塞迸了出來，但海恩斯先生仍然坐在桌上，滿臉通紅，光着腦袋。他似乎沒有聽見酒瓶對他發出的邀請。

「真不簡單，喬！」奧康納先生說，一邊掏出他的捲煙紙和煙絲袋子來掩飾他的激動。

「你覺得這篇東西怎麼樣，克羅夫頓？」亨奇先生叫道。「難道不好嗎？你說甚麼？」

克羅夫頓先生說這是一篇絕好的作品。

註釋：

[1] 常青節（Ivy Day，十月六日），是愛爾蘭民族獨立運動領導人C．S．帕內爾的逝世紀念日。每遇紀念日，愛爾蘭民族黨黨員均在上衣胸襟上佩戴一片常春藤葉，故名常青節。

[2] 德國人國王，英國自喬治一世（一七一四年）以後，一直由德裔漢諾威王朝統治，故有此說。

[3] 芬尼亞（The Finians）是一個支持愛爾蘭民族自治的組織，成立於一八五八年，其宗旨是聯合愛爾蘭海內外革命志士推動愛爾蘭民族獨立運動。芬尼亞是愛爾蘭古代傳說中的勇士，故該組織以芬尼亞命名。

[4] 帕內爾（Charles Stewart Parnell, 1846-1891），愛爾蘭民族獨立運動領袖，任愛爾蘭黨主席達十二年之久，威信甚高，有「愛爾蘭無冕之王」之稱。一八九零年，因私生活問題受到英國統治集團和教會的攻擊，黨內信徒也紛紛背離，最後被革除黨主席職務，心情抑鬱於一八九一年去世。此後該黨分裂為幾派，走入低谷。

[5] 愛爾林（Erin）：愛爾蘭古名。

母親

將近一個月了，「愛爾．阿布」協會的助理秘書郝勒漢先生一直在都柏林上下奔走，手裏和口袋裏塞滿了一張張髒兮兮的紙，忙着安排一系列的音樂會。他瘸了一條腿，因此他的朋友叫他瘸子郝勒漢。他不斷地東奔西跑，常常在街角站上個把鐘頭爭辯理由，還作了筆記；但最後真正把一切安排好的卻是基爾尼太太。

德芙琳小姐因為賭氣才變成了基爾尼太太。她曾在一家高等教會學校接受教育，學了法語和音樂。她天性冷漠，舉止矜持，因此在學校裏沒交上甚麼朋友。到了該結婚的年齡，她常被送到其他人家裏做客；在別人家裏，她的演奏和高雅的儀態很受人仰慕。她的才藝築成了一道寒冷的圍牆，她端坐當中，等待某個求婚者勇敢地衝破它，使她得到燦爛光輝的生活。但她遇到的年輕人盡是些平凡之輩，因此她也不鼓勵他們，而是私下裏大吃土耳其軟糖，試圖以此來平復自己的浪漫慾望。然而在她青春即將逝去、朋友們開始對她說三道四的時候，為了堵人們的嘴，她嫁給了奧蒙德碼頭上的製靴商基爾尼先生。

他比她年齡大得多。他說話一本正經，斷斷續續從他那褐色的大鬍子後面傳出。結婚一年之後，基爾尼太太發覺這樣的男人比浪漫的人靠得住，但她從未放棄自己的浪漫想法。他嚴肅、節儉、虔誠；每月第一個星期五他都去聖壇做禮拜，有時帶着她，但更多的是他一個人單獨去。不過她從未減弱對宗教的信仰，對他來說是個很好的妻子。在生人家裏舉行的聚會上，只要她稍微抬一下眉毛，他就會起身告辭；而當他咳嗽難受時，她會用鴨絨被蓋住他的腳，為他調一杯濃郁的朗姆酒混合飲料。就他這方面來說，他是個模範丈夫。每星期他都向一個協會交一小筆錢，保證在他兩個女兒二十四歲的時候，每人會得到一百英鎊的嫁妝。他把大女兒凱瑟琳送到一所好的教會學校學習法語和音樂，後來又付費讓她到學院學習。每年七月，基爾尼太太總是找機會對一些朋友說：

「我那好男人準備帶我們全家到斯格里斯去幾個星期。」

如果不是斯格里斯，那就是豪思或格雷斯通斯。

當愛爾蘭復興運動開始受人注意時，基爾尼太太利用女兒的名義給家裏請了一個愛爾蘭教師。凱瑟琳和她妹妹把愛爾蘭風景明信片寄給她們的朋友，這些朋友也回寄另外的愛爾蘭風景明信片。在特定的星期天，當基爾尼先生和全家一起去主教教堂時，彌撒之後總會有一小群人聚集在教堂街的街口。他們都是基爾尼家的朋友——音樂方面的朋友或者民族黨方面的朋友；他們說三道四，議論完之後，一起互相握手，望着這麼多手交來插去大笑，然後用愛爾蘭語互道再見。不久，凱瑟琳小姐的名字開始經常掛在人們嘴上。人們說她極富音樂天才，是個絕好的姑娘，而且對語言運動充滿了信念。基爾尼太太對此非常滿意。所以，當郝勒漢先生一天來找她，告訴她他的協會準備在安提恩特音樂廳舉辦四場系列大型音樂會，建議她女兒為音樂會伴奏時，她絲毫都不感到驚奇。她把郝勒漢先生帶進客廳，讓他坐下，接着拿出帶玻璃塞的酒瓶和銀質的餅乾盒子。她全神貫注地了解這件事的細節，又是忠告又是勸阻，最後簽了一個合同，寫明凱瑟琳為四場大型音樂會伴奏，伴奏費是八個幾尼。

對於一些微妙的問題，如節目單的措詞和節目的安排，郝勒漢先生都是生手，所以基爾尼太太便幫着他做。她顯得很老練。她知道甚麼樣的「藝人」該用大號字寫出，甚麼樣的「藝人」用小號字寫出。她知道第一男低音不喜歡緊接着米德先生的滑稽表演出場。為了不斷地吸引聽眾，她將沒把握的節目穿插在他們最喜歡的傳統節目之間。郝勒漢先生每天都來看她，就某些問題徵求她的意見。她無一例外地對他非常友好，提出自己的看法——事實上像家裏人一樣無拘無束。她把酒瓶推到他面前說：

「喂，自己動手，郝勒漢先生！」

在他自己斟酒時她又說：

「別擔心！喝就是了！」

一切進行得都很順利。基爾尼太太從布朗．托馬斯的店裏買了一些漂亮的粉紅色軟緞，鑲在凱瑟琳衣服的前襟。這要花相當多的錢；但有時候花些錢是值得的。她買了一打最後一場音樂會的兩先令的門票，寄給那些自己不一定買票來的朋友。她甚麼都沒有忘記，由於她，該辦的一切全都辦了。

音樂會定於星期三、四、五、六舉行。星期三晚上，當基爾尼太太和她女兒來到安希恩音樂廳時，她覺得那裏的一切都不順眼。幾個年輕人上衣胸前佩戴着鮮藍色的徽章，懶洋洋地站在前廳裏；他們當中沒有一個人穿着晚禮服。她帶着女兒從他們身邊走過，透過開着的門向大廳裏迅速瞥了一眼，她這才明白為甚麼這些服務員懶懶散散。起初她以為自己搞錯了時間。不，沒錯，已經七點四十分了。

在舞台後面的化妝室裏，她被介紹給協會秘書菲茨帕特里克先生。她微微一笑，和他握了握手。他是個小個子，臉色蒼白，缺乏表情。她注意到他的褐色軟帽隨隨便便地歪戴在頭上，說話的聲音平平淡淡。他手裏拿着一張節目單，一邊和她談話，一邊把節目單的一端嚼得稀爛。他似乎對失望的事並不覺得沉重。郝勒漢先生每隔幾分鐘就到化妝室來一次，報告票房的情況。「藝人」們不安地互相交頭接耳，不時地看看鏡子，把手裏的樂譜捲來捲去。將近八點半的時候，大廳裏稀稀落落的聽眾開始要求演出。菲茨帕特里克先生走進來，茫然地對室內微笑一下，說道：

「喂，女士們和先生們，我想我們最好現在開始演出。」

基爾尼太太對他極其平板的音調報以輕蔑的一瞥，然後以鼓勵的語氣對她女兒說：

「準備好了嗎，親愛的？」

她找到個機會，把郝勒漢先生叫到一邊，請他說明究竟是怎麼回事。郝勒漢先生也不知道。他說委員會安排四場音樂會是犯了個錯誤：四場太多了。

「還有這些『藝人』！」基爾尼太太說。「當然他們都在盡最大努力，可實際上他們太差。」

郝勒漢先生承認這些「藝人」不怎麼樣，但他說委員會決定讓前三場任其自然，把精華留在星期六晚上最後一場。基爾尼太太沒說甚麼，但隨着平庸的節目一個接一個在舞台上出現，台下原本不多的聽眾越來越少，她開始後悔自己真不該為這樣的音樂會破費。周圍的東西使她生厭，菲茨帕特里克先生茫然的微笑也使她大為惱火。不過，她並沒說話，而是靜靜地等着看音樂會如何收場。將近十點時音樂會結束，人們匆匆地趕回家去。

星期四晚上的音樂會聽眾較多，但基爾尼太太很快發現大廳裏到處是持免費券的人。這些聽眾舉止不雅，彷彿音樂會成了一場非正式的彩排。菲茨帕特里克先生似乎洋洋自得；他根本沒有意識到基爾尼太太正在憤怒地注意他的行為。他站在幕布邊上，不時露出腦袋，與樓廳角上的兩個朋友交換笑臉。那天晚上在音樂會進行當中，基爾尼太太聽説星期五的音樂會要被取消，委員會準備竭盡全力確保星期六晚上座無虛席。她一聽到這個消息，便到處找郝勒漢先生。正當他拿着一杯檸檬汁一瘸一拐地快步走出來送給一位年輕女士時，她一把抓住他問他到底是不是真的。是的，這事是真的。

「不過，當然，那不會改變合同，」她説。「合同上寫的是四場音樂會。」

郝勒漢先生顯得很匆忙，建議她找菲茨帕特里克先生去談。這時基爾尼太太開始警覺起來。她把菲茨帕特里克先生從幕布旁叫開，告訴他她女兒簽了四場音樂會的合同，因此，按照合同的條款，不論協會是否舉辦四場音樂會，她女兒都應該得到原定的報酬。菲茨帕特里克先生沒有很快抓住問題的關鍵，看上去好像無法解決這個難題，便說他會把這事提交到委員會討論。基爾尼太太怒火中燒，氣得面頰直顫抖，她極力忍着不使自己發問：

「請問到底誰是『委員會』？」

她知道那樣做不像是有教養的婦人所為，因此她保持了沉默。

星期五一大早，一群群小男孩被派往都柏林主要街道，散發一捆捆傳單。各家晚報也都刊登專門的短文或廣告，提醒愛好音樂的人別忘了第二天晚上的精彩演出。基爾尼太太寬心了一些，但她覺得還是把自己的疑慮向丈夫講講為好。他仔細聽她講完之後說，或許星期六晚上他最好和她一起去。她同意了。她尊重她丈夫，覺得他就像郵政總局那樣，是某種偉大、安全、穩定的東西；雖然她知道他的才智有限，但她讚賞他那作為男性的抽象價值。她很高興他提出陪她同去。她又把自己的計劃考慮了一遍。

盛大的音樂會之夜到了。離開演還有三刻鐘，基爾尼太太和她丈夫及女兒便來到了安希恩音樂廳。不巧的是這天晚上下雨。基爾尼太太讓丈夫照看女兒的衣服和樂譜，自己在音樂廳裏到處尋找郝勒漢先生和菲茨帕特里克先生。她誰都找不到。她問服務員音樂廳裏是否有委員會的成員，結果費了半天周折，一個服務員才帶來個矮小的名叫貝爾娜小姐的女人。基爾尼太太向她說明她想見一位協會的秘書。貝爾娜小姐說他們隨時會來，並問是否她可以幫助做點甚麼。基爾尼太太審視地看看這張拚命表現出誠實和熱情的老氣的面孔，然後答道：

「不了，謝謝你！」

小女人希望今晚他們的音樂會滿座。她望着外面的雨，直到濕漉漉街道的陰鬱感從她扭曲的臉上抹去了誠實和熱情。然後她小聲嘆了口氣說：

「唉，真是的！我們盡了最大的努力，天曉得。」

基爾尼太太不得不回到化妝室裏。

「藝人們」開始進來。男低音和第二男高音已經到了。男低音杜根先生是個瘦高的年輕人，留着稀稀疏疏的黑鬍子。他是城裏一家公司辦公樓清潔工的兒子，小時候，他就在回聲響亮的那座辦公樓的門廳練唱拖長的低音。雖然家境低賤，但他奮進向上，終於使自己變成了一個第一流的「藝人」。他演出過大型歌劇。一天晚上，一個歌劇「藝人」病了，他曾代替那位「藝人」在皇后劇院演出的《瑪麗塔娜》中扮演國王。他的歌聲音域寬闊，富於感情，受到頂層樓座聽眾們的熱烈歡迎；然而不幸的是，他缺心少肺地用戴手套的手抹了一兩次鼻子，結果破壞了他給聽眾們的良好印象。他為人謙遜，寡言少語。他說「您」總是說得很輕，輕得幾乎讓人聽不見；而為了保護嗓子，他從不喝比牛奶更烈的東西。次高音貝爾先生是個滿頭金髮的小個子，每年都參加民間藝術節的競獎比賽。他第四次參加時獲得了銅牌。他對其他男高音極端擔心而又極端嫉妒，於是便以熱情友好的態度來掩飾自己不安的嫉妒心理。他的幽默就是讓人知道參加音樂會演出對他是個多麼嚴峻的考驗。因此他看見杜根時便走上前去，問道：

「你也來接受考驗？」

「是的，」杜根先生說。

貝爾先生衝着他的難兄弟笑笑，伸出手來說：

「握握手吧！」

基爾尼太太從這兩個年輕人身邊走過，到幕布旁邊去看看大廳裏的情形。座位正被迅速地坐滿，大廳裏迴盪着歡快的聲音。她回到丈夫身邊，悄悄地跟他說話。顯然他們在談凱瑟琳，因為兩人都不時地看她一眼。凱瑟琳這時正站着與一位民族主義者朋友、女低音希利小姐交談。一個臉色蒼白誰也不認識的女人單獨穿過房間。女人們投以敏銳的目光，盯着那裏在一個羸弱軀體上面的褪了色的藍色衣服。有人說她是女高音格林夫人。

「不知道他們從甚麼地方把她挖出來的，」凱瑟琳對希利小姐說。「我肯定從沒聽說過她。」

希利小姐只好微微一笑。恰在這時，郝勒漢先生一瘸一拐地來到化妝室裏，於是兩位小姐便向他打聽那位陌生的女人是誰。郝勒漢先生說她是從倫敦來的格林夫人。格林夫人站在房間的一角，胸前不自然地捧着一卷樂譜，驚訝的目光不時轉換方向。燈影遮住了她褪色的衣服，但也像報復似的陷進了她鎖骨後面的骨臼。大廳裏的聲音越來越響。第一男高音和男中音一起來到。他倆都穿得整整齊齊，堅定而自信，在同伴中顯出富有的神態。

基爾尼太太把女兒帶給他們，親切地和他們交談。她想與他們處好關係，但儘管她極力保持禮貌，眼睛卻跟着郝勒漢先生的瘸腿來回移動。她剛一看到機會，便藉故告辭，跟在他後面走了出去。

「郝勒漢先生，我想跟你說幾句話，」她說。

他們走到走廊上一個便於說話的地方。基爾尼太太問他她女兒甚麼時候能得到酬金。郝勒漢先生說這事由菲茨帕特里克先生負責。基爾尼太太說她根本不曉得甚麼菲茨帕特里克先生。她女兒簽的合同是八個幾尼，她應該如數得到。郝勒漢先生說他不管這事。

「為甚麼你不管這事？」基爾尼太太問道。「難道不是你親自把合同拿給她的？無論怎樣，如果你不管這事，我可要管這事，而且決心管到底。」

「你最好和菲茨帕特里克先生談談，」郝勒漢先生冷淡地說。

「我根本不曉得甚麼菲茨帕特里克先生，」基爾尼太太重複說。「我有我的合同，我一定要照合同辦事。」

等她回到化妝室時，她的雙頰略微有些發紅。屋子裏氣氛活躍。兩個身穿室外裝的男人圍着火爐，正在和希利小姐及男中音隨便地交談。他們是《自由人報》的記者和奧曼登·勃克先生。《自由人報》的記者到這裏來是為了說明他不能留下來聽音樂會了，因為他必須報道一位美國牧師正在議會大廈發表的演講。他說他們可以把報道給他留在《自由人報》的辦公室裏，他會想辦法發表。他頭髮灰白，善於言辭，舉止謹慎。他手上夾着一支熄滅了的雪茄，身邊飄浮着雪茄煙的香味。他原本一刻都不想多待，因為音樂會和「藝人們」使他厭煩，但他還是靠在壁爐台上未走。希利小姐站在他面前，又說又笑。他相當老了，完全猜得出她殷勤周到的原因；

但他的心還相當年輕，仍然會利用這片刻時光。她身體的生機、香氣和膚色撩撥着他的感官。他愉快地意識到，他眼前看到的那緩慢起伏的胸脯，此刻在為他起伏，那笑聲、芬芳和含情的秋波，也是對他的奉獻。但他不能再停留下去，只得遺憾地向她告辭。

「奧曼登·勃克會寫這篇評論，」他向郝勒漢先生解釋說，「我負責讓它見報。」

「太謝謝了，亨德里克先生，」郝勒漢先生說。「我知道你會把它登出來的。那麼，你要不要喝點甚麼再走呀？」

「喝點也好，」亨德里克先生說。

兩人走過彎來彎去的通道，登上一段昏暗的樓梯，然後來到一個隔起來的房間。在那個房間裏，一個服務員正在為幾個紳士打開酒瓶。紳士中有一個就是奧曼登·勃克先生，他憑着直覺找到了這個房間。他是個和藹的長者，休息時常常倚着一把大的絲綢雨傘，平衡自己堂堂的身軀。他那華而不實的西方名字是他道德上的一把傘，靠着這把傘，他平衡了自己財務上的許多問題。他受到普遍的尊敬。

就在郝勒漢先生招待《自由人報》的記者時，基爾尼太太正在激動地跟丈夫説話；她太激動了，她丈夫不得不請她壓低聲音。化妝室裏其他人的談話變得拘謹起來。貝爾先生演出第一個節目，他拿着樂譜準備就緒，但伴奏卻毫無動靜。顯然是出了甚麼岔子。基爾尼先生捋着鬍子直視着前方，而基爾尼太太則湊近凱瑟琳的耳朵，壓低聲音強調着甚麼。大廳裏傳來要求開演的聲音，掌聲和跺腳聲混雜在一起。第一男高音、男中音和希利小姐站在一起，平靜地等着，然而貝爾先生的神經卻極度緊張，他惶惶不安，唯恐聽眾會認為他遲到了。

郝勒漢先生和奧曼登·勃克先生來到室內。立刻郝勒漢先生便看出了沉默的原因。他走到基爾尼太太身邊，誠懇地和她交談。他們談話時，大廳裏的喧鬧聲更大了。郝勒漢先生滿面通紅，非常激動。他滔滔不絕，但基爾尼太太只是簡單地插上一兩句：

「她不會上場的。她必須得到她的八個幾尼。」

郝勒漢先生絕望地指指大廳，那裏的聽眾正在鼓掌和跺腳。他向基爾尼先生求助，又向凱瑟琳求助。但基爾尼先生繼續捋着他的鬍子，凱瑟琳則低頭望着地下，移動着她新鞋的鞋尖：意思是這並非她的過錯。基爾尼太太重複説：

「不給她錢她決不會上場。」

在一陣快速的爭辯之後，郝勒漢先生拐着腿匆匆地走了出去。房間裏一片寂靜。

當沉默的緊張變得有些難以忍受時，希利小姐對男中音説道：

「你這星期見過帕特．坎貝爾太太嗎？」

男中音不曾見她，但聽説她最近很好。談話便不再繼續。第一男高音低下頭，開始數起垂到腰部的金鏈的扣環，他微笑着，隨便哼着調子，想看看鼻音的效果。所有的人都不時向基爾尼太太瞄上一眼。

場內的嘈雜聲變成了喧囂的吵鬧，這時菲茨帕特里克先生衝進了屋裏，後面跟着氣喘吁吁的郝勒漢先生。大廳裏的掌聲和跺腳聲不時穿插着口哨聲。菲茨帕特里克先生手裏拿着幾張鈔票。他數出四張塞在基爾尼太太手裏，並説剩下的一半中間休息時給她。基爾尼太太説道：

「這裏還少四個先令。」

可是凱瑟琳已經提起裙子對第一個上場的貝爾説：「開始吧，貝爾先生，」而貝爾此時正顫抖得像一棵晃動的白楊。歌手和伴奏一起走上舞台。場內的嘈雜聲平息下來。停了幾秒鐘，然後傳出了鋼琴的聲音。

除了格林夫人的節目之外，音樂會的前半部份非常成功。這位可憐的夫人用一種斷斷續續的顫音唱《基拉爾尼》，全是老式的注重個人獨特風格的聲調和發音，自以為這會使她的演唱顯得高雅。她彷彿是從古代劇場的儲衣室裏復活出來，大廳裏廉價座位上的聽眾們嘲笑她那又尖又高哭一樣的音調。不過，第一男高音和女低音使大廳裏又安靜下來。凱瑟琳選了幾支愛爾蘭曲子演奏，結果贏得了熱烈的掌聲。前半場的壓軸戲是一個安排業餘戲劇演出的年輕姑娘的朗誦，她朗誦了一首激動人心的愛國詩歌，理所當然地博得了聽眾的掌聲。上半場結束後，人們出去休息，大家都感到滿意。

整個這段時間內，化妝室裏亂成了一窩蜂。在房間的一角，郝勒漢先生、菲茨帕特里克先生、貝爾娜小姐、兩個服務員、男中音、男低音以及奧曼登·勃克先生聚集在一起。奧曼登·勃克先生說這是他有生以來所見過的最丟人現眼的醜事。他還說，從此之後，凱瑟琳·基爾尼小姐的音樂生涯在都柏林算完了。有人問男中音他對基爾尼太太的行為有甚麼看法。他不想發表任何意見。他已經拿到了他的酬金，希望與人們和平相處。不過，他說基爾尼太太或許應該替「藝人們」想想。服務員和兩位秘書激烈地進行爭論，討論中間休息時如何辦是好。

「我同意貝爾娜小姐的意見，」奧曼登·勃克先生說。「一分錢也不給她。」

在房間的另一角，基爾尼太太和她丈夫、貝爾先生、希利小姐和朗誦愛國詩的那位年輕姑娘聚在一起。基爾尼太太說委員會對她的態度實在無恥。她不怕麻煩，竭盡全力，最後竟得到這樣的結果。

他們以為只是對付一個小姑娘，因此他們就可以欺負她。但她要讓他們知道他們錯了。假如她是個男人，他們絕不敢對她那樣。但她要確保她女兒應得的權利：她不會受人愚弄的。假如他們少給她一分錢，她就讓全都柏林都知道這事。當然她會對「藝人們」感到抱歉。可她別的還能做甚麼呢？她向第二男高音求助，他說他認為她沒有受到公正的對待。然後她又求助於希利小姐。希利小姐想加入另一邊，但她不願這麼做，因為她是凱瑟琳最好的朋友，基爾尼一家經常請她到他們家去。

上半場剛一結束，菲茨帕特里克先生和郝勒漢先生便走到基爾尼太太身邊，告訴她另外四個幾尼要到下星期二委員會開會之後才能給她，並說如果她女兒不繼續為下半場演奏，委員會就認為違背了合同，一分錢也不再給她。

「我從未見過甚麼委員會，」基爾尼太太憤怒地說。「我女兒有合同在手。她必須得到四鎊八個先令，否則她決不會跨上那個舞台一步。」

「你真讓我感到吃驚，基爾尼太太，」郝勒漢先生說。「我萬沒有想到你會這樣對待我們。」

「你們又怎樣對待我呢？」基爾尼太太反問。

她怒容滿面，看上去好像要動手打人似的。

「我是在要求我的權利，」她說。

「你總該有些禮儀感吧，」郝勒漢先生說。

「我該有，真的嗎？……當我問甚麼時候我女兒可以得到酬金時，我可沒能得到一個文明禮貌的答覆。」

她突然抬起頭，用一種傲慢的口吻說：

「你得跟秘書去談。我不管這事。我是個大人物，沒時間管這種瑣事。」

「我過去還覺得你是位有教養的夫人呢，」郝勒漢先生說，然後便猛然離她而去。

在那以後，基爾尼太太的行為遭到了所有人的譴責：人人都贊同委員會所做的事情。她站在門口，怒不可遏，與丈夫和女兒爭辯，對他們指手畫腳。她一直等到下半場要開演的時候，心想秘書們會來找她。然而希利小姐已經善意地答應為一兩個節目伴奏。基爾尼太太不得不站在一邊，讓男中音和他的伴奏者走上舞台。她像個憤怒的石像那樣一動不動地站了一會兒，當她聽到第一支歌的曲調時，她一把抓起女兒的外衣，對丈夫說道：

「叫輛車子來！」

他立刻走了出去。基爾尼太太把大衣裹到女兒身上，跟在他後邊。她走過門口時，停了下來，怒目圓睜，盯住郝勒漢先生的臉。

「我跟你還沒完，」她說。

「可我跟你已經完了，」郝勒漢先生回答。

凱瑟琳溫順地跟着她母親。郝勒漢先生開始在屋裏走來走去，企圖使自己冷靜下來，因為他覺得自己的皮膚像火烤一般。

「多麼好的一位夫人！」他說。「唉，她真是位絕好的夫人！」

「你做了該做的事情，郝勒漢，」奧曼登·勃克倚着他的傘讚許地說。

聖恩

當時正在洗手間的兩個先生試圖扶起他來：可是他無法動彈。他蜷伏在他摔倒的樓梯腳下。他們終於把他翻了過來。他的帽子滾到了幾碼遠的地方，衣服上沾滿了地板上的污穢，臉朝下，雙目緊閉，呼哧呼哧地喘着粗氣。一縷鮮血從他的嘴角流淌下來。

這兩位先生和一位服務員把他抬到樓上，又把他放到酒吧的地板上面。不到兩分鐘，他身邊就圍了一圈人。酒吧的經理問大家他是誰，誰跟他一起來的。誰都不知道他是誰，但一個服務員說他曾為這位先生拿過一小杯朗姆酒。

「他自己一個人嗎？」經理問。

「不，先生。有兩個先生和他一起。」

「他們在甚麼地方？」

沒人知道；只聽一個聲音說：「給他透透氣。他暈過去了。」

於是那圈圍觀者散開，但隨即又像有彈性似的圍了起來。在鑲嵌成棋盤似的地板上，那人的腦袋附近凝固着一攤黑血。經理被他蒼白的面孔嚇得夠嗆，趕緊派人去叫警察。

有人解開了他的領扣，鬆開了他的領帶。他睜了睜眼，嘆了口氣，又閉上了眼睛。抬他上樓的先生有一位手裏拿着一頂髒舊的絲帽。經理反覆問是否誰都不知道這個受傷的人是誰，是否誰都不知道他的朋友到甚麼地方去了。酒吧的門打開，一個魁梧的警察走了進來。沿小巷一路跟着他的一群人擠在門外，爭着透過門上的玻璃朝裏面張望。

經理立刻開始講述他所知道情況。警察仔細聽着，他是個年輕人，顯得敦厚而穩定。他的腦袋慢慢地左右移動，從經理身上一直看到躺在地上的人，彷彿怕會搞錯甚麼。然後他脫下手套，從腰間拿出一個小本，舔舔鉛筆尖，準備記錄。他以一種懷疑的鄉下口音問道：

「這個人是誰？叫甚麼名字？家住甚麼地方？」

一個身穿騎車服的青年從旁觀者的圈子外面擠了進來。他立刻跪在傷者身邊，叫人拿水來。警察也跪下來幫忙。青年把傷者嘴角上的血擦去，然後又叫人取些白蘭地來。警察以命令的口吻重複這一要求，直到一個服務員跑步端過來一杯。白蘭地被硬灌進那男人的喉嚨。很快，他睜開了眼睛，看了看周圍。他看到周圍一圈人的面孔，明白了怎麼回事，便極力想站起身來。

「你現在好些了吧？」穿騎車服的青年問。

「哈，沒甚麼，」傷者回答，試圖站起身來。

他被扶着站了起來。經理說應去醫院，一些旁觀者也提出建議。那警察問道：

「你住在甚麼地方？」

那人沒有回答，反而開始捻他的鬍子。他對自己出的事無所謂。這算不了甚麼，他說，只不過是個小小的事故罷了。但他說話的聲音混濁不清。

「你住在甚麼地方？」警察重複問道。

他說他們得給他叫輛出租車。正當他們為答非所問爭論時，一位身穿黃色長外套的先生從酒吧的另一頭走了過來，他身材頎長，行動利索，氣質不俗。他一看到這景象便喊道：

「哈嘍，湯姆老朋友！出甚麼事啦？」

「哈，沒甚麼，」那人說。

新來的人看了看面前可憐的朋友，然後轉身對警察說：

「沒事了，警官。我負責送他回家。」

警察碰一下他的頭盔，行個禮答道：

「好吧，鮑爾先生。」

「來，湯姆，」鮑爾說，一邊拉住他朋友的胳膊。「沒折了骨頭。甚麼？能走嗎？」

穿騎車服的青年攙着他的另一條胳膊，人群向兩邊分開。

「你怎麼搞成了這副狼狽樣子？」鮑爾先生問。

「這位先生從樓梯上摔了下來，」青年說。

「先生，我……對你……非常……感激，」傷者對青年說。

「不用客氣。」

「咱們不能來一點……？」

「現在不行。現在不行。」

三個人一起離開酒吧，圍觀的人也走出門外隱沒在小巷之中。經理把警察帶到樓梯口，察看事故的現場。他們一致認為，那位先生一定是不小心踩空了摔下來的。顧客們又回到酒枱旁邊，一個服務員開始清除地上的血漬。

三人來到格拉夫頓街時，鮑爾先生吹口哨喊一個待在車外的人。受傷的這位盡可能清楚地再次說：

「先生，我對你……非常……感激。我希望……我們會……再見……面的。

我……名字……是……柯南。」

受驚和開始感覺疼痛使他清醒了一些。

「別說了，不用客氣，」青年說。

他們握手道別。柯南先生被扶上汽車，當鮑爾先生告訴司機怎麼走時，他再次向青年人表示感激，對他們未能一起喝一杯深表遺憾。

「下一次吧，」青年說。

汽車向威斯特摩蘭大街駛去。經過鮑拉斯特辦公大樓時，樓上的大鐘指向九點半了。一陣凜冽的東風從河口吹來，撲打着他們。柯南先生冷得縮成一團。他的朋友讓他說說事故是如何發生的。

「我不……能……說，」他回答說，「我……的……舌……疼。」

「讓我看看。」

鮑爾先生在車裏探過身來，向柯南先生的嘴裏張望，但甚麼也看不見。他劃着一根火柴，用手遮住擋着風，柯南先生順從地張着嘴，他再次往裏面細看。車子顛來晃去，火柴在張開的嘴上來回搖動。下牙和牙上蓋着凝結的血塊，好像有一小塊舌頭被咬掉了。風吹滅了火柴。

「真難看，」鮑爾先生說。

「哈，沒甚麼，」柯南先生說，他閉上嘴，拉起髒兮兮外套的領子，圍住脖子。

柯南先生是個老派的旅行推銷員，深以自己的職業為榮。在這個城市裏，每當人們看見他，他總是戴一頂相當體面的絲織禮帽，穿一雙有綁腿的高統靴。他說，只要這兩樣東西穿戴得體，一個人就永遠合乎體面的標準。他繼承了他的拿破崙——偉大的布萊克懷特——的傳統，並時時通過傳說和模仿喚起對他的回憶。但現代的商業方式使他很難有所作為，唯一使他保留下來的是克柔街的一小間辦公室，窗簾上寫着他的商號的名稱和地址——倫敦，中東區。在這間小辦公室的爐台上，擺着一排鉛灰色的小茶葉罐，窗前的桌子上放着四五個瓷碗，裏面通常都盛着半碗某種黑色的液體。柯南先生用這些瓷碗品嚐茶葉。他喝一口，含在嘴裏，滲透他的味覺，然後吐進壁爐裏。接下來細細進行判斷。

鮑爾先生比他年輕得多，在都柏林城堡中的皇家愛爾蘭警察局工作。他的社會地位提高的線路，與他朋友社會地位衰落的線路正好交叉。不過，一些在柯南先生的事業登峰造極時認識他的朋友，仍然尊重他，把他當作一個人物，這在一定程度上減輕了他的衰落感。鮑爾先生就是這些朋友中的一個。他那些莫名其妙的人情債成了他那個圈子裏的笑料；他是個殷勤的年輕人。

汽車停在格拉斯尼汶路上的一座小房子前面，柯南先生被攙扶着進了屋子。他的妻子安排他上床休息，而鮑爾先生則坐在樓下的廚房裏，問孩子們在甚麼地方上學，正在唸甚麼書。這些孩子們——兩個女孩一個男孩——知道父親動彈不得，母親又不在場，便開始跟他胡鬧。他對他們的舉止和口音感到驚訝，若有所思地皺起了眉頭。過了一會兒，柯南太太走進廚房，大聲嚷道：

「弄成這副樣子！唉，總有一天他會把命送掉的，那也就一了百了了。自從星期五以來，他一直在喝。」

鮑爾先生小心地向她解釋此事與他無關，他完全是碰巧到了那個現場。柯南太太想起他們家爭吵時鮑爾先生總是善意地調解，並且多次給他們一些數目不大但很及時的借款，所以她說：

「哦，你不用向我解釋，鮑爾先生。我知道你是他的朋友，不像其他一些跟他鬼混的人那樣。只要他口袋裏有錢，能使他撇下老婆孩子跟他們到外面，他們就跟他好。甚麼好朋友！我真想知道，今晚誰跟他待在一起的？」

鮑爾先生搖了搖頭，沒有說話。

「真對不起，」她繼續說，「家裏沒甚麼東西可招待你。不過若是你等一會兒，我可以讓人到拐角的佛加第店裏去買些。」

鮑爾先生站了起來。

「我們在等他帶錢回家。他似乎從不想他是個有家室的人。」

「啊，聽我說，柯南太太，」鮑爾先生說，「我們會使他改過自新的。我去跟馬丁談談。他準有辦法。最近我們找個晚上到這裏來，好好談談這事。」

她把他送到門口。司機正在人行道上來回跺腳，揮舞着胳膊取暖。

「真是非常感謝你送他回家，」她說。

「不必客氣，」鮑爾先生說。

他上了汽車。車子開動時，他愉快地舉起帽子向她致意。

「我們要使他重新做人，」他說。「再見，柯南太太。」

* * * * *

柯南太太困惑的雙眼注視着汽車，直到它完全消失。然後她收回目光，走進屋裏，掏空她丈夫的口袋。

她是個精明而實際的中年婦女。不久以前，她剛剛慶祝過她的銀婚紀念，在鮑爾先生的伴奏下，她和丈夫跳起華爾茲，加深與丈夫的親情。柯南先生追求她的時候，她覺得他是個瀟灑風流的人：至今每當聽説有人舉行婚禮，她仍然趕到教堂門口，看着一對新人的儷影，生動愉快地回憶她如何挽着一個快樂健康的男人從桑地蒙特的海星教堂走出。那男人衣着瀟灑漂亮，穿着禮服大衣，配以淡紫色的褲子，手持一頂絲質禮帽，端放在另一隻胳膊上，顯得優雅而平衡。三星期以後，她發現做妻子的生活令人厭煩，後來當她開始覺得無法忍受時，她已經做了母親。做母親並沒有給她帶來甚麼難以克服的困難，二十五年來她一直為丈夫精明地理財持家。兩個大兒子獨立了。一個在格拉斯哥的一家布店裏工作，另一個在貝爾法斯特給一個茶商當秘書。他們都是好兒子，經常寫信，有時還給家裏寄錢。其他幾個孩子仍在上學。

第二天，柯南先生給他的辦公室發了封信，他仍然臥床休息。她做了牛肉茶給他喝，並狠狠地數落了他一頓。對丈夫的酗酒，她已經習以為常，就像氣候的一個組成部份。每當他醉了嘔吐，她總是恪盡妻子的職責，為他調理，盡量讓他吃些早飯。還有更糟的丈夫呢！自從孩子們長大以後，他從未發過大火；而且她知道，甚至為了一個很小的訂單，他都會走遍整個托馬斯大街。

兩個晚上以後，他的朋友們來看他。她把他們帶到他的臥室，讓他們坐在爐子旁邊，整個屋裏彌散着一種個人特有的氣味。柯南先生的舌頭時不時地刺疼，白天顯得有些煩躁，但晚上卻禮貌多了。他靠着枕頭坐在床上，肥胖的雙頰幾乎沒有甚麼顏色，好像是尚有餘溫的灰燼。他向客人們道歉，説屋裏太亂了；但同時又驕傲地看着他們，帶着一種有經驗者的自豪。

他絲毫沒有意識到自己陷進了一個密謀的圈套——他的朋友卡寧漢先生、麥考伊先生和鮑爾先生已經在客廳裏把這個秘密計劃透露給柯南太太。主意是鮑爾先生出的，具體實施卻要靠卡寧漢先生。柯南先生原本是新教徒，雖然結婚時改信了天主教，但二十年來從不受天主教教會的約束。而且，他還喜歡對天主教教義旁敲側擊。

卡寧漢先生做這件事非常合適。他是鮑爾先生的同事，但資格比他老。他自己的家庭生活也不太幸福。人們非常同情他，因為都知道他娶了一個見不得人的女人，一個不可救藥的醉鬼。他曾因她將屋子重新佈置過六次，可每次她都以他的名義把傢具當掉。

大家都尊敬可憐的馬丁．卡寧漢。他非常通情達理，人很聰明，頗有影響力。他在長期接觸治安法庭的案件中形成的自然而然的獨特的敏銳性，由於涉獵各種哲學著作而得到錘煉。他知識面很廣。他的朋友們都聽從他的意見，而且還認為他的面貌長得像莎士比亞。

柯南太太獲悉他們的秘密計劃後曾說：

「一切都拜託您了，卡寧漢先生。」

在過了二十五年的婚姻生活之後，她已經再沒有甚麼幻想。宗教對她成了一種習慣，而且她覺得像她丈夫這樣年齡的人，至死都不會有多大改變。她很想看見他這次事件帶來一種奇特的有適當報應的結果，要不是不想讓人覺得她太狠心的話，她會告訴那些先生柯南先生即使舌頭短了一截也不會難受。不過，卡寧漢先生是個能幹的人；而且宗教畢竟是宗教。這個計劃也許有效，至少沒甚麼害處。她並不抱多大希望。她堅信在所有天主教的虔誠信念中，最普遍有效的就是聖心，因此她也贊成聖禮和聖事。她的信仰囿於她的廚房，但若別無辦法時，她也可以相信班希[1]和聖靈。

幾位先生開始談論這次事故。卡寧漢先生說他曾遇到過類似的情形。一個七十歲的老頭，在羊癲瘋發作時咬掉了一小塊舌頭，後來又長好了，竟然誰也看不出咬過的痕跡。

「啊，我還不到七十歲，」傷者說。

「但願沒咬掉舌頭，」卡寧漢先生說。

「現在不疼了吧？」麥考伊先生問。

麥考伊先生曾是個名譟一時的男高音。他的妻子也曾是個女高音歌手，仍在教孩子們學彈鋼琴，但待遇很低。他的生活道路曲折坎坷，有些時候被迫靠耍小聰明度日。他當過米德蘭鐵路公司的職員，《愛爾蘭時報》和《自由人日報》的廣告兜銷員，以佣金支付的一家煤炭公司的推銷員，一家私人諮詢機構的代理和副行政司法長官辦公室的秘書。最近，他又變成了市驗屍官的秘書。他的新職使他對柯南先生的事件產生了職業上的興趣。

「疼？不太疼，」柯南先生回答。「但非常令人厭惡。我覺得好像要嘔吐似的。」

「那是你喝醉了的緣故，」卡寧漢先生肯定地說。

「不，」柯南先生說。「我想我是在車上着了涼。有個東西老是往嗓子裏頂，是痰或者……」

「黏液，」麥考伊先生說。
「它總像在嗓子裏從下往上頂；某種令人噁心的東西。」
「對，沒錯，」麥考伊先生說，「那是胸部的問題。」
與此同時，他看看卡寧漢先生和鮑爾先生，帶着一副挑戰的樣子。卡寧漢先生很快地點了點頭，而鮑爾先生則說：
「啊，好啦，結果好就一切都好。」
「我對你非常感激，老弟，」傷者說。
鮑爾先生擺了擺手。
「跟我在一起的另外那兩個傢伙……」
「誰跟你在一起啦？」卡寧漢先生問。
「一個小夥子。我不知道他的名字。他媽的，他叫甚麼來着？那個長着淡黃色頭髮的小小子……」
「還有誰？」
「哈福德。」
「哼，」卡寧漢先生說。

卡寧漢哼了一聲之後，大家都靜了下來。顯而易見，此人知道內部消息。在這種情況下，單音節的「哼」字帶有一種道德的意向。哈福德先生有時糾集一小夥人，星期天中午剛過便離市區，盡快趕到市郊的某個酒館，在那裏他們自稱是「真正的」旅行家。可是他的旅行夥伴從未答應不考慮他的出身。他開始是個卑微的小錢商，以放高利貸的方式借小錢給工人。後來他成了一個極其肥胖而矮小的紳士戈德堡先生的合夥人，共同經營利菲信貸銀行。雖然他只是接受猶太人的倫理準則，但他的天主教教友們每當本人或其代理因他的勒索而吃了苦頭時，他們都惡狠狠地說他是個愛爾蘭猶太佬，是個無知的文盲，並認為通過他那個白癡兒子表明，上天對高利貸也進行懲罰。然而在其他時候，他們也記得他的一些好處。

「我不知道他到甚麼地方去了，」柯南先生說。

他希望這次事件的細節仍然模糊不清。他希望朋友們認為曾出過差錯，哈福德先生和他彼此沒有碰上。他的朋友們深知哈福德先生喝酒時的樣子，但都沒有講話。於是鮑爾先生又說：

「結果好就一切都好。」

柯南先生立刻轉換了話題。

「那是個正派的年輕人，那個醫生，」他說。「要不是他……」

「嘿，要不是他，」鮑爾先生說，「這很可能是個要拘留七天的案子，而且還不能以罰款代替。」

「對，對，」柯南先生說，盡量回憶。「我現在想起來了，當時有個警察。他看上去像個正派的年輕人。這究竟是怎麼回事呢？」

「你被起訴了，湯姆，」卡寧漢先生嚴肅地說。

「大陪審團還簽署了起訴書，」柯南先生同樣嚴肅地說。

「我想你賄賂了那個警察，傑克，」麥考伊先生說。

鮑爾先生不喜歡別人用他的教名。他並不古板，但他忘不了麥考伊先生最近大肆收集旅行包和旅行箱，假稱幫他太太去鄉下演出的事情。他不僅怨恨自己被騙，而且更怨恨這種低劣的花招。因此，他回答問題時就像是柯南先生問的似的。

他的話使柯南先生大為震怒。他對自己的公民身份有着強烈的意識，希望在這個城市裏生活彼此能以誠相待，因此對那些他稱之為土老帽兒的人的任何冒犯他都憤恨不已。

「難道這就是我們納稅目的？」他問道。「供這些無知的傢伙們又吃又穿……

他們別的東西甚麼都不是。」
卡寧漢先生笑了。他只在上班時才是政府官員。
「他們怎麼還能是別的東西呢，湯姆？」他問。
他裝着用一種濃重的鄉下口音以命令的口吻説道：
「六十五號，接住你的洋白菜！」
大家都哈哈大笑。麥考伊先生總想找機會插進談話，便佯稱他從未聽説過這個故事。卡寧漢先生説：
「據説——他們説的，你知道——這事發生在新兵站，在那裏，他們對這些非常高大的鄉下人——這些笨蛋，你知道——進行訓練。警官讓他們靠牆站成一排，舉着自己的盤子。」
他用怪裏怪氣的手勢描繪這事。
「開飯了，你知道。那時警官把盛滿洋白菜的一個大得可怕的大盆放到桌上，上面還有一把可怕的像鐵鍬似的大勺子。他用勺子舀起一些洋白菜，隔着老遠就扔了過去，那些可憐的傢伙必須設法用盤子把菜接住：『六十五號，接住你的洋白菜』。」

大家又大笑一番。但柯南先生仍有些憤怒。他說要給報社寫封信。

「這些鄉巴佬來到這裏，」他說，「自以為能指揮人了。我用不着告訴你，馬丁，你知道他們是甚麼貨色。」

卡寧漢先生表示有保留地贊同。

「就像這個世界上其他所有的事情那樣，」他說。「有壞的也有好的。」

「啊，不錯，是有好的，我承認，」柯南先生滿意地說。

「最好不理他們，」麥考伊先生說。「這就是我的意見！」

柯南太太走進屋裏，把一個盤子放在桌上，說道：

「先生們，隨便吃點，別客氣。」

鮑爾先生站起身準備服務，將自己的椅子讓給她。她沒有坐，說是正在樓下熨衣服，然後她跟鮑爾先生背後的卡寧漢先生互相點了點頭，準備離開房間。這時她丈夫衝她叫道：

「親愛的，我甚麼都沒有嗎？」

「哼，你呀！把我的手背給你！」柯南太太刻薄地說。

她丈夫在她背後喊道：

「可憐的小丈夫一點都沒有！」

他假裝的那副滑稽面孔和聲調，使分配啤酒時的整個氣氛都非常愉快。

諸位先生喝過啤酒，把杯子又放到桌上，停了下來。這時卡寧漢先生轉向鮑爾先生，漫不經心地說：

「你是說在星期四晚上嗎，傑克？」

「星期四，沒錯，」鮑爾先生說。

「好啊！」卡寧漢先生立刻嚷道。

「我們可以在馬奧萊店裏碰頭，」麥考伊先生說。「那是最合適的地方。」

「但我們一定不能遲到，」鮑爾先生認真地說，「因為那地方肯定會擠得滿滿的。」

「我們可以在七點半到那裏，」麥考伊先生說。

「好吧！」卡寧漢先生說。

「七點半在馬奧萊店裏，就這麼定了。」

大家沉默了一會兒。柯南先生等着看朋友們是否把他當作知交。然後他問：

「有甚麼秘密的事？」

「啊，沒甚麼，」卡寧漢先生說。「只是一件小事，我們準備在星期四辦。」

「聽歌劇，是不是？」柯南先生問。

「不，不是，」卡寧漢先生閃爍其詞地說，「只是一件小的……心靈上的事。」

「哦，」柯南先生說。

大家又沉默下來。接着，鮑爾先生直截了當地說：

「實話告訴你吧，湯姆，我們準備做一次宗教的靜修。」

「對，就這麼回事，」卡寧漢先生說，「傑克和我還有麥考伊——我們都準備把壺好好洗洗。」

他用一種親切隨和的口氣說出這個隱喻，然後好像受了自己聲音的鼓勵，繼續說道：

「你明白，我們很可能都會承認，我們是一群關係極好的惡棍，全包括在內。我說，全包括在內，」他以一種有點生硬的友愛口氣補充說，然後轉向了鮑爾先生。「現在老老實實地承認吧！」

「我承認，」鮑爾先生說。

「我也承認，」麥考伊先生說。

「所以我們一起去把壺好好洗洗，」卡寧漢先生說。

好像猛地想起了甚麼，他又突然轉向病人說：

「湯姆，你知道我剛才想到了甚麼？你可以參加進來，我們來個四人共舞。」

「好主意，」鮑爾先生說。「我們四個在一起。」

柯南先生默不作聲。這個建議對他的思想沒甚麼意義，但是，他知道一些宗教力量想以他為名來關心他們自己，所以他認為為了自己的尊嚴要表現出強硬的態度。朋友們談論耶穌會時，他好長時間沒有說話，但他仔細地聽着，還帶着一絲鎮定的敵意。

「我對耶穌會並沒有這麼壞的看法，」他終於插進來說。「他們是個受過教育的團體。而且我也相信他們的用意是好的。」

「他們是教會裏最大的團體，湯姆，」卡寧漢滿腔熱情地說。「耶穌會會長的地位僅次於教皇。」

「這一點沒錯，」麥考伊先生說，「假如你想把事情做好，做得乾淨利索，你就去找耶穌會的教士。他們都是些有影響的人物。我跟你講個實際例子……」

「耶穌會是個高尚人的團體，」鮑爾先生說。

「關於耶穌會，」卡寧漢先生說，「有件事確實令人費解。教會中其他每一個團體都不得不在某個時期改組，可是耶穌會這個團體從來沒有改組過一次。它從來沒有衰落過。」

「是這樣嗎？」麥考伊先生問。

「那是事實，」卡寧漢先生說，「那是歷史。」

「再看看他們的教堂，」鮑爾先生說。「看看他們擁有的會眾。」

「耶穌會適合上層階級，」麥考伊先生說。

「那當然，」鮑爾先生說。

「說得不錯，」柯南先生說。「那就是為甚麼我還同情他們。只是有一些世俗的教士，愚昧無知，自以為是……」

「他們都是些好人，」卡寧漢先生說，「各人有各人的長處。愛爾蘭教士的職位在全世界享有榮譽。」

「啊，是這樣，」鮑爾先生說。

「不像歐洲大陸上的一些其他教士，」麥考伊先生說，「徒有虛名。」

「也許你是對的，」柯南先生語氣溫和了一些。

「當然我是對的，」卡寧漢先生說。「我在這個世界上這麼久了，幾乎各方面的事都見過，完全可以正確判斷人們的品格。」

幾位先生一個接一個又喝起酒來。柯南先生似乎在心裏掂量着甚麼。他已經受到影響。他敬佩卡寧漢先生判斷品格、解讀表情的本事。於是他要求談談細節。

「哦，只不過是靜修罷了，你知道，」卡寧漢先生說。「由珀頓神父主持。你知道，專門為商人辦的。」

「他不會太為難我們的，湯姆，」鮑爾先生勸告說。

「珀頓神父？珀頓神父？」病人說。

「哦，你一定認識他，湯姆，」卡寧漢先生果斷地說。「一個又好又樂觀的人！他像我們一樣，也是個世俗的人。」

「啊，……對了。我想我認識他。臉紅紅的；高個子。」

「就是他。」

「那麼，告訴我，馬丁……他是個好的佈道者嗎？」

「怎麼說呢……確切說也不算佈道，你知道。只是用通情達理的方式進行一種友好的交談，你知道的。」

柯南先生認真思考起來。麥考伊先生說：

「其實那人就是湯姆．勃克神父．勃克神父！」

「哦，湯姆．勃克神父，」卡寧漢先生說，「那可是個天生的演說家。你聽他講過嗎，湯姆？」

「我聽他講過嗎！」病人生氣地說。「當然！我聽他講過……」

「可是，人家說他不太像個神學家，」卡寧漢先生說。

「是嗎？」麥考伊先生問。

「啊，當然，這沒甚麼錯，你知道。只是有時候，別人說，他不大講正統的東西。」

「嗨！……他是個了不起的人，」麥考伊先生說。

「我聽他講過一次，」柯南先生繼續說道。「現在我忘記他講的是甚麼了。科洛夫頓和我在……大廳的後面，你知道……那——」

「那些聽眾，」卡寧漢先生說。

「是的，在後面靠近門口的地方。我現在忘記講的是……啊，對了，講的是關於教皇的事，那位故去的教皇。我還記得很清楚。我敢說，那演講的風度真是不同凡響。還有他的嗓子！天啊，真是一副絕好的嗓子！他稱教皇是『梵蒂岡的囚徒』。我記得出來的時候科洛夫頓對我說——」

「可他是個『橙色分子』[2]，那個科洛夫頓，不是嗎？」

「他當然是，」柯南先生說，「而且還他媽的是個挺正經的『橙色分子』。我們走進莫爾街巴特勒的店裏——說實在的，我真是非常感動，一點虛假都沒有——我清楚地記得他說的每一個字。『柯南』，他說，『雖然我們在不同的祭壇參拜，但我們的信仰卻並無不同。』我當時真覺得他說得很好。」

「那話倒也頗有道理，」鮑爾先生說。「每當湯姆神父佈道時，教堂裏總是有許多新教徒聽講。」

「我們之間並沒有多少不同，」麥考伊先生說。「我們都相信——」

他猶豫了片刻。

「……相信救世主。只是他們不相信教皇，也不相信聖母。」

「不過，毫無疑問，」卡寧漢先生平靜而有力地說，「我們的宗教才是正宗，是古老的、原始的信仰。」

「那當然啦，」柯南先生熱情地說。

柯南太太來到臥室門口，宣佈說：

「有客人來了！」

「誰？」

「福加第先生。」

「哦，請進！請進！」

一張蒼白的橢圓形面孔在燈光下顯現出來。漂亮下垂的鬍子呈拱形，與彎在愉快而驚奇的眼睛上面的眉毛對應一致。福加第先生是個小雜貨商。他未能在城裏搞成一家專賣店，因為他的資金不足，只能依附於二等酒廠和啤酒廠。他在格拉斯尼汶路上開了一個小店，以為自己的舉止風度會博得那一帶家庭主婦們的好感。他溫文爾雅，會哄孩子，說話口齒清晰。他倒不是個沒有文化的人。

福加第隨身帶來一件禮物——半品脱特級威士忌。他禮貌地向柯南先生問候，把禮物放到桌上，然後不分尊卑地與大家坐在一起。柯南先生對這禮物格外讚賞，因為他心裏明白，他和福加第之間有一小筆雜貨賬還未了結。他說：

「我信得過你，老夥計。傑克，請你把它打開好嗎？」

鮑爾先生又開始充當主持人。洗過酒杯，倒了五小杯威士忌。酒的影響使談話活躍起來。福加第先生坐在椅子角上，尤其充滿了興趣。

「十三世教皇利奧，」卡寧漢先生說，「是時代的一種靈光。你們知道，他的偉大的理想就是使羅馬天主教和希臘正教合二為一。那是他一生的目標。」

「我常聽人說，他是歐洲最有才智的人之一，」鮑爾先生說。「我的意思是，除了他當教皇之外。」

「他確實極有才智，」卡寧漢先生說，「即使不能說最有才智。你們知道，作為教皇，他的座右銘是『Lux upon Lux』——意思是『光上之光』。」

「不，不對，」福加第先生急切地說。「我想你說錯了。我覺得是『Lux in Tenebris』——意思是『黑暗中的光明』。」

「哦，是的，」麥考伊先生說，「就是『Tenebrae』，這個詞的意思是『黑暗』。」

「對不起，」卡寧漢先生肯定地說，「我認為是『Lux upon Lux』，意思是『光上之光』。他的前任庇護九世的座右銘是『Crux upon Crux』，意思是『十字架上的十字架』——顯然是為了表示兩位教皇之間的區別。」

這一推論得到了認可。於是卡寧漢先生繼續說了下去。

「你們知道，教皇利奧是個大學者，而且還是個詩人。」

「他有一副堅強剛毅的面孔，」柯南先生說。

「是的，」卡寧漢先生說。「他還用拉丁文寫詩。」

「真的嗎？」福加第問。

麥考伊先生不無滿足地品着威士忌，意義雙關地搖了搖頭，說道：

「那絕不是開玩笑，我可以告訴你。」

「我們上一星期付一便士學費的學校時，」鮑爾先生學着麥考伊先生的樣子說，「我們可沒有學到過。」

「許多人上一星期付一便士學費的學校時，都在腋下夾一片草墊，」柯南先生故作莊重地說。「舊制度最好了：完全是簡樸誠實的教育。一點沒有你們現代的花架子……」

「太對了，」鮑爾先生說。

「沒有一點多餘的東西，」福加第先生說。

他說完之後，一本正經地喝了一口。

「我記得讀過，」卡寧漢先生說，「教皇利奧有一首詩寫照片的發明——當然是用拉丁文寫的。」

「關於照片！」柯南先生大為驚訝。

「對，」卡寧漢先生說。

他也從杯子裏喝了一口。

「喔，你知道，」麥考伊先生說，「當你開始想像照片時，難道它不是非常奇妙嗎？」

「哦，那當然，」鮑爾先生說，「偉大的思想能看出各種東西。」

「正如詩人所說：偉大的思想近乎於瘋狂，」福加第先生說。

柯南先生似乎感到費解。他竭力回想新教神學對一些有爭議問題的解釋，最後他轉向卡寧漢先生。

「告訴我，馬丁，」他說，「有些教皇——當然不是我們現在這位，也不是他的前任，而是以前更早的一些——不是也不太……你知道……不太好嗎？」

一時間陷入了沉默。接着卡寧漢先生說：

「哦，當然，是有些壞傢伙……不過令人驚奇的是這樣的事。他們當中沒有一個人，即使最大的醉鬼，最……徹頭徹尾的惡棍，沒有一個人在教堂佈道時說錯一句教義。你們說，難道這不是一件令人驚奇的事嗎？」

「是令人驚奇，」柯南先生說。

「是呀，因為教皇在教堂佈道時，」福加第先生解釋說，「他一貫正確。」

「對，」卡寧漢先生說。

「啊，我知道教皇一貫正確的事。我記得那時我還年輕……或者那是——？」

福加第先生打斷了談話。他拿起酒瓶，幫別人再添點兒酒。麥考伊先生看到酒分不了一圈，便不讓再添，說是他第一杯還沒有喝完。其他人雖有異議，但還是接受了。威士忌倒進酒杯的輕音樂，構成了一支愉快的插曲。

「你剛才在說的是甚麼來着，湯姆？」麥考伊先生問。

「教皇的一貫正確，」卡寧漢先生說，「那是整個教會史上最偉大的一幕。」

「何以見得，馬丁？」鮑爾先生問。

卡寧漢先生舉起兩根肥胖的手指。

「你們知道，在紅衣主教、大主教和主教組成的聖教團中，只有兩個人否認教皇一貫正確，其他所有的人都表示贊同。除了這兩個人之外，整個選舉教皇的秘密會議完全一致。不！他們決不同意！」

「哈！」麥考伊先生嚷道。

「他們二人一個是德國的紅衣主教，名字叫杜林……或者道林……或者——」

「道林不是德國名字，這點可以肯定，」鮑爾先生笑着說。

「呃，這位偉大的德國紅衣主教，不管他叫甚麼，反正是其中的一個；另一個是約翰·麥克海爾。」

「甚麼？」柯南先生叫道。「是圖阿姆[3]的約翰麼？」

「你現在能肯定是他嗎？」福加第先生懷疑地問。「我認為是某個意大利人或美國人。」

「就是圖阿姆的約翰，」卡寧漢先生重複說，「就是他。」

他喝了口酒，別的先生們也跟着喝了口。然後他接着說：

「他們都在那裏參加秘密會議，世界各地的紅衣主教、主教、大主教和這兩個人互相爭得面紅耳赤，直到最後教皇本人站起身來，宣佈教皇一貫正確是教會的信條。就在這個時刻，一直爭論不休反對這種觀點的約翰·麥克海爾站了起來，像獅子吼叫似的喊道：『相信！』」

「我相信！」福加第先生說。

「相信！」卡寧漢先生說。「那表明了他心裏的信仰。只要教皇一發話他便服從。」

「那位道林如何表示呢？」麥考伊先生問。

「那位德國紅衣主教不肯屈從。他離開了教會。」

卡寧漢先生的話在他聽眾的心裏建立起巨大的教會形象。當他說到信仰和服從這句話時，他那深沉粗勁的嗓音使他們感到悚然。這時柯南太太擦着手來到屋裏，她發現每個人都表情嚴肅。她沒有打擾這種靜穆，只是靠在床腳頭的欄杆上。

「我曾見過約翰·麥克海爾，」柯南先生說，「只要我活着，我永遠忘不了那情景。」

他轉向妻子以期得到證實。

「我常常跟你談起那事？」

柯南太太點了點頭。

「那是在約翰·格雷爵士雕像的揭幕式上。埃德蒙·德懷爾·格雷正在胡扯八扯地演講時，這位老人站在那裏，一副生氣的樣子，兩眼從濃密的眉毛下直直地盯着他。」

柯南先生擰起眉頭，像一頭憤怒的牛那樣低下腦袋，瞪眼望着他的妻子。

「天哪！」他驚嘆道，恢復了他自然的面目，「我從未見過一個人的頭上長着這樣一種眼睛。那樣子像是說：『我要徹底馴服你，我的孩子。』他有一種鷹一樣的眼睛。」

「格雷家沒一個好人，」鮑爾先生說。

又一次陷入沉默。鮑爾先生轉向柯南太太，突然興奮地說道：

「喂，柯南太太，我們現在要把你男人變成一個善良、聖潔、虔誠而畏懼上帝的羅馬天主教徒了。」

他向着所有在座的人揮了一下胳膊。

「我們大家準備一起去做次靜修，懺悔我們的罪過——上帝知道，我們非常需要。」

「我無所謂，」柯南先生說，有點不自然地微微一笑。

柯南太太覺得最好不顯出高興的樣子。於是她說：

「我真同情那位可憐的神父，他不得不聽你們那種故事。」

柯南先生的表情變了。

「如果他不願意聽，」他生硬地說，「他可以……幹別的事。我將只告訴他我自己一件煩惱的小事。我並不是那種壞人——」

卡寧漢先生立刻打斷了他的話。

「我們大家都要拋棄那個魔鬼，」他說，「大家一起來，別忘了他的花招和誘惑。」

「滾到後面去，撒旦！」福加第先生說，一邊哈哈笑着，一邊望着眾人。

鮑爾先生沉默不語。他覺得自己作為主持人完全被超越了。但他臉上仍然閃現出一種喜悅的表情。

「所有我們要做的，」卡寧漢先生說，「就是手持點燃的蠟燭站着，重申我們洗禮時的誓言。」

「對了，別忘了蠟燭，湯姆，」麥考伊先生說，「不論你做甚麼。」

「甚麼？」柯南先生問。「我一定要帶蠟燭？」

「啊，是的，」卡寧漢先生回答。

「不，見他的鬼吧，」柯南先生激動地說，「我是有限度的。我會很好地做那件事。我會參加靜修、懺悔，以及……所有那種事。但是……不拿蠟燭！不，見他的鬼去，我決不拿蠟燭！」

他帶着滑稽的莊重神態搖了搖頭。

「聽聽那是甚麼話！」他妻子說。

「我決不拿蠟燭，」柯南先生說，他意識到已經對聽眾產生了某種效果，繼續來回晃動他的腦袋。「我拒絕幻燈這樣的玩意兒。」

大家都開懷大笑。

「你真是個絕好的天主教徒！」他妻子說。

「不要蠟燭！」柯南先生執拗地重複說。「堅決不要！」

* * * * *

加第納大街的耶穌會教堂裏幾乎擠滿了人，然而一些紳士仍然不時從側門進來，在教友的引導下，踮着腳沿側廊走動，直到找地方坐下。這些紳士們個個衣冠楚楚，禮貌有序。教堂裏的燈光照亮了一大片黑衣白領，這裏那裏襯托出一些花呢子衣服；它還照亮了綠色大理石柱子上斑駁的暗點，照亮了顯得陰鬱的油畫。紳士們坐在長櫈上，把他們的褲子微微拉過膝蓋，將帽子平穩地放好。他們坐得相當靠後，一本正經地凝望着遠處懸在高祭壇前面的點點紅燈。

在靠近講壇的一條長櫈上，坐着卡寧漢先生和柯南先生。在後面的櫈子上，坐着麥考伊先生一人；在麥考伊先生後面的櫈子上，坐着鮑爾先生和福加第先生。麥考伊先生曾試圖和他們同坐一條板櫈，但沒有成功；後來當他們坐下形成一朵梅花的形狀時，他試圖幽默幾句，也沒有成功。既然別人對他的幽默話沒甚麼反應，他也只好作罷。甚至他也感覺到了莊重的氣氛，開始對宗教的激勵有所反應。卡寧漢先生對柯南先生低聲耳語，讓他注意坐得與他們有段距離的放債者哈福德先生，還有選舉註冊代理和決定市長人選的范寧先生，他就坐在講壇下面，旁邊是一位該選區新選的議員。他們的右邊坐着擁有三家當舖的老闆老麥克爾．格萊姆斯，還有丹．霍根的侄子，他正在謀求市秘書處的位子。更前面的前排坐着《自由人報》的首席記者亨德利克先生，還有柯南先生的老友、可憐的奥卡洛爾先生，他一度也是商界的重要人物。由於柯南先生認出了一些熟悉的面孔，他漸漸地覺得自在多了。他那頂已被妻子整好的帽子放在膝蓋上。有一兩次，他用一隻手拉下袖口，用另一隻手輕輕地、但卻牢牢地捏着帽檐兒。

人們看到，一個顯得頗有力量的人物，上身穿着白色法衣，掙扎着登上講壇。與此同時，會眾們騷動起來，他們掏出手絹，小心翼翼地跪在上面。柯南先生也效仿眾人跪下。這時神父在講壇上站直身子，有三分之二露在壇欄的上面，頂着一張碩大的紅臉。

珀頓神父跪下，轉向紅燈，雙手掩着臉祈禱起來。過了一會兒，他放開手站起身子。會眾也跟着站立起來，重新坐到欖子上。柯南先生把帽子又照原樣放到膝上，露出一副專心聽講的表情。神父用力地揮動胳膊，做着大的手勢，寬大的法衣袖子甩到了後邊；他慢慢地審視着一排排面孔，然後說道：

「事實上，屬世界的人在這方面確比光明的兒女來得乖巧。我告訴你們，要善用今世的錢財，廣結人緣。這樣，當金錢失去價值時，朋友就會永遠接待你們。」

珀頓神父以引起共鳴的自信演繹這段經文。他說，在整個《聖經》中，這是最難作出正確解釋的一段經文。對一個漫不經心的讀者來說，這段經文似乎與耶穌基督在其他地方解釋的高尚道德不相一致。但是，他告訴他的聽眾，他覺得這段經文對某些人特別適合，有指導他們的作用，因為他們注定要過世俗生活，但又不想像追名逐利的世俗之徒那樣來生活。這是一段適合商人和專業人員的經文。耶穌基督對人類本性的每一個罅隙都有異常透徹的了解，因此他知道並非所有的人都要過宗教生活，絕大多數人都被迫生活在這個世界上，而且在一定程度上他們為這個世界而生活：耶穌基督用這句話旨在給他們一個忠告，他把那些無限崇拜財神而實是人間最不關心宗教事務的人，作為宗教生活中的典範放到了他們面前。

他告訴他的聽眾，那天晚上他在那裏並不想嚇唬誰，也沒有非分的目的；而只是作為一個世俗的人與朋友們隨便談談。他是來跟商界的人談話的，因此他會以商界的方式跟他們交談。他說，如果他可以用比喻的話，他就是他們靈魂上的會計師；他希望他的聽眾每一個都打開自己的賬本，自己靈魂生活的賬本，看看它們是否與良心完全一致。

耶穌基督並不是個嚴厲的監工。他理解我們微小的失誤，理解我們可憐的墮落了的天性中的弱點，也理解這種生活中的種種誘惑。我們可能受過誘惑，我們所有的人都常常受到誘惑：我們可能有過失誤，我們所有的人都有失誤。但是只有一件事情，他說，他要求他的聽眾們去做。這就是：對上帝要正直果敢。如果他們的賬目每一點都一致，那就可以說：

「好了，我已經核對過我的賬目。我發現完全正確。」

然而也可能出現差錯，如果發生這種情況，那就要承認事實，應該坦率，像個男子漢那樣：

「我已經核對過我的賬目。我發現這項錯了，這項也錯了。但是，仰賴天主的聖恩，我決心改過所有的錯誤。我會把我的賬目糾正過來。」

註釋：

[1]「班希」（banshee）：愛爾蘭傳說中的女鬼。據說她出現在誰家，誰家就會死人。她會一面梳頭一面痛哭，但通常是在預言死亡的前一兩個晚上慟哭於窗下。

[2] 橙色分子（Orangeman）：指愛爾蘭一個新教組織的成員，該組織成立於一七九五年。因用橙色帶做徽章，故名。

[3] 圖阿姆：愛爾蘭北部的一個城市。

死者

李莉，看門人的女兒，幾乎沒有一點兒歇腳的時間。她剛剛把一個男士領進底層廚房後面的餐具室，幫他脱下外套，前門的門鈴又不停地響了起來，於是她只得急匆匆地穿過空蕩蕩的過道，引進另一個客人。好在她不必去照顧女客。可是凱特小姐和朱麗婭小姐早就想到了這點，已經將樓上的浴室臨時改成了女士們的更衣室。凱特小姐和朱麗婭小姐此時正待在那裏，説説笑笑，又吵又鬧，她們先後走到樓梯口，把頭伸過欄杆向下張望，對樓下的李莉呼喊，問她是誰來了。

莫肯家小姐們的一年一度的舞會，一向是件大事。凡是認識她們的人，家庭的成員，家裏的老朋友，朱麗婭唱詩班的夥伴，已經差不多長大成人的凱特的學生，甚至瑪麗·簡的一些學生，全都來參加。沒有一次舞會不是熱熱鬧鬧的。多年以來，凡是人們能記得的，每次都開得光彩壯觀。凱特和朱麗婭在她們的哥哥帕特去世之後，便離開了在斯托尼巴特的房子，帶着她們唯一的侄女瑪麗·簡，一起住到了阿舍爾島上這座陰暗、蕭條的房子，她們從樓下做穀物生意的福爾漢姆手裏租下了上面一層。自那以後，年年都舉行盛大的舞會。現在已經足足有三十年了。她們剛搬來的時候，瑪麗·簡還是個穿短衣服的小女孩，現在已經是這家的支柱了，因為她在哈丁頓路教彈奏風琴。她上過專科學校，並且每年都在安提恩特音樂廳的樓上樂室裏舉辦一次學生音樂會。她的許多學生都是金斯頓和達爾基一帶上等家庭的孩子。她的兩個姑媽雖然年事已高，卻也還做一些工作。朱麗婭儘管頭髮灰白，仍然是「亞當和夏娃」唱詩班的首席女高音；凱特太虛弱，不宜過多走動，便在後屋用那架舊的方形鋼琴給初學者上音樂課。看門人的女兒李莉，為她們做家庭女僕的工作。她們的生活雖然簡樸，但主張吃得要好；一切食品都是最好的：菱形骨牛排，三先令一磅的茶葉，上等的瓶裝黑啤酒。李莉照吩咐辦事，極少出錯，因此與三個女主人處得很好。她們都愛大驚小怪，但也不過如此而已。她們唯一不能容忍的事就是頂嘴。

當然，在這樣一個晚上，她們大驚小怪也有充份的理由。當時早已過了十點，然而還不見加布里埃爾和他妻子的影子。此外，她們也非常擔心弗雷迪．馬林斯會喝得醉醺醺的才來。她們決不願意瑪麗．簡的學生看見他那個樣子；而每當他喝醉時，有時候還真拿他沒辦法。弗雷迪．馬林斯總是晚來，但她們不知道甚麼事絆住了加布里埃爾：那就是為甚麼她們每兩分鐘便走到樓梯扶欄處，問李莉加布里埃爾或弗雷迪是否來了。

「哦，康洛伊先生，」李莉為加布里埃爾開門時對他說，「凱特小姐和朱麗婭小姐還以為你不來了呢。晚上好，康洛伊太太。」

「我料到她們會這麼想的，」加布里埃爾說，「可她們忘了，我太太要花整整三個小時梳妝打扮。」

他站在門口的墊子上，搓去套鞋上的雪污，與此同時，李莉把他的太太引到樓梯底下，口裏喊道：

「凱特小姐，康洛伊太太來了。」

凱特和朱麗婭立刻搖搖擺擺從昏暗的樓梯上走了下來。她們二人分別吻了吻加布里埃爾太太，說她一定給活活地凍僵了，接着又問她加布里埃爾是否和她一起來了。

「我在這裏，像鎧甲一樣結實，凱特姨媽！你們先上去。我隨後就來，」加布里埃爾在暗處喊道。

他繼續使勁搓他的雙腳，三個女人高興地笑着上了樓，向女更衣室走過去。薄薄的一縷雪像披肩似的蓋着他大衣的雙肩，套鞋頭上的雪像是套鞋的包頭；他解開大衣上的紐扣時，被雪凍硬的粗呢子發出咯吱咯吱的聲響，一股來自戶外的寒冷的香氣從衣縫和皺褶中溢出。

「是不是又下雪了，康洛伊先生？」李莉問。

她在前面把加布里埃爾引到餐具室，幫他脱掉大衣。加布里埃爾聽她稱呼自己的姓名時用三個音節，微笑着瞥了她一眼。她身材細長，是個正在成長的姑娘，面色蒼白，頭髮呈乾草似的黃色。餐具間的煤氣燈照得她的臉更顯蒼白。她還是個孩子時加布里埃爾就認識她了，那時她常常坐在最下面的一層台階上，抱着個破布娃娃玩耍。

「是的，李莉，」他答道，「我看會下一夜呢。」

他抬頭望望餐具間的天花板，由於樓上踏腳和走動震得天花板直顫動；他聽了一會兒鋼琴彈奏，然後又瞥了一眼女孩，她正在擱板的另一端小心地疊他的大衣。

「告訴我，李莉，」他以友善的口氣説，「你還上學嗎？」

「哦，不上了，先生，」她回答，「今年以來我就不上了。」

「喔，那麼，」加布里埃爾高興地説，「我想最近某個好日子我們會去參加你和你那年輕人的婚禮了，對吧？」

女孩回頭瞥了他一眼，苦澀地説：

「現在的男人全是騙子，千方百計佔你的便宜。」

加布里埃爾滿臉通紅，彷彿他覺得自己做了甚麼錯事，於是他不再看她，蹬掉腳上的套鞋，靈巧地用圍巾輕輕地撣了撣他的漆皮鞋。

他是個身材結實、個兒高高的年輕人。他的雙頰一直紅到了前額，在額頭分散成幾片不成形狀的淡紅；在他沒有鬍子的光溜溜的臉上，架着一副亮光光的金邊眼鏡，不停地閃着光輝，遮住了他那一雙敏銳而不安的眼睛。他油光烏黑的頭髮從中間分開，長長地彎曲着梳向耳後，在帽子壓成的轍紋下面微微地鬈起。

他擦亮皮鞋之後，便站起身來，往下抻了抻背心，使它更貼緊他那豐滿的身體。然後他從口袋裏迅速摸出了一枚硬幣。

「喔，李莉，」他把硬幣塞進她的手裏說，「過聖誕節了，對吧？這裏只是……一點點……」

他快步朝門口走去。

「啊，不，先生！」女孩大聲說，向他追了過去。「真的，先生，我不要。」

「過聖誕節了！過聖誕節了！」加布里埃爾說，幾乎小跑着奔向樓梯，一邊揮着手請她收下。

女孩見他已走上樓梯，在他身後喊道：

「好吧，謝謝您了，先生。」

他在客廳門外等候華爾茲舞結束，聽着裙子的摩擦聲和腳步的踢踏聲。他仍然因那女孩尖刻突然的反駁而有些失態。這使他情緒低落，為了驅散這種情緒，他整了整袖口和領結。然後他從背心的口袋裏掏出一張紙片，看了看他為自己演講準備的提綱。他對是否引用羅伯特·勃朗寧的幾行詩猶豫不定，因為他擔心他的聽眾會理解不了。引用莎士比亞的詩或引用情歌會更好一些，他們賞識這些東西。那些男人笨拙的鞋跟磕碰聲和鞋底的踢踏聲，使他想到了這些人的文化程度與他的不同。如果對他們引用他們不可能理解的詩，那隻能使他自己顯得滑稽。他們會覺得他是在炫耀自己所受的高等教育。他會在他們面前失敗，就像在樓下餐具間裏和女孩的談話失敗一樣。他一開始就把調子定錯了。他的整個講稿從頭到尾都是個錯誤，是個徹底的失敗。

恰在那時，他姨媽和妻子從更衣間裏走了出來。他的兩個姨媽都是又矮又小、穿着樸素的老太太了。朱麗婭姨媽大概略高一英寸。她的頭髮低垂，覆蓋着耳朵的上部，已經灰白；她那寬而鬆弛的臉，由於較暗的陰影也變得灰白。雖然她身體壯實，腰板挺直，但她那遲鈍的眼睛和微啓的雙唇，使人一眼便看出她是個上了年紀的女人，不知道自己在甚麼地方，也不知該去甚麼地方。凱特姨媽精神多了。她的臉色比她姐姐的健康，佈滿了皺紋和摺痕，像隻萎縮了的紅蘋果，她的頭髮還是照老樣子盤起來，仍然沒有失去熟栗子那樣的顏色。

她倆坦誠地吻了吻加布里埃爾。他是她們最喜歡的外甥，是她們已故的姐姐愛倫的兒子。愛倫曾嫁給船塢公司的T．J．康洛伊先生。

「加布里埃爾，格麗塔對我說，你們今晚不打算坐馬車回蒙克斯頓，」凱特姨媽說。

「是的，」加布里埃爾說，一面轉向他的妻子，「我們去年受夠了坐馬車的罪，對吧？凱特姨媽，您還記得格麗塔坐馬車凍成甚麼樣子吧？馬車的窗子一路咔嗒咔嗒響個不停，剛過了默里恩，東風就直往裏灌。風真是太大了。格麗塔患了要命的感冒。」

凱特姨媽嚴肅地皺着雙眉，每聽完一句就點一次頭。

「不錯，加布里埃爾，非常正確，」她說。「多加小心總不會錯的。」

「可是還有格麗塔呀，」加布里埃爾說，「要是依着她，她寧願踏着雪走回家去。」

康洛伊太太咯咯地笑了。

「別理他，凱特姨媽，」她說。「他可真是太麻煩了，甚麼湯姆的眼睛夜裏要戴綠眼罩啦，讓他練啞鈴啦，強迫伊娃吃麥片粥啦。可憐的孩子！她看見麥片粥就噁心。……哦，可你們絕對猜不出，他現在要我穿些甚麼！」

她發出一陣響亮的笑聲，看了看她的丈夫。他那讚賞而幸福的目光，正從她的衣服上往她的臉上和頭髮上游動。兩位姨媽也開懷大笑，因為加布里埃爾的過度關心一向是她們的笑料。

「套鞋！」康洛伊太太說。「那是最近的事。只要腳下的地一濕，我就必須穿上套鞋。甚至今天晚上，他也要我穿上，可我就是不肯。下次他要給我買東西，想必是一套潛水衣了。」

加布里埃爾不自然地笑了笑，然後又自信地拍了拍他的領帶；而凱特姨媽卻幾乎笑彎了腰，因為這個笑話太讓她開心了。很快，朱麗婭姨媽臉上的笑容不見了，她將悶悶不快的目光轉到了外甥女的身上。停了一會兒，她問：

「甚麼是套鞋，加布里埃爾？」

「套鞋呀，朱麗婭！」她妹妹有些驚訝。「天哪，難道你不知道甚麼是套鞋？

你把它們套在……套在你的靴子外面，對吧，格麗塔？」

「對，」康洛伊太太說。「是用『古塔』膠做的。現在我們倆各有一雙。加布里埃爾說歐洲大陸上人人都穿它們。」

「喔，歐洲大陸上，」朱麗婭姨媽咕咕噥噥，慢慢地點了點頭。

加布里埃爾皺起眉頭，似乎有點生氣地說：

「這不是甚麼新奇的東西，但格麗塔覺得非常滑稽，她說套鞋這個詞使她想到了克里斯蒂劇團。」

「可是，告訴我，加布里埃爾，」凱特姨媽爽快而得體地說。「當然，你已經找好了房間。格麗塔剛才說……」

「哦，房間是安排好了，」加布里埃爾答道。「我已經在格雷沙姆訂了一個房間。」

「誠然，」凱特姨媽說，「這事做得最好了。可是還有孩子們，格麗塔，你不擔心他們嗎？」

「啊，只有一夜，」康洛伊太太說。「再說，貝茜會照顧他們的。」

「說真的，」凱特姨媽又說，「有那樣一個姑娘該多放心呀，一個能靠得住的姑娘。你看看那個李莉，我真不知道她最近是怎麼了。好像換了個人，根本不是從前的她了。」

這時，加布里埃爾正想問他姨媽幾個問題，她卻突然中止了談話，注視着她姐姐朱麗婭慢悠悠地走下樓梯，把脖子伸出欄杆外探視。

「喂，我問你們，」她幾乎生氣地說，「朱麗婭要去哪裏？朱麗婭！朱麗婭！你到哪裏去呀？」

朱麗婭已經走到上段樓梯的半腰，她折回來和藹地宣佈說：

「弗雷迪來了。」

就在這同一時刻，一陣掌聲和鋼琴演奏的最後一個華麗的樂段傳來，宣告了華爾茲的結束。客廳的門從裏面打開，幾對舞伴走了出來。凱特姨媽趕緊把加布里埃爾拽到一邊，湊着他的耳朵小聲說：

「悄悄地下去，加布里埃爾，要顯得熱情而親切，看看他是否沒事，要是他喝醉了別讓他上樓。我肯定他喝醉了。我敢肯定。」

加布里埃爾走到樓梯，將頭探過欄杆聽了聽。他聽得見兩個人正在餐具間裏交談。接着他聽出了弗雷迪．馬林斯的笑聲。於是他咚咚咚地走下樓去。

「讓人放心的是，」凱特姨媽對康洛伊太太說，「加布里埃爾在這裏。只要他在，我心裏就覺得踏實。……朱麗婭，戴莉小姐和鮑爾小姐出來了，她們想吃點點心。戴莉小姐，謝謝你彈的優美的華爾茲。實在是令人愉快。」

一個面容枯萎的高個子男人和他的舞伴走出。他蓄着硬挺的灰白髫子，皮膚黝黑，走過身邊時問道：

「我們是不是也可以吃點兒點心，莫肯小姐？」

「朱麗婭，」凱特姨媽即刻說道，「這是布朗先生和福龍小姐。朱麗婭，讓他們與戴莉小姐和鮑爾小姐一起去吧。」

「我是個女士們喜歡的男人，」布朗先生說。他噘起嘴，翹起他的髫子，笑得一臉皺紋。「你知道，莫肯小姐，她們這麼喜歡我的原因是——」

他沒有說完這句話。因為，他一發現凱特姨媽聽不見他說話，便立刻領着三位年輕的女士到後屋去了。屋子中間放了兩張方桌，頭對頭地擺着，朱麗婭姨媽正和看門人把一塊大桌布鋪在桌子上扯平。餐具櫃上擺着杯盤碗碟和一束束刀叉及湯匙。方形大鋼琴合着的蓋子也當成餐桌用了，上面擺着食品和水果。在屋角一個小些的餐櫃旁邊，兩個年輕人正站着喝蛇麻子苦啤酒。

布朗先生把三個讓他照顧的女士帶到那裏，開玩笑地請她們都喝點又熱、又烈、又甜的女用合成酒。然而她們說她們從來不喝烈性的東西，於是他便為她們開了三瓶檸檬水。接着，他又請年輕人中的一位讓開一些，拿起帶玻璃塞子的細頸酒瓶，給自己斟了一大杯威士忌。當他呷了一口品嘗時，年輕人不無敬意地望着他。

「上帝保佑我，」他笑着說，「這是醫生的命令。」

他枯萎的臉上綻出一副開朗的笑容，三位年輕的小姐對他的幽默報以音樂般的笑聲，直笑得前仰後合，肩頭也不停地顫動。其中膽子最大的一位說：

「喂，布朗先生，我敢肯定醫生決不會讓人做這種事情。」

布朗先生又啜了一口他的威士忌，鬼鬼祟祟裝模作樣地說：

「喔，你們看，我就像那個著名的卡西第太太，據傳她曾說過：『喂，瑪麗·格萊姆斯，假如我不喝，你就強迫我喝，因為我真覺得想喝極了。』」

他熱乎乎的臉向前傾着，顯得有點過份親暱，然後他裝出一副非常低的都柏林口音，以致三位年輕女士本能地默默聽他說話。福龍小姐是瑪麗·簡的一個學生，她問戴莉小姐剛才她彈的那支美妙的華爾茲舞曲是甚麼名字；這時布朗先生發現自己受到冷落，便立刻轉向那兩位更有欣賞力的青年。

一位面色紅潤、身穿三色紫羅蘭的年輕女人來到屋裏，她興奮地拍着雙手嚷道：

「跳四對舞！跳四對舞啦！」

凱特姨媽也緊跟着她進來，大聲說：

「請兩位先生和三位女士，瑪麗·簡！」

「哦，這裏有伯金先生和科里根先生，」瑪麗·簡說。「科里根先生，你帶鮑爾小姐好嗎？福龍小姐，讓我給你找個舞伴，伯金先生。啊，現在正好。」

「要三位女士，瑪麗·簡，」凱特姨媽說。

兩位年輕的先生邀請女士們跳舞，瑪麗·簡轉向戴莉小姐。

「啊，戴莉小姐，你真是太好了，你剛才已經給兩場舞伴奏過了，可是今晚我們的女舞伴實在是太少。」

「我一點也不在意，莫肯小姐。」

「不過，我給你找了個絕好的舞伴，就是巴特爾·達爾西先生，那位男高音。待會兒我要請他唱歌。整個都柏林都為他瘋狂了。」

「絕妙的嗓音，絕妙的嗓音！」凱特姨媽說。

當鋼琴彈了兩次第一樂段的序曲時，瑪麗·簡急忙帶着她請的幾位離開了屋子。他們剛走，朱麗婭姨媽慢悠悠地走了進來，一邊回頭向身後望着甚麼。

「怎麼啦，朱麗婭？」凱特姨媽急切地問道。「是誰呀？」

朱麗婭拿進來一卷餐巾，她轉向姐姐，好像這問題使她感到驚訝似的，簡單地說道：

「就是弗雷迪，凱特，加布里埃爾陪着他。」

事實上，就在她身後，可以看見加布里埃爾正領着弗雷迪·馬林斯走過樓梯的平台。後者是個大約四十歲的年輕人，與加布里埃爾個頭身材差不多，有一副渾圓的肩膀。他的臉肉乎乎的，有些蒼白，只在肥厚的耳垂和寬大的鼻翼上浮現出些微紅潤。他相貌粗俗，矮鼻子，額部上凸下陷，嘴唇厚而捲突。他那厚重下垂的眼瞼和稀疏凌亂的頭髮，使他顯出一副沒睡醒的樣子。由於他在樓梯上給加布里埃爾講的一個故事，他尖聲地開懷大笑，同時用他左拳的指關節來回揉着他的左眼。

「晚上好，弗雷迪，」朱麗婭姨媽說。

弗雷迪·馬林斯向莫肯小姐們道聲晚安，看上去非常隨便，其實他說話時有習慣性的哽噎；然後，他看見布朗先生站在餐櫃旁邊正衝着他咧嘴，便搖搖晃晃走過房間，開始低聲重複他剛才給加布里埃爾講的故事。

「他不怎麼醉，是不是？」凱特姨媽對加布里埃爾說。

加布里埃爾緊皺雙眉，但隨即便舒展開來，答道：

「哦，不，幾乎看不出來。」

「其實，他真不是個可怕的傢伙！」她說。「而他可憐的母親竟在除夕之夜讓他發誓。來吧，加布里埃爾，到客廳裏去。」

她在和加布里埃爾離開房間之前，皺了皺眉頭，又來回晃了晃她的食指，暗示布朗先生要注意自己。布朗先生點頭作答，等她走後，便對弗雷迪·馬林斯說：

「喂，泰迪，讓我給你倒一大杯檸檬水，提提精神。」

弗雷迪·馬林斯正要講到故事的高潮，不耐煩地揮揮手，拒絕了他的好意，但布朗先生先讓馬林斯注意他衣服的雜亂，然後便給他倒了滿滿一杯檸檬水遞了過去。弗雷迪·馬林斯的左手機械地接過杯子，而右手則忙於機械地整理他的衣服。布朗先生再次笑得滿臉皺紋，又給自己倒了一杯威士忌。這時，馬林斯的故事還沒真正達到高潮，但他自己卻爆發出一陣咳嗽般的尖聲大笑，他一邊放下尚未嚐過、晃得溢出來的杯子，一邊又開始用他左拳的指關節來回揉他的左眼，強忍着咳笑，重複最後講過的一段。

＊　＊　＊　＊　＊

瑪麗．簡正在寂靜的客廳裏彈奏學院派樂曲，其中充滿了速奏和困難的樂章，但加布里埃爾卻聽不進去。他喜歡音樂，但她彈奏的曲子他覺得沒有主調旋律，而且他也懷疑其他聽眾是否會覺得有甚麼主調旋律，儘管他們都曾要求瑪麗．簡為他們彈奏點甚麼。四個年輕人聽到鋼琴聲從吃點心的房間裏趕來，停立在門口，幾分鐘之後便又一對對離去。真正能欣賞這音樂的似乎只有兩個人，一個是瑪麗．簡本人，她的雙手沿着琴鍵快速移動，時而躍起停頓一下，像女祭司短暫祈求時的手勢；另一個是凱特姨媽，她站在瑪麗．簡的肘邊為她翻着樂譜。

打着蜂蠟的地板在輝煌的枝形吊燈下閃閃發光，加布里埃爾的眼睛受不了閃光的刺激，便巡視着鋼琴上面的牆壁。那裏掛着一幅畫，畫的是《羅密歐與朱麗葉》裏的陽台幽會場景；它的旁邊是另一幅畫，表現兩個王子在塔樓遇害的故事，是朱麗婭姨媽年輕時用紅、藍、棕三色毛線繡成的。也許在她們上的那個學校裏，女孩子要學一年這樣的手工課。他母親曾給他織過一件紫色羊毛背心作為生日的禮物，背心上有小狐狸頭圖案，鑲棕色緞邊，配着紫紅色的紐扣。奇怪的是，他母親沒有任何音樂才能，而凱特姨媽卻總說她集中了莫肯家的才智。她和朱麗婭二人似乎一向為她們這個莊重的、母親般的姐姐而有些感到驕傲。她的照片擺在穿衣鏡前面。她拿着一本打開的書放在膝上，指着書裏的東西給康士坦丁看；康士坦丁拿着一套海軍服，躺在她的腳旁。她兒子們的名字全是由她起的，因為她對家庭生活中的尊嚴十分敏感。正是由於她，康士坦丁現在成了鮑布里根的高級助理牧師；也正是由於她，加布里埃爾自己才在皇家大學獲得了學位。當他回想她陰沉着臉反對他的婚姻時，他的臉上掠過了一片陰雲。她當時用過的一些輕蔑詞語，仍然使他想起來便隱隱作痛；有一次她談到格麗塔，說她像鄉下人那樣矯揉造作，其實格麗塔根本不是那個樣子。她在蒙克斯頓老宅臨終前長期臥病期間，全是由格麗塔服侍她的。

他知道瑪麗·簡快要彈完她的曲子了，因為她又彈起開頭時的旋律，而且每一小節後面都有一段速奏。他等着曲子的結束，怨恨的心情也漸漸消逝。樂曲以高八度的顫音和最後深沉的低八度音結束。聽眾對瑪麗·簡報以熱烈的掌聲，而她卻有些羞臊而緊張地捲起樂譜逃出了客廳。最熱烈的掌聲來自門口那四個年輕人，曲子開始時他們到休息間去了，曲終時又折了回來。

四對舞開始了。加布里埃爾發現自己的舞伴是愛佛絲小姐。她是個落落大方、善於言談的年輕女士，臉上長有雀斑，褐色的眼睛有些凸鼓。她沒有穿袒胸的衣服，領前別着一枚大大的胸針，上面有某個愛爾蘭的紋章和格言。

他們站好位置時，她突然開口說：

「今天我有件事想問你個明白。」

「問我？」加布里埃爾說。

她嚴肅地點了點頭。

「甚麼事？」加布里埃爾問，對她一本正經的樣子微微一笑。

「G．G．是誰？」愛佛絲小姐答問，一邊用眼睛盯着他。

加布里埃爾紅了臉，他正要皺起眉頭裝作沒有聽懂時，她又突兀地說道：

「啊，天真的愛彌！我發現你給《每日快報》撰稿。怎麼樣，你不覺得害羞麼？」

「我為甚麼覺得害羞呢？」加布里埃爾反問，眨眨眼睛想露出笑容。

「好呀，我倒替你害羞呢，」愛佛絲小姐坦率地說。「你竟然會為那樣一家報紙寫稿。我以前沒想到你竟是個西不列顛人[1]。」

加布里埃爾臉上露出一種窘困的表情。確實，他每星期三為《每日快報》寫一個文學專欄，為此他得到十五先令的報酬。但那樣做決不會使他成為一個西不列顛人。他收到的那些讓他寫評論的書，遠比那張微不足道的支票讓他動心。他喜歡撫摸新出版的書的封面，翻閱嶄新的書頁。幾乎每天在大學教完課之後，他都要到碼頭一帶的舊書店去逛逛，比如巴奇勒人行道上的希基書店，阿斯頓碼頭上的韋伯書店或馬西書店，或者巷子裏的奧克羅希賽書店。他不知道如何對待她的指責。他想說文學是超越政治的。但他們是多年的朋友，而且他們的經歷也大致相同，先是上大學，然後當老師：他不能冒險對她說一句自以為是的大話。他繼續眨着眼睛想露出笑容，並且結結巴巴地低聲說，他看不出寫書評與政治有甚麼關係。

當輪到他們轉到對面時，他仍然陷入窘困之中，茫茫然心不在焉。愛佛絲小姐熱情地一把抓住他的手，溫柔而友好地說道：

「當然，我不過是開開玩笑。來吧，我們該繞過去了。」

等他們再度一起時，她談起大學的問題，加布里埃爾覺得寬鬆多了。她的一個朋友給她看過他寫的關於勃朗寧詩歌的評論。這就是她發現秘密的由來：但她非常喜歡那篇評論。接着她突然說：

「哦，康洛伊先生，今年夏天你願不願意去阿蘭群島旅行？我們準備在那裏住一個月。置身大西洋之中一定很有意思。你應該來。克蘭西先生要來，基爾克利先生和凱瑟琳．基爾尼也來。如果格麗塔來，她也會覺得極有意思。她是康納特人，對吧？」

「她祖上是那裏的，」加布里埃爾簡短地說。

「可是你會來的，是不是？」愛佛絲小姐說，一邊把她溫暖的手熱切地搭到他的臂上。

「事實是，」加布里埃爾說，「我剛剛安排好去——」「去甚麼地方？」愛佛絲小姐問。

「啊，你知道，每年我都和幾位朋友去作一次騎自行車旅行，所以——」

「可是去甚麼地方呢？」愛佛絲小姐問。

「哦，一般我們去法國或比利時，或許還去德國，」加布里埃爾尷尬地說。

「為甚麼去法國和比利時，」愛佛絲小姐說，「而不去看看自己的國家？」

「哦，」加布里埃爾說，「一方面是與這些國家的語言保持接觸，一方面是換換環境。」

「難道你不要和你自己的語言——愛爾蘭語保持接觸麼？」愛佛絲小姐問。

「啊，」加布里埃爾說，「如果說到這一點，你知道，愛爾蘭語並不是我的語言。」

他們旁邊的人都轉過來聽這一來一往的盤問。加布里埃爾不安地看看左右，雖然他盡量在這窘困的情況下保持自己的風趣，但他的前額也已泛起了紅暈。

「難道你沒有自己的國家可以去看看？」愛佛絲小姐繼續說，「你對自己的人民，自己的祖國究竟知道多少？」

「哦，說實話，」加布里埃爾突然反駁說，「我討厭我自己的國家，討厭它！」

「為甚麼？」愛佛絲小姐問。

加布里埃爾沒有回答，因為他的反駁使他激動起來。

「為甚麼呀？」愛佛絲小姐再次問道。

他們得一起穿梭對舞，既然他沒有回答，愛佛絲小姐便溫和地說道：

「當然，你答不出來。」

加布里埃爾為了掩飾他的激動，便非常起勁地跳舞。他避開她的目光，因為他看見她臉上顯出一種酸楚的表情。不過，當他們在長隊裏再次相遇時，他驚訝地發覺自己的手被緊緊地握住。她從眉毛下疑惑地瞄視了他一會兒，直到他露出了微笑。然後，就在舞隊又要開始之時，她踮着腳對着他的耳朵低聲說：

「西不列顛人！」

四對舞結束後，加布里埃爾走到房間偏僻的一角，弗雷迪·馬林斯的母親正在那裏坐着。她是個矮胖羸弱、滿頭白髮的老婦人。她的聲音和她兒子的一樣，也有些吞噎，講話稍微有點結巴。有人告訴她弗雷迪已經來了，而且幾乎沒有一點醉態。加布里埃爾問她渡海過來時是否一切順利。她跟她結了婚的女兒住在格拉斯哥，每年到都柏林來訪問一次。她平靜地回答說她渡海時順利極了，船長對她格外照顧。她還說到她女兒在格拉斯哥的漂亮的房子，以及她們在那裏所有的朋友。在她東拉西扯說個不停的時候，加布里埃爾極力想從他腦海裏抹去與愛佛絲小姐的不愉快的插曲。當然，那個女孩或女人，或者不管她是甚麼，無疑是個熱心的人，可是甚麼事都得有個時間呀。或許他不該那樣回答她。然而即使是個玩笑，她也無權當眾稱他是西不列顛人。她試圖在眾人面前使他出醜，當眾詰問他，還用她那雙兔子似的眼睛盯着看他。

他看見自己的妻子正穿過一對對跳華爾茲的人向他走來。來到他面前時，她對着他的耳朵說：

「加布里埃爾，凱特姨媽讓我問問你，是不是一如既往由你來切鵝肉。戴莉小姐負責切火腿，我切布丁。」

「沒問題，」加布里埃爾說。

「這場華爾茲一結束，她就把那些年輕人先打發到客廳裏來，那樣我們就可以在桌子上幹活了。」

「剛才你跳舞了嗎？」加布里埃爾問。

「當然跳了。你沒看見我？你和莫莉．愛佛絲小姐吵甚麼呢？」

「沒吵呀。怎麼啦？她說我們吵了嗎？」

「意思是吧。我正想法子讓那位達爾西唱歌。我覺得他怪傲氣的。」

「我們根本沒吵，」加布里埃爾不快地說，「她只是要我到愛爾蘭西部旅行，我說我不想去。」

他妻子興奮地拍拍手，還跳了一下。

「啊，去嘛，加布里埃爾，」她說。「我真想再看看高爾韋島。」

「你想去你可以去嘛，」加布里埃爾冷冷地說。

她看了他一會兒，然後轉向馬林斯太太說：

「瞧跟你說話的人是個多好的丈夫，馬林斯太太。」

在她又穿過人群回去的時候，馬林斯太太未注意談話的中斷，繼續向加布里埃爾講述蘇格蘭的風景名勝和旖旎風光。她的女婿每年都和家人到湖區去，他們還常常釣魚。她的女婿是個釣魚的好手。有一天他釣了一尾漂亮的大魚，旅館裏的主人幫他們烹好當作晚餐。

加布里埃爾幾乎沒有聽見她說了些甚麼。現在，由於晚飯時間快到了，他又開始想他的演講和引文。當他看見弗雷迪．馬林斯穿過房間來看他母親時，加布里埃爾便把椅子空出來讓給他，自己退到窗口的凹處。餐具間已經清好，從後屋傳來了盤子和刀子磕碰的叮噹聲。仍然留在客廳裏的那些人似乎已經跳累了，正在三五成群地靜靜地交談。加布里埃爾溫暖顫抖的手指彈着冰冷的窗玻璃。外面該是多冷呀！獨自一人出去散散步，先沿着河走，再穿過公園，那該多麼愉快呀！雪會積聚在樹枝上，會在威靈頓紀念碑頂上形成一個明亮的雪帽。在那裏一定比在晚餐桌上愉快多了！

他很快地看了一遍他的演講提綱：愛爾蘭人熱情好客，不幸的回憶，三女神，帕里斯，引用勃朗寧的詩句。他對自己重複了一遍他在評論中寫過的一個句子：「一個人覺得他正在傾聽心潮洶湧的心聲。」愛佛絲小姐剛才稱讚過這篇評論。她真心稱讚嗎？在她宣傳的那一套主張背後，她是否真正有任何自己的生活？直到這天晚上以前，他們誰對誰也不曾有過不好的感覺。想到她坐在晚餐桌上，在他演講時用挑剔譏諷的目光望着他，真使他忐忑不安。也許她看見他演講失敗一點也不會同情。突然一個念頭出現在他的腦際，給他鼓起了勇氣。他將以暗示凱特姨媽和朱麗婭姨媽的方式說：「女士們，先生們，我們當中現在處於黃昏期的一代人，可能有自己的短處，但我個人認為，這代人有不少美德，如熱情好客，幽默、仁慈，而我們周圍正在成長的新的一代，雖然非常認真並受過高等教育，在我看來卻缺少這些美德。」好極了：這正好適用於愛佛絲小姐。他的姨媽只不過是兩個沒有學識的老太太，他擔心甚麼呢？

房間裏嘁嘁喳喳的低語聲引起了他的注意。布朗先生正從門口進來，殷勤地陪着朱麗婭姨媽，她倚着他的胳膊，微笑着，低着頭。一陣此起彼落的掌聲一直把她送到鋼琴旁邊，然後，當瑪麗·簡坐在琴櫈上，朱麗婭姨媽也不再微笑，半轉過身使屋裏所有人都能聽清她的聲音時，掌聲才漸漸停了下來。加布里埃爾聽出了彈奏的序曲。那是朱麗婭姨媽的一支老歌——《盛裝待嫁》——的序曲。她的歌聲音調響亮而清晰，情緒激昂地合着重重裝飾性的速奏，雖然唱得很快，但沒有漏掉任何一個最小的裝飾音。聽着那歌聲，無須看唱者的表情，人們便會感受並分享那輕快平穩地翺翔的激情。歌聲結束時，加布里埃爾和所有其他人都熱烈地鼓掌，從看不見的晚餐桌上也傳來了響亮的掌聲。掌聲裏充滿了真誠，當朱麗婭姨媽彎身將簽有她縮寫名字的羊皮封面舊歌本放回樂譜架上時，她的臉上禁不住泛出一抹激動的紅暈。為了聽得更清楚一些，弗雷迪．馬林斯曾斜仰着腦袋傾聽，當其他人都停止鼓掌時，他仍然在鼓掌歡呼，興高采烈地向他母親談論，而他母親則認真地、慢慢地點着頭默默稱許。最後，當他不再鼓掌時，他突然站起身，匆匆穿過房間走到朱麗婭姨媽面前，雙手抓住她的一隻手搖着，激動得説不出話來，或者説他的嗓音哽噎得太厲害了。

「我剛才對我母親説，」他説，「我從未聽見您唱得這麼好，從未聽見過。真的，我從未聽見您的嗓音像今晚這麼漂亮。好呀！現在您相信我説的吧？我説的是實話。我以我個人的人格擔保，我説的是實話。我從未聽見您的嗓音這麼清脆，這麼……明澈而清脆，從未聽見過。」

朱麗婭姨媽滿臉堆笑，低聲說了些客氣話，抽回她被握住的手。布朗先生向她伸出張開的手，以一個節目主持人向觀眾介紹一位天才的姿態，對他身邊的人說：

「朱麗婭．莫肯小姐，我最新的發現！」

正當他自己對這種舉止得意地開懷大笑時，弗雷迪．馬林斯轉向他說：

「聽我說，布朗，要是你認真的話，你可能有一個更糟的發現。我唯一可說的是，自從我到這裏來，我從未聽見她唱得有一半這麼好。這是千真萬確的實話。」

「我也沒聽見過，」布朗說。「我覺得她的嗓音大有改進。」

朱麗婭姨媽聳了聳肩膀，以適中的自豪口氣說：

「就嗓音而言，三十年前我倒是有一副不壞的嗓子。」

「我常常對朱麗婭說，」凱特姨媽強調說，「在那個唱詩班裏她簡直毀了自己。可是她從來不聽我的話。」

她轉過身，彷彿懇求其他人的高見來訓教一個不聽話的孩子，但朱麗婭姨媽卻凝視前方，臉上隱隱浮現出一副回憶往昔的笑容。

「不，」凱特姨媽繼續說，「她不肯聽任何人的勸告，不分晝夜，夜以繼日地在那個唱詩班裏像奴隸似的辛勞。聖誕節一大早六點鐘就去了！這都是為了甚麼呀？」

「可是，那不是為了上帝的榮耀麼，凱特姨媽？」瑪麗．簡在琴櫈上轉過身微笑着問。

凱特姨媽氣呼呼地衝着她的外甥女説：

「上帝的榮耀我清楚得很，瑪麗．簡，可是我覺得，教皇從唱詩班裏把一生在那裏當奴隸的婦女們趕出來，讓一群乳臭未乾的小男孩騎在她們的頭上，絕對不是甚麼榮耀。我想教皇這樣做是為了教會的利益。但這是不公正的，瑪麗．簡，這樣做是不對的。」

她越説越激動，本想繼續為她妹妹辯護，因為這是一個令她傷心的話題，但瑪麗．簡看到所有跳舞的人都已回來，便態度平和地把話岔開：

「喂，凱特姨媽，你這是在惹布朗先生不高興呢，他可是屬於另一個教派呀。」

凱特姨媽轉向布朗先生，他對這樣説他的宗教正咧着嘴發笑，於是凱特姨媽趕緊説：

「哦，我並不懷疑教皇是對的。我不過是個愚笨的老太太，沒想到會做這樣的事情。然而總還有日常的禮貌和感激這樣的事吧。假如我處在朱麗婭的地位，我就會直截了當面對面地對希利神父說……」

「另外，凱特姨媽，」瑪麗．簡說，「我們大家真的都餓了，人一餓了就很容易發火。」

「人渴了的時候也容易發火，」布朗先生補充說。

「所以我們最好去吃晚飯，」瑪麗．簡說，「以後再來完成這場討論。」

在客廳外的樓梯平台上，加布里埃爾發現他妻子和瑪麗．簡正勸說愛佛絲小姐留下來吃晚飯。但愛佛絲小姐不肯留下，她已經戴好帽子，正在扣大衣的扣子。她一點不覺得餓，而且她已經待過了預定的時間。

「可是，只不過十分鐘的時間，莫莉，」康洛伊太太說。「不會耽擱你太久。」

「剛跳完舞，」瑪麗．簡說，「少吃一點嘛。」

「我真的不能再耽擱了，」愛佛絲小姐說。

「我怕你是玩得不痛快吧，」瑪麗．簡失望地說。

「我向你保證，從未這麼痛快過，」愛佛絲小姐說，「可是你現在真的一定得讓我走了。」

「可你怎麼回家呢？」康洛伊太太問。

「哦，沿碼頭往上只有幾步遠。」

加布里埃爾猶豫了片刻說：

「如果你同意，愛佛絲小姐，我可以送你回家，假如你真的非走不可的話。」

但愛佛絲小姐突然離開了他們。

「我不要聽這種話，」她嚷道。「看在老天爺的分上，進去吃你們的晚飯吧，別管我了。我挺好的，能自己照顧自己。」

「唉，你真是個怪氣的姑娘，莫莉，」康洛伊太太坦率地說。

「晚安，諸位，」愛佛絲小姐笑着大聲說，奔下了樓梯。

瑪麗·簡凝視着她的背影，臉上露出陰鬱困惑的表情，康洛伊太太把頭探過欄杆，傾聽大門的動靜。加布里埃爾默默自問，是不是因為他的緣故她才突然離去。但她不像是不高興的樣子：她笑着離去的。他茫然地朝下凝視着樓梯。

這時凱特姨媽搖晃着從餐廳裏走出，幾乎有些絕望地絞着雙手。

「加布里埃爾在哪兒？」她喊道。「加布里埃爾究竟在哪兒呀？大家都在那裏等着，桌子騰好了，可沒人來切鵝了。」

「我在這兒呢，凱特姨媽！」加布里埃爾喊道，突然變得活躍起來，「如果需要，我隨時準備切一群鵝呢。」

一隻肥肥的棕顏色的鵝擺在桌子的一端；另一端，在一張點綴着荷蘭芹小枝的縐紙墊上，擺着一隻大火腿，外皮已經去掉，上面撒滿了麵包碎屑，脛骨處套着一圈整潔的紙邊，旁邊是一塊加過香料的牛肉。在兩道主菜之間，平行擺着一排排配菜：兩盤堆得像小教堂似的果子凍，一盤是紅的，一盤是黃的；一隻淺盤裝滿一塊塊魚膠涼粉和果子醬；一個把如葉梗的綠色葉形大盤裏擺着一團團紫色葡萄乾和去了皮的杏仁，另一隻同樣的盤子裏是堆成一個堅實的長方形的士麥那無花果；一個盤子裏盛蛋糕，頂上撒滿了豆蔻；一隻小碗裝滿了用金銀紙包着的巧克力和糖果；還有一個玻璃瓶，裏面插了不少長長的芹菜莖。桌子正中放着兩個矮胖的舊式刻花玻璃酒瓶，一個盛着白葡萄酒，一個盛着紅葡萄酒，它們像衛兵似的守着一個果盤，盤子裏裝着堆成金字塔形狀的橙子和美洲蘋果。在蓋着蓋的方形鋼琴上，擺着一個黃色大盤，裏面盛滿了等待取用的布丁；它後面是三排黑啤酒、淡啤酒和礦泉水，依照各自瓶子的顏色排列成行，前兩排是黑的，帶有棕色和紅色的標籤，第三排也是最少的一排是白色的，瓶子上橫向繫着綠色的飾帶。

加布里埃爾大模大樣地在桌首就座，然後察看了一下刀鋒，把他的叉子牢牢地插進了鵝的肉裏。現在他心情相當舒暢，因為他是個切肉的行家裏手，而且他最喜歡坐在擺滿豐盛食品餐桌的桌首。

「福龍小姐，你要點甚麼呢？」他問。「一個翅膀還是一塊鵝脯肉？」

「一小片鵝脯肉就行了。」

「希金斯小姐，你呢？」

「啊，隨便甚麼都行，康洛伊先生。」

當加布里埃爾和戴莉小姐調換鵝肉盤子和火腿及五香牛肉盤子時，李莉端着一盤用白餐巾裹着的熱乎乎的粉狀土豆分送給每一位客人。這是瑪麗·簡的主意，她還建議給鵝肉澆上蘋果醬，但凱特姨媽說她覺得沒有蘋果醬的純烤鵝一向很好，她不希望吃到比這差的鵝肉。瑪麗·簡照顧着她的學生，讓他們得到最好的部份；凱特姨媽和朱麗婭姨媽打開鋼琴上的瓶子，把黑啤酒和淡啤酒遞給男士們，把礦泉水遞給女士們。屋裏一片混亂，充滿了笑聲和嘈雜聲，有叫菜和應菜的叫嚷聲，有刀叉的碰撞聲，還有瓶塞和瓶蓋的開啓聲。加布里埃爾分完了第一輪，自己沒嚐一口，又開始切分第二輪了。大家都高聲鳴不平，於是他表示妥協，喝了一大口黑啤酒，他發現切肉也是件令人出汗的差事。瑪麗·簡靜靜地坐下用她的晚餐，可是凱特姨媽和朱麗婭姨媽仍然圍着桌子搖搖擺擺地轉來轉去，一前一後，有時互相擋路，各自互不照應地讓人做這做那。布朗先生請求她們坐下吃她們的晚飯，加布里埃爾也請求她們，但她們說有的是時間，最後弗雷迪·馬林斯站起身來，抓住凱特姨媽，在大家的笑聲中突然把她按在了椅子上。

加布里埃爾給大家分得差不多了，便笑着說：

「喂，假如誰還想要點俗人們說的鵝肚子裏的料，請告訴我。」

大家異口同聲地請他自己快點用餐，李莉端着她留給他的三個土豆走到他跟前。

「好吧，」加布里埃爾友好地說，又喝了一口為他備好的酒，「女士們，先生們，這幾分鐘就算把我忘了吧。」

他開始埋頭吃飯，不參與桌上的談話，雖然談話聲淹沒了李莉收拾盤子的聲音。談話的主題是正在皇家劇院演出的歌劇團。男高音巴特爾·達爾西先生是個面龐黝黑的年輕人，蓄着瀟灑的小鬍子，他高度讚揚那個歌劇團的首席女高音，但福龍小姐卻覺得她的演出風格相當粗俗。弗雷迪·馬林斯說，在舞劇《歡樂》的第二部份裏，有個黑人酋長演唱，那是他聽到過的最佳男高音之一。

「你聽他唱了嗎？」他隔着桌子問巴特爾．達爾西先生。

「沒有，」巴特爾．達爾西先生心不在焉地回答。

「因為，」弗雷迪．馬林斯解釋說，「我現在很想聽聽你對他的意見。我覺得他的嗓音太偉大了。」

「真正好不好要讓泰迪來說，」布朗先生隨便地對桌子上的人說。

「為甚麼他不能也有個好嗓子？」弗雷迪．馬林斯尖刻地問。「難道只因為他是個黑人？」

無人回答這一問題，瑪麗．簡又把桌子上的議論引回到正統的歌劇。她的一個學生曾經給過她一張《迷娘》的戲票。當然那場戲很好，她說，但使她想到了可憐的喬治娜．彭斯。布朗先生追溯得更遠，追溯到常常來都柏林的老牌意大利歌劇團——提耶讓斯、伊瑪．德．穆茲卡、坎帕尼尼、偉大的特雷貝里．久格里尼、拉維利、阿格布洛。他說，那才是在都柏林有像樣的歌劇可聽的日子。他還談到老皇家劇院的頂座如何常常每夜爆滿，有天晚上一個意大利男高音如何應觀眾要求一連唱了五遍《讓我像士兵一樣倒下》，而且每遍都唱出一個高音C，最後他談到頂座上的男孩子們如何熱情地從某個女主角的馬車上把馬卸下，親自拉着她的車穿過街道把她送到旅館。可是，為甚麼他們現在總不上演偉大的舊歌劇《狄諾拉》和《魯克里齊亞·鮑吉拉》呢？他問。因為他們沒有唱那些歌劇的好嗓子：那就是原因。

「哦，這個，」巴特爾·達爾西先生說，「我覺得今天和以前一樣有優秀的歌唱家。」

「他們在哪裏呢？」布朗先生挑釁地問。

「在倫敦、巴黎、米蘭，」巴特爾·達爾西先生熱情地說。「舉例說，我覺得卡魯索就很好，即使不比你剛才提到的那些人更好。」

「或許是這樣，」布朗先生說。「但我可以告訴你，我非常懷疑。」

「喔，我願意付高價聽卡魯索唱歌，」瑪麗·簡說。

「我認為，」凱特姨媽說，她正在剔一塊骨頭，「只有一個男高音。我的意思是，使我滿意的男高音。但我想你們誰也沒有聽他唱過。」

「他是誰，莫肯小姐？」巴特爾·達爾西先生彬彬有禮地問。

「他的名字，」凱特姨媽說，「叫帕金森。我是在他唱得最好的時候聽他唱的，我認為那時他的嗓音是最純的男高音。」

「奇怪，」巴特爾·達爾西先生說，「我竟從沒有聽說過他。」

「是的，是的，莫肯小姐是對的，」布朗先生說。「我記得聽過老帕金森唱歌，但對我來說他是太久以前的事了。」

「一個漂亮、純淨、甜美、圓潤的英國男高音，」凱特姨媽熱情地說。

加布里埃爾吃完之後，一大盤布丁端到了桌上。叉子和勺子的撞擊聲又響了起來。加布里埃爾的妻子盛出一勺勺布丁，用碟子沿着桌子傳遞過去。傳遞中間由瑪麗·簡接着配上木莓或橘子凍，或者牛奶凍或果醬。布丁是朱麗婭姨媽做的，大家都稱讚她的手藝。她自己則說烤得還不夠焦黃。

「啊，莫肯小姐，」布朗先生說，「我希望你覺得我夠焦黃的了，因為，你知道，我完全是焦黃的[2]。」

除了加布里埃爾之外，所有的男士們都吃了布丁，以示對朱麗婭姨媽的敬意。由於加布里埃爾從不吃甜食，所以就給他留下了芹菜。弗雷迪·馬林斯也拿了一根芹菜就着布丁吃。他聽人說芹菜是補血的，而他當時正接受醫生治療。晚飯間一直一言不發的馬林斯太太說，她兒子大約一個星期後要去麥勒雷山。於是桌上的人們便談起了麥勒雷山，諸如那裏的空氣多麼清新，那裏的修士多麼好客，他們從不向客人收一分錢，等等。

「你們的意思是說，」布朗先生半信半疑地問，「一個人可以到那裏去，像住旅館一樣住下來，又吃又喝，然後一分錢不付就離開嗎？」

「啊，大部份人離開時都會給修道院捐些錢的，」瑪麗·簡說。

「我希望我們教會也有那樣一個機構，」布朗先生老老實實地說。

他聽說修士們從不講話，早上兩點起床，夜裏睡在棺材裏，感到無限驚訝。於是他便問為甚麼他們這麼做。

「那是他們的規定，」凱特姨媽肯定地說。

「是呀，可是為甚麼呢？」布朗先生問。

凱特姨媽重複說那是規定，規定就是規定。布朗先生似乎仍然不懂。弗雷迪·馬林斯盡可能向他解釋，告訴他修士們是在努力為外界所有罪人們犯的罪贖罪。這種解釋並不十分清楚，因為布朗先生咧着嘴笑着說：

「我非常喜歡那種想法，但舒適的彈簧床和棺材對他們不都是睡覺嗎？」

「棺材，」瑪麗·簡說，「是提醒他們自己最後的歸宿。」

由於這個話題變得陰鬱起來，桌上的人們沉默不語，此時馬林斯太太用別人聽不見的低聲對鄰座的人說：

「他們是些非常善良的人，那些修士，是非常虔誠的人。」

葡萄乾、杏仁和無花果，蘋果和橙子，巧克力和糖果，這時圍着桌子輪番傳遞，朱麗婭姨媽請所有的人都喝點紅葡萄酒或白葡萄酒。最初巴特爾·達爾西先生甚麼酒都不要，但他的一個鄰座用肘子碰碰他小聲對他說了些甚麼，他便答應把酒杯斟滿。當斟最後幾杯酒的時候，談話漸漸停了下來。接着是一陣沉默，只有喝酒和挪動椅子的聲音將它打破。三位莫肯家的小姐低頭望着桌布。某人咳嗽了一兩聲，幾個男士便輕輕拍拍桌子示意安靜。完全靜下來了，加布里埃爾向後推開椅子站起身來。

拍桌子的聲音立刻變響以示鼓勵，接着又全都停了。加布里埃爾將十個顫抖的手指按在桌布上，緊張地對大家笑了笑。他看到一排仰起的面孔，便抬眼望着枝形的吊燈。鋼琴正在彈奏一首華爾茲樂曲，他能聽見衣裙拂動客廳門的聲音。也許有人正站在外面碼頭上的雪地裏，仰首凝視着燈光照亮的窗子，傾聽華爾茲音樂。那裏的空氣純淨。遠處是樹上壓着積雪的公園。威靈頓紀念碑戴着一頂閃光的雪帽，耀眼的白雪覆蓋着西邊「十五畝地」的原野。

他開始演講：

「女士們先生們，

「今天晚上，如同往年一樣，這項非常令人愉快的任務注定又落在了我的頭上，但我恐怕我拙劣的演講才能實在是難以勝任。」

「不，不能這麼說！」布朗先生說。

「不過，無論如何，今晚我只好請你們理解我勉為其難的心意，注意聽一會兒我的演講，讓我盡力向你們表達我在這種場合的心情。

「女士們先生們，這已不是第一次我們聚在這個好客的房子裏，坐在這張好客的餐桌周圍。也不是第一次接受這幾位善良女士的熱情款待——或許我最好說，這幾位女士熱情的受害者。」

他的手臂在空中畫了一個圈，停頓了一下。大家都衝着凱特姨媽、朱麗婭姨媽和瑪麗·簡大笑或微笑，而她們也都高興得面色緋紅。加布里埃爾膽子更大了，繼續說：

「我一年比一年更強烈地感到，我們國家沒有任何傳統像這種熱情好客的傳統那樣，給國家帶來如此的榮耀，值得如此小心地維護。就我自己的經歷而言（我訪問過國外許多地方），在現代國家中，這是一個少有的優良傳統。也許有人會說，對於我們，這毋寧說是一種弱點，而不是甚麼值得誇耀的事情。但即使如此，我也認為它是一種高貴的弱點，一種我相信會在我們中間長期發展下去的弱點。至少有一點我是肯定的。只要這房子裏仍然住着前面提到的三位善良的女士——我從內心裏祝願她們還會在這裏住許多許多年——真正熱心殷勤的愛爾蘭好客傳統就會在我們中間繼續下去，我們的先輩把這種傳統傳給了我們，我們也必須把它傳給我們的子孫。」

一種真誠贊同的低語聲在桌子周圍傳開。這使加布里埃爾突然感到，愛佛絲小姐不在這裏，她已不禮貌地走了；於是他心裏充滿自信地說：

「女士們先生們，

「我們中間一代新人正在成長，他們受到新觀念和新原則的激勵。這代人對這些新觀念既認真又熱情，甚至當他們受到誤導時，我相信他們的熱情也非常真誠。但是我們生活在一個懷疑的時代，如果我可以這麼說的話，也是一個思想遭受折磨的時代：有時我擔心，儘管這新的一代受過教育或高等教育，但他們將缺少昔日那些仁愛、好客和善良的幽默等優良品質。今晚聽到所有那些昔日的大歌唱家的名字時，我必須承認，我覺得我們生活在一個比較狹隘的時代。毫不誇張地說，過去那些日子可以稱之為廣博的時代；倘若它們已經從我們的記憶中消失，那麼至少讓我們期望，在像今晚這樣的聚會上，我們仍將驕傲而親切地談論它們，仍將在心裏記住那些已經逝去的偉大人物，他們的名聲將在世界上永垂不朽。」

「聽見了，聽見了！」布朗先生大聲説。

「然而，」加布里埃爾繼續説，聲音變得更加柔和委婉，「在像今晚這樣的聚會上，總是有些悲傷的想法襲上我們的心頭：想到過去，想到青春，想到世事變化，想到我們今晚思念而又不在的那些人們。我們人生的旅程佈滿了這樣一些悲傷的回憶：但如果我們總是憂鬱地陷入這些回憶，我們就沒有心思勇敢地繼續我們生活中的工作。我們大家都有生活的責任，也有生活的情感，它們要求我們——合情合理地要求我們——奮發努力。

「因此，我不想沉湎於過去。我不想讓任何陰鬱的道德説教在今晚侵擾我們。我們離開日常奔波忙碌的生活，短暫地相聚在這裏。我們在這裏相聚，作為朋友，懷有相親相愛的精神；作為同事，在某種程度上也懷有志同道合的『同志』精神；而作為客人——我該怎麼説呢？——我們是都柏林音樂界的三女神的客人。」

這一比喻使全場爆發出一陣掌聲和笑聲。朱麗婭姨媽茫然地請她的左右鄰座告訴她加布里埃爾講了些甚麼。

「他說我們是『三女神』，朱麗婭姨媽，」瑪麗·簡說。

朱麗婭姨媽仍不明白，但她面帶微笑地望着加布里埃爾；他繼續興致勃勃地演講：

「女士們先生們，

「今晚我不想扮演帕里斯那次扮演的角色。我不想在她們之間評斷高低。這種工作令人感到厭惡，而且也不是我力所能及的事情。因為當我依次考慮她們時，我分不出誰高誰低。我們的第一位主人，她心地善良，太善良了，這話已經變成了所有認識她的人的口頭禪；而她的妹妹，似乎是青春永駐，她今晚的歌聲真是令人拍案叫絕，出乎我們大家的意料；至於最後但並非最不重要的一位，我們最年輕的女主人，我覺得她才華橫溢，生性活潑，工作勤奮，可說是最好的外甥女；女士們先生們，我必須承認，我不知道應該給誰以獎勵。」

加布里埃爾向下瞥了一眼他的兩位姨媽，發現朱麗婭姨媽滿臉堆笑，凱特姨媽眼裏噙着淚珠，於是便準備趕緊結束他的講話。他豪放地舉起他那杯葡萄酒，桌上的人也都期待地用手指把住了酒杯，他大聲說道：

「讓我們為她們三位一起祝酒。為她們的健康、富有、長壽、幸福和成功乾杯，祝她們長期保持她們在事業上通過自己努力而贏得的值得驕傲的地位，並願她們在我們的心中永遠保持受人尊敬和熱愛的地位。」

所有的客人都站了起來，手持酒杯，轉向三位坐着的女士，然後由布朗先生帶頭，齊聲唱道：

因為他們是非常快樂的朋友，
因為他們是非常快樂的朋友，
因為他們是非常快樂的朋友，
大家都說是這樣。

凱特姨媽毫不掩飾地用手帕擦起了眼淚，甚至朱麗婭姨媽看上去也大為感動。弗雷迪·馬林斯用他的布丁叉子打着拍子，唱歌的人轉過身面面相對，彷彿以優美的音樂開着討論會，他們以高昂的聲音唱道：

除非他說謊，
除非他說謊。

接着，他們又轉向女主人唱道：

因為他們是非常快樂的朋友，
因為他們是非常快樂的朋友，
因為他們是非常快樂的朋友，
大家都說是這樣。

隨後的歡呼由餐室外的許多其他客人們應和，一次又一次地掀起高潮，弗雷迪·馬林斯像個指揮官，高高地揮舞着叉子。

*　*　*　*

刺骨的清晨寒氣湧進了他們站着的廳裏，於是凱特姨媽說：

「誰去把門關上吧。馬林斯太太會得重感冒的。」
「布朗在外面，凱特姨媽，」瑪麗·簡說。
「布朗總是到處跑，」凱特姨媽說，壓低了她的聲音。
瑪麗·簡聽了她說話的語氣笑了。
「其實，」她狡黠地說，「他倒是非常殷勤。」
「整個聖誕節期間，」凱特姨媽以同樣的語氣說，「他就像煤氣一樣被裝在這裏。」
這次她自己開心地笑了，然後很快地補充說：
「不過，叫他進來吧，瑪麗·簡，把門關上。但願他沒有聽見我說他的話。」
就在這時，過廳的門開了，布朗先生從門口的台階上走了進來，笑得彷彿心都要炸開來了。他穿着一件綠色的長外套，上面鑲着仿阿斯特拉罕羔皮的袖口和領子，頭上戴着一頂橢圓形的皮帽。他用手指着白雪覆蓋的碼頭，從那裏傳來汽笛長長的尖叫聲。
「泰迪會把都柏林所有的出租馬車喊了來，」他說。
加布里埃爾從辦公室後面的餐具室走出，費力地穿着大衣，他望望大廳的四周說道：

「格麗塔還沒有下來？」

「她正在穿衣服，加布里埃爾，」凱特姨媽說。

「誰在上面彈鋼琴呢？」加布里埃爾問。

「沒人呀。他們全都走了。」

「啊，不，凱特姨媽，」瑪麗·簡說。「巴特爾·達爾西和奧卡拉漢小姐還沒走。」

「反正有人在上面玩鋼琴，」加布里埃爾說。

瑪麗·簡瞥了一眼加布里埃爾和布朗先生，打了個寒戰說：

「看你們兩位男士裹得那個樣子，我也覺得冷了。我真不想看你們在這個時候回家。」

「這時候我最想，」布朗先生豪邁地說，「咯吱咯吱地踏着雪在鄉間散散步，或者驅馬駕車飛速奔馳。」

「從前我們家裏有一匹好馬和一輛輕便雙輪車，」朱麗婭姨媽感傷地說。

「那個令人難忘的喬尼，」瑪麗·簡笑着說。

凱特姨媽和加布里埃爾也笑了。

「怎麼回事，關於喬尼有甚麼驚奇的事？」布朗先生問。

「我們是說去世的帕特里克·莫肯，我們的外公，」加布里埃爾解釋說，「晚年時人們都叫他老紳士，他是個膠糊商。」

「啊，我說，加布里埃爾，」凱特姨媽笑着說，「他有個粉坊。」

「好吧，不論膠糊還是澱粉，」加布里埃爾說，「反正老先生有匹馬名叫喬尼。喬尼常在老先生的粉坊裏幹活，一圈圈轉着拉磨。一切都很好；但現在要說的是喬尼不幸的一面。一天，天氣晴好，老先生想駕車出去，到公園擺擺軍事檢閱的派頭。」

「上帝憐憫他的靈魂吧，」凱特姨媽動情地說。

「阿門，」加布里埃爾說。「於是，老紳士像我說的那樣，駕着喬尼，戴上他最好的高頂禮帽，佩上他最好的硬領，氣宇軒昂地駕車駛出了他的祖宅，我想那房子在後巷附近。」

加布里埃爾的樣子使大家都笑了起來，甚至馬林斯太太也笑了，這時凱特姨媽說：

「我說，加布里埃爾，實際上他不住在後巷，只有粉坊在那裏。」

「他驅着喬尼駛出了他祖先的宅子，」加布里埃爾繼續説。「一切都進行得非常順利，後來喬尼看見了比利王的雕像，不知它是愛上了比利王的坐騎還是覺得自己又回到了磨坊，它竟開始圍着雕像轉起了圈子。」

加布里埃爾在其他人的笑聲中，穿着他的套鞋繞前廳走了一圈。

「它轉了一圈又一圈，」加布里埃爾説，「於是這位老先生，這位非常威武的老先生，表現出極大的憤慨。『往前走，先生！你是甚麼意思呀，先生？喬尼！喬尼！舉止太反常了！這馬真讓人費解！』」

加布里埃爾模仿那件事所引起的哄堂大笑，突然被前門猛烈的敲門聲中斷。瑪麗·簡跑過去把門打開，讓弗雷迪·馬林斯走進門來。弗雷迪·馬林斯的帽子推到腦袋後邊，冷得縮着雙肩，在外面跑了一圈後呼着一團團哈氣。

「我只能找到一輛馬車，」他説。

「哦，我們沿着碼頭會找到另一輛的，」加布里埃爾説。

「是的，」凱特姨媽説。「最好別讓馬林斯太太總是站在風口上。」

馬林斯太太由她兒子和布朗先生扶着走下門前的台階，幾經努力之後才扶上馬車。弗雷迪·馬林斯隨後也爬了進去，在布朗先生的指點幫助下，花了好長時間才把他母親在座位上安置妥當。最後，她舒舒適適坐好之後，弗雷迪．馬林斯請布朗先生也一起上車。經過好一陣混亂的交談，布朗先生終於上去了。車夫把他的毯子蓋在膝上，俯下身問去甚麼地方。混亂的交談聲更大了，弗雷迪．馬林斯和布朗先生分別從一個車窗裏探出頭來，給車夫指了不同的方向。問題是沿途在甚麼地方讓布朗先生下車，凱特姨媽、朱麗婭姨媽和瑪麗．簡站在門口的台階上幫着討論，七嘴八舌，互相矛盾，弄得大家笑個不停。至於弗雷迪．馬林斯，他竟笑得說不出話來。他不斷把腦袋從車窗裏縮回探出，每次都幾乎把帽子碰掉，不時告訴他母親外面討論的情況，直到最後，布朗先生才用高出喧鬧笑聲的大嗓門向被弄糊塗了的車夫喊道：

「你知道三一學院嗎？」

「知道，先生，」車夫說。

「那好，一直把車趕到三一學院大門口，」布朗先生說，「然後我會告訴你再去哪裏。現在你明白了？」

「明白了，先生，」車夫說。

「那就像鳥一樣朝三一學院飛奔。」

「好嘞，先生，」車夫說。

揚鞭催馬，車子嘎啦嘎啦在一片笑聲和再見聲中沿碼頭馳去。

加布里埃爾沒有與其他人一起到門口。他待在前廳的暗處，抬頭凝視着樓梯。一個女人站在第一段樓梯的上部，也在陰影裏。他看不見她的臉，但能看見她裙子上赤褐色和橙紅色的圖案，它們在陰影裏呈現出黑色和白色。那是他的妻子。她正倚着欄杆聆聽甚麼。加布里埃爾見她一動不動大感驚訝，也豎起耳朵細聽。但他卻聽不見甚麼，除了門口台階上的笑聲和爭論，只依稀聽見鋼琴上彈出一些和音和一個男聲唱歌的片斷。

他靜靜地站在昏暗的前廳裏，試圖捕捉那聲音唱的曲調，並仰頭注視着他的妻子。她的神態顯得優雅而神秘，彷彿她是某種東西的一個象徵。他自己問自己，一個女人站在樓梯上的陰影裏，傾聽遠處的音樂，是甚麼東西的象徵呢？如果他是個畫家，他會畫下她那種神態。她的藍色氈帽配以黑暗的背景會突出她那古銅色的頭髮，而她裙子上的深色圖案也會突出淺色的圖案。假如他是畫家，他會把這幅畫稱作《遠方的音樂》。

前廳的大門關上了；凱特姨媽、朱麗婭姨媽和瑪麗·簡回到前廳裏，仍然在笑着。

「你們說，弗雷迪是不是太不像話？」瑪麗．簡說。「他真是太不像話了。」

加布里埃爾沒有說話，但向樓梯上他妻子站着的地方指了指。現在由於大門已經關上，歌聲和琴聲都聽得更清楚了。加布里埃爾舉起一隻手讓他們安靜。歌聲唱的好像是古老的愛爾蘭曲調，唱者似乎對歌詞和自己的聲音都沒有把握。距離和唱者沙啞的嗓音使歌聲顯得哀傷，隱隱約約傳出的旋律伴隨着表現悲愁的歌詞：

啊，雨點打着我濃密的頭髮，
露水沾濕了我的肌膚，
我的孩子冷冷地躺着……

「啊，」瑪麗．簡叫道。「這是巴特爾．達爾西在唱歌，而他整個晚上都不肯唱。哇，他走之前我得讓他唱支歌。」

「哎，對，瑪麗．簡，」凱特姨媽說。

瑪麗．簡轉過身跑向樓梯，但她還沒跑到歌聲就停了，鋼琴也突然蓋上了。

「啊，多遺憾呀！」她嚷道。「他要下來了嗎，格麗塔？」

加布里埃爾聽到妻子答了一聲是，然後看見她下樓向他們走來。她身後幾步便是巴特爾．達爾西先生和奧卡拉漢小姐。

「啊，達爾西先生，」瑪麗．簡叫道，「你真不夠意思，我們大家正聽得入迷，你竟然就那樣停了。」

「整個晚上我都跟着他，」奧卡拉漢小姐說，「康洛伊太太也是，可他告訴我們他患了重感冒，唱不了。」

「哦，達爾西先生，」凱特姨媽說，「原來你撒了個無害的彌天大謊。」

「你聽不出我的嗓子啞得像隻烏鴉嗎？」達爾西先生有些粗魯地說。

他匆匆走進餐具間，穿上大衣。其他人對他粗魯的回答感到驚訝，但不知該說甚麼。凱特姨媽皺起眉頭，並示意其他人別再提這個話題。達爾西先生站着仔細地裹他的圍脖，也皺着眉頭。

「都是這天氣鬧的，」停了一會兒朱麗婭姨媽說。

「是呀，人人都患了感冒，」凱特姨媽立刻接着說，「無一例外。」

「聽人說，」瑪麗．簡說，「三十年了沒下過這樣大的雪；今天早晨我看報紙，報上說整個愛爾蘭普遍下了雪。」

「我喜歡雪景，」朱麗婭姨媽感傷地說。

「我也喜歡，」奧卡拉漢小姐說。「我覺得聖誕節地上沒雪就不是真正的聖誕節。」

「但是可憐的達爾西先生就不喜歡下雪，」凱特姨媽笑着說。

達爾西先生從餐具間出來，裹得嚴嚴實實並扣好了扣子，歉然地對他們述說自己得感冒的經過。大家都勸他，說是太遺憾了，要他在夜風裏特別注意保護自己的嗓子。加布里埃爾望着他的妻子，她沒有加入他們的談話。她正站在滿是灰塵的楣窗下面，煤氣燈的光焰照亮了她那豐潤的古銅色頭髮，幾天前他曾見她在火邊把頭髮烤乾。她神態如前，似乎沒有意識到她周圍的談話。終於她轉向他們，加布里埃爾發現她雙頰泛紅，眼睛閃閃發光。他心裏突然湧起一股愉悅的潮流。

「達爾西先生，」她說，「你剛才唱的那支歌叫甚麼名字？」

「叫《奧芙里姆的少女》，」達爾西先生說，「可是我記不清楚了。怎麼？你知道這支歌？」

「《奧芙里姆的少女》，」她重複說。「我想不起這個歌的名字了。」

「這歌的調子真是太美了，」瑪麗．簡說。「可惜你今晚嗓子不好。」

「喂，瑪麗．簡，」凱特姨媽說，「別煩達爾西了。我可不想讓他心煩。」

看見大夥都準備走了，她領頭帶他們走向門口，在那裏互相道別：

「好了，凱特姨媽，謝謝您給了我們一個愉快的夜晚。」

「晚安，加布里埃爾。晚安，格麗塔！」

「晚安，凱特姨媽，太謝謝了。晚安，朱麗婭姨媽。」

「哦，晚安，格麗塔，我剛才沒看見你。」

「晚安，達爾西先生。晚安，奧卡拉漢小姐。」

「晚安，莫肯小姐。」

「晚安，再見。」

「大家晚安。一路平安。」

「晚安，再見。」

凌晨，天仍然很暗。陰沉昏黃的晨光籠罩着房子和河面；天像要垂下來似的。腳下到處是溶了的雪水；只有房頂上、碼頭的欄杆上和空地的圍欄上，留着一縷縷、一片片白雪。路燈仍然在灰蒙蒙的空中燃着泛紅的燈光，河對面「四院」大廈在低沉的天空下巍峨屹立。

她和巴特爾．達爾西先生一起走在他的前面，她的鞋用一塊棕色的包袱包着夾在胳膊下面，雙手提着裙子唯恐濺上了雪水。她已不再有甚麼高雅的神態，但加布里埃爾的眼睛仍然幸福得發亮。血液在他的血管裏湧動；腦海裏思潮激盪，驕傲、快樂、溫柔、英勇。

她走在他前面，那麼輕盈，那麼挺直，他極想悄悄地追上去，抓住她的雙肩，在她耳邊說些可笑而深情的話兒。他覺得她那麼嬌弱，他渴望着保護她不受傷害，渴望着與她單獨待在一起。一些他倆秘密生活的時刻突然像星星一樣在他的記憶中閃現。一個淡紫色的信封放在他早餐的杯子旁邊，他用手輕輕地撫弄着它。鳥兒在常春藤上唧唧喳喳，窗簾上網狀的陽光在地板上閃爍：他幸福得吃不下東西。他們倆站在擁擠的站台上，他把一張車票塞進她戴着手套的溫暖的手心。他和她一起在寒冷裏站着，透過花格窗向裏觀望，看一個男人在烈焰熊熊的火爐邊製作瓶子。天氣很冷。她的臉在寒冷的空氣裏散發着芬芳，與他的臉離得很近；突然他朝爐邊那個男人喊道：

「火旺不旺，先生？」

那人因為爐子的響聲沒能聽見。這倒也好。否則他可能粗暴地回答。

又一股柔情蜜意之潮從他心中湧出，沿着他的動脈在溫暖的血液裏流動。他們一起生活的時刻，那些誰也不知道或永遠不會有人知道的時刻，宛如柔和的星光，突然閃現出來照亮了他的回憶。他渴望對她回憶那些時刻，使她忘記這些年他們在一起的沉悶生活，只記住他們那些銷魂的時刻。因為他覺得，歲月並沒有泯滅他或她的激情。他們的孩子，他的寫作，她對家務的操勞，並沒有完全泯滅他們心靈深處溫柔的情焰。他在昔日寫給她的一封信上曾這樣寫道：「為甚麼這樣一些詞我覺得如此乏味和冷漠？是不是因為沒有足夠溫柔的詞來稱呼你呢？」

像是遙遠的音樂，多年前他寫下的這些話又從過去回到了他的記憶之中。他渴望與她單獨在一起。當其他人都已離去，當他和她二人在旅館的房間裏的時候，那時他們會單獨待在一起。他會溫柔地呼喚她：

「格麗塔！」

也許她不會馬上聽見：她正在脱衣服。然後他的聲音裏有某種東西會使她激動。她會轉過身來看着他。……

在歲特佛恩大街的拐彎處他們遇到了一輛馬車。他對嘎啦嘎啦的車輪聲感到高興，因為他用不着說話了。她正望着窗外，顯得有些疲倦。其他人也只偶爾說上幾句，指點外面的某個建築或街道。在凌晨陰沉的天空下面，馬兒疲勞地奔馳，後面拖着嘎嘎響的車廂，加布里埃爾又和她一起坐在一輛車裏，奔馳着前去趕船，奔向他們的蜜月。

馬車駛過奧康奈爾橋時，奧卡拉漢小姐說：

「人們說，你每次過奧康奈爾橋時都會看到一匹白馬。」

「這次我看到了一個白人，」加布里埃爾說。

「在哪裏？」巴特爾·達爾西先生問。

加布里埃爾指了指雕像，上面覆蓋着片片白雪。然後他親切地向它點點頭，還揮了揮手。

「晚安，丹，」他高興地說。

車在旅館前停下，加布里埃爾跳下車，不顧巴特爾·達爾西先生的爭執，付了車錢。他多給了車夫一個先令。車夫向他敬個禮說：

「祝您新年如意，先生。」

「祝你也新年如意，」加布里埃爾親熱地說。

下車時，有一會兒她倚着他的胳膊，站在路邊的石階上向其他人道別。她輕輕地倚着他的胳膊，就像她幾小時前與他跳舞時那樣。那時他感到驕傲而幸福，他為她屬於他而幸福，為她的高雅和做妻子的舉止而驕傲。但是這時，在又一次激起那麼多的回憶之後，他剛一接觸到她那富於韻致、奇異而芬芳的身體，便渾身湧動起一陣強烈的情慾。在她沉默的掩飾下，他使她的胳膊緊貼着自己；當他們站在旅館門口時，他覺得他們已經避開了生活的責任，避開了家庭和朋友，懷着奔放喜悅的心情，共赴一個新奇的境界。

在大廳裏，一位老人正坐在一把有椅套的大椅子上打盹。他在辦公室裏點了一支蠟燭，在他們前面走向樓梯。他們默默地跟着他，雙腳踩在鋪着厚地毯的樓梯上發出輕輕的噔噔聲。她在看門人後面登上樓梯，往上走時低着頭，纖弱的雙肩弓起，像扛了東西似的，裙子緊緊地裹着她的身軀。他本想用雙臂抱住她的臀部，緊緊地摟着她，因為他充滿了想抱住她的慾望，雙臂在不停地顫抖，只是他的指甲用力摳住手心才阻止了他軀體裏這種狂烈的衝動。看門人在樓梯上停住，穩住搖晃的蠟燭。他們也在他下面的樓梯上停了下來。寂靜之中，加布里埃爾能聽見燭淚滴在托盤上的聲音，能聽見他的心臟挨着肋骨怦怦跳動的聲音。

看門人領着他們穿過樓道，打開一個房間的門。然後他把搖晃的蠟燭放在一張梳妝台上，問他們早上甚麼時間叫醒他們。

「八點，」加布里埃爾說。

看門人指指電燈的開關，咕咕噥噥開始道歉，但加布里埃爾打斷了他：

「我們用不着燈。從街上照進來的燈光就足夠了。而且，」他指了指蠟燭補充說，「我說你最好把那個漂亮的東西也拿走，做個好人。」

看門人又拿起他的蠟燭，但非常遲緩，因為這一新奇的念頭使他感到驚訝。接着他咕咕噥噥道了個晚安，走了出去。加布里埃爾隨即把門鎖上。

一道蒼白的燈光從街燈上射入屋裏，像一條長長的光桿從窗戶直抵門上。加布里埃爾把大衣和帽子扔到躺椅上，穿過房間走向窗戶。他向街下看看，以便稍微平靜一下他激動的情緒。然後他轉過身，背着光靠在一個衣櫃上。她已經脫掉大衣、帽子和斗篷，正站在一面大的時髦的鏡子前面解她的緊身胸衣。加布里埃爾停了一會兒，注視着她，然後說：

「格麗塔！」

她慢慢地離開鏡子，順着光束朝他走去。她的表情顯得非常嚴肅而疲乏，竟使加布里埃爾心裏想說的話無法出口。不，還不是時候。

「你看上去累了，」他說。

「是有點累，」她回答。

「你不是不舒服吧？」

「不，只是累了。」

她走到窗前站在那裏，向外觀看。加布里埃爾又開始等待，後來他唯恐猶豫會使他失去激情，便突然說道：

「聽我說，格麗塔！」

「甚麼事？」

「你認識那個可憐的傢伙馬林斯嗎？」他匆匆地說。

「認識，他怎麼啦？」

「啊，可憐的傢伙，畢竟他是個正派人，」加布里埃爾言不由衷地繼續說。「他還了我借給他的一個沙弗林[3]，其實我沒指望他還。可惜他總不肯離開那個布朗，因為他不是個壞人，說實在的。」

這時他因氣惱而發抖。為甚麼她看上去那麼無動於衷？他不知道自己如何開始。她也為某件事氣惱嗎？要是她主動轉向他或走向他就好了！像她現在這樣就去和她做愛未免有些粗暴。不，他一定要先在她眼裏看到同樣的激情。他渴望能把握住她奇怪的情緒。

「甚麼時候你借給他一沙弗林？」她停了一會兒問。

加布里埃爾極力控制自己，避免對蘇格蘭人馬林斯和他那個沙弗林的事說出粗話。他渴望從內心裏對她呼喊，把她緊緊地抱在懷裏，將她征服。但是他說：

「哦，在聖誕節，他那個位於亨利大街的聖誕賀卡小店開張的時候。」

他正處於激怒和慾望的狂熱之中，以致沒有聽見她從窗口走來。她在他面前站了一會兒，奇怪地望着他。然後，她突然踮起腳尖，雙手輕輕地搭在他的肩上，吻了吻他。

「你是個很慷慨的人，加布里埃爾，」她說。

加布里埃爾因她突如其來的一吻和對他的讚語興奮得渾身顫抖，他把雙手放在她的頭髮上，開始向後梳理，手指幾乎都沒有碰到頭髮。洗過的頭髮柔潤光亮。他心裏洋溢着幸福。就在他盼望時她真的自願地來到了他身邊。也許她的思想一直在與他的共鳴。也許她感覺到了他心中的強烈慾望，於是便突然產生出依順的心情。

現在她如此輕易地依順着他，他竟對自己剛才那麼猶豫疑惑起來。

他雙手捧着她的頭站着。然後，他迅速滑下一隻胳膊攏住她的身子，把她擁向懷裏，輕輕地說：

「格麗塔，親愛的，你在想甚麼？」

她既沒有回答也沒有完全倒向他的懷裏。他再次輕輕地說：

「告訴我你在想甚麼，格麗塔。我想我知道是甚麼事。我知道嗎？」

她沒有立刻回答。接着突然眼淚汪汪地說：

「啊，我在想那支歌，《奧芙里姆的少女》。」

她掙脱他的擁抱，跑到床邊，雙臂伸出架在床欄上，埋住了她的臉。加布里埃爾一時驚呆了，一動不動地站着，然後才跟了過去。當他經過那面轉動式的穿衣鏡時，他看見了自己的全身，他那寬而挺括的襯衣領口，他那在鏡子裏看見時總使他困惑的面部表情，還有他那閃光的金邊眼鏡。

他在離她幾步遠的地方停下來説道：

「那歌怎麼啦？為甚麼使你哭起來了？」

她從胳膊上抬起頭來，像孩子一樣用手背抹乾了眼淚。他自己的聲音也意想不到地變得更加溫柔。

「怎麼啦，格麗塔？」他問。

「我在想很久以前一個常唱那支歌的人。」

「很久以前的那個人是誰？」加布里埃爾笑着問。

「是個我在高爾韋認識的人，當時我和我祖母住在一起，」她說。

加布里埃爾臉上的笑容消失了。一種抑鬱的怒氣開始在他的心底匯聚，他那被壓抑的慾火重又開始在他的血管裏憤怒地燃燒。

「是你的舊情人嗎？」他譏諷地問。

「是我認識的一個年輕人，」她答道，「名叫邁克爾·福瑞。他常唱那支歌，《奧芙里姆的少女》。他非常文靜。」

加布里埃爾一言不發。他不希望她覺得他對這個文靜的男孩有甚麼興趣。

「我能那麼清楚地看見他，」她停頓了一下說。「他有那麼一雙眼睛：又大又黑的眼睛！眼睛裏還有那樣一種表情——一種表情！」

「啊，那麼，你愛上他了？」加布里埃爾說。

「我在高爾韋的時候，」她說，「我常常和他一起外出散步。」

一種想法閃過加布里埃爾的腦際。

「也許那就是你想和那位愛佛絲姑娘一起去高爾韋的原因吧？」他冷冷地說。

她看看他，驚訝地問：

「為甚麼？」

她的目光使加布里埃爾感到尷尬。他聳聳肩說：

「我怎麼知道呢？或許去看看他。」

她默默地把目光從他移開，沿着光束轉向窗子。

「他已經死了，」她終於說。「他死的時候才十七歲。那麼年輕就死了不是很可怕嗎？」

「他是幹甚麼的？」加布里埃爾問，仍然帶有譏諷意味。

「他在煤氣廠工作，」她說。

加布里埃爾感到受了羞辱，因為譏諷落了空，也因為從死者引出這麼一個人——一個在煤氣廠工作的男孩。就在他全心回憶他們在一起的私生活，心裏充滿柔情、歡樂和慾望時，她卻一直在心裏把他和另一個人比較。一種對自我人格的羞辱意識襲上了他的心頭。他發現自己成了一個滑稽的人物，扮演一個為姨媽跑腿掙小錢的人，一個神經質的、自作多情的感傷主義者，一個對一群庸俗的人大事演講並把自己小丑般的慾望理想化，一個他在鏡子裏瞥見的那種可憐而愚蠢的傢伙。他本能地轉身背向光線，以免她會看見他額上燃燒着羞辱。

他極力保持他那冷冰冰的詰問語調，但他說話時聲音卻顯得謙卑而冷漠。

「我想那時你愛上了這位邁克爾．福瑞，格麗塔，」他說。

「那時我和他非常親密，」她說。

她的聲音模糊而悲哀。加布里埃爾覺得現在若想把她引向自己原來設想的境地一定是徒勞無望，於是便撫摸着她的一隻手，也不無悲傷地說：

「他那樣年輕是怎麼死的，格麗塔？癆病，是嗎？」

「我想他是為我死的，」她答道。

這回答使加布里埃爾心中湧起一種朦朦朧朧的恐懼，彷彿在他希望獲勝的時刻，某個無形的、蓄意報復的幽靈跟他作對，在它那個朦朧的世界裏正糾集力量與他對抗。但他憑借理智的作用擺脫了那種恐懼，繼續撫摸她的手。他不再問她，因為他覺得她會自己告訴他的。她的手溫暖而潮濕：它沒有對他的觸摸作出反應，但他仍然撫摸它，就像那個春天的早晨他撫摸她給他的第一封信一樣。

「那是在冬天，」她說，「大約是初冬時節，當時我正要離開祖母家到這裏的修道院來。那時他在高爾韋的住所裏病了，不能出門，並已寫信告訴了他在奧特拉德的家人。人家說，他的病每況愈下，或者說大致是那樣。我一直不十分清楚。」

她停了一會兒，嘆了口氣。

「可憐的人，」她說。「他非常喜歡我，而且是這麼文靜的一個男孩。我們常一塊出去，散步，你知道，加布里埃爾，像在鄉下人們常做的那樣。要不是他身體不好，他就去學唱歌了。他有一副極好的嗓子，可憐的邁克爾·福瑞。」

「那麼，後來呢？」加布里埃爾問。

「後來，等到我離開高爾韋來這裏修道院的時候，他的病情更加惡化，人家不讓我見他，於是我便給他寫了一封信，說我就要去都柏林了，夏天會回來，希望那時他會好起來。」她停了一會兒控制住自己的聲音，然後繼續說：

「後來在我離開的前一天晚上，我正在修女島上我祖母家的房子裏收拾東西，聽到有扔石子打窗戶的聲音。窗玻璃全濕了，甚麼都看不見，於是我就那樣跑下樓去，從後面溜進花園，在花園的盡頭站着那個可憐的人，正渾身顫抖。」

「你沒有叫他回去嗎？」加布里埃爾問。

「我求他趕快回家去，告訴他淋在雨裏會要了他的命。可是他說他不想活了。我能清清楚楚地看見他的眼睛，清清楚楚！他站在牆的盡頭，那裏有一棵樹。」

「他回家去了嗎？」加布里埃爾問。

「是的，他回去了。然而我到修道院剛一個星期他就死了，他埋在奧特拉德他老家那裏。唉，我聽說這事那天，就是他死的那天！」

她停下來，嗚咽得說不出話，再也抑制不住自己的情緒，臉朝下撲在床上，埋在被子裏哭泣。加布里埃爾猶猶豫豫地又把她的手握了一會，由於害怕在她傷心的時候打擾她，後來便輕輕地放下她的手，默默地走向窗戶。

她睡熟了。

加布里埃爾斜倚着臂肘，心平氣和地看了一會她那蓬亂的頭髮和半啓的嘴唇，聽着她深沉的呼吸。原來她生活中有過那麼一段浪漫故事：一個男人因為她而死去。現在想到他這個丈夫在她生活裏扮演了多麼可憐的角色，他幾乎不再感到痛苦。他注視着正在熟睡的她，彷彿他和她從未像夫妻一樣在一起生活過似的。他好奇的眼睛久久地望着她的臉龐和她的頭髮：當他想着她蓓蕾初綻之際該是甚麼樣子時，一種奇怪的、對她友善的憐憫在他的心靈裏升起。他甚至不願對自己說她的臉龐已不再漂亮，但他知道那不再是邁克爾·福瑞為之慨然殉情的臉龐。

也許她沒有把所有的事情都告訴他。他把目光移向椅子，上面扔着她的一些衣服。一條襯裙的帶子垂到地板上。一隻靴子直立着，但軟靴筒塌了下去；另一隻靴子躺在它的旁邊。他對自己一小時前的情緒騷動感到奇怪。是甚麼引起的呢？是他姨媽的晚宴，他自己愚蠢的演講，飲酒和跳舞，在前廳告別時的歡鬧，或者沿河邊在雪中散步的愉悅？可憐的朱麗婭姨媽！不久她也會成為一個幽靈，和帕特里克·莫肯以及他的馬的幽靈在一起的幽靈。她唱《盛裝待嫁》時，他曾在瞬間看見過她臉上憔悴的面容。或許不久他就會坐在那同一個客廳裏，穿着黑色的衣服，絲帽放在膝上。窗簾被放下來，凱特姨媽坐在他身邊，痛哭流涕地告訴他朱麗婭姨媽是如何死的。他會搜索枯腸地尋找一些可以安慰她的話，而結果卻只是找出了一些不着邊際的無用字句。是的，是的：那種情況很快就會發生。

房間的空氣使他的肩膀覺得寒冷。他小心地鑽進被子裏，在他妻子的身邊躺下。一個接一個，他們全都要變成幽靈。最好在某種激情全盛時期勇敢地進入那另一個世界，切莫隨着年齡增長而淒涼地衰敗枯萎。他想到躺在他身邊的妻子，想到她多年來如何在心裏深鎖着她的情人告訴她不想活下去時的眼神。

大量的淚水充溢着加布里埃爾的眼睛。他從未覺得自己對任何女人有那樣的感情，但他知道，這樣一種感情一定是愛情。他眼裏積聚了更多的淚水，在半昏半睡中，他想像自己看見了一個年輕人的身影，正站在一棵雨水滴答的樹下。附近是其他一些身影。他的靈魂已經接近了那個居住着大量死者的領域。他意識到他們撲朔迷離、忽隱忽現的存在，但卻不能理解。他自己本身也在逐漸消失到一個灰色的無形世界：這個實在的世界本身，這些死者曾一度在這裏養育生息的世界，正在漸漸消解和縮小。

幾聲輕輕拍打玻璃的聲音使他轉過身面向窗戶。又開始下雪了。他睡意矇矓地望着雪花，銀白和灰暗的雪花在燈光的襯托下斜斜地飄落。時間已到他出發西行的時候。是的，報紙是對的：整個愛爾蘭都在下雪。雪落在陰晦的中部平原的每一片土地上，落在沒有樹木的山丘上，輕輕地落在艾倫沼地上，再往西，輕輕地落進山農河面洶湧澎湃的黑浪之中。它也落在山丘上孤零零的教堂墓地的每一個角落，邁克爾·福瑞就埋葬在那裏。它飄落下來，厚厚地堆積在歪斜的十字架和墓碑上，堆積在小門一根根柵欄的尖頂上，堆積在光禿禿的荊棘叢上。他聽着雪花隱隱約約地飄落，慢慢地睡着了，雪花穿過宇宙輕輕地落下，就像他們的結局似的，落到所有生者和死者身上。

註釋：

[1]「West Briton」是愛爾蘭的一種貶義說法，指土生土長卻崇拜英國的愛爾蘭人。

[2] 布朗之英文為 Browne，與黃褐色之 brown 同音，故布朗先生戲稱自己是「焦黃的」。

[3] 英國舊時使用的面值一英鎊的金幣。

天地外國經典文庫

天地
www.cosmosbooks.com.hk

書　　名　都柏林人（Dubliners）
作　　者　詹姆斯・喬伊斯（James Joyce）
譯　　者　王逢振
編輯委員會　馬文通　梅　子　曾協泰
孫立川　陳儉雯　林苑鶯
責任編輯　向玉金
美術編輯　郭志民
出　　版　天地圖書有限公司
香港皇后大道東109-115號
智群商業中心15字樓（總寫字樓）
電話：2528 3671　傳真：2865 2609
香港灣仔莊士敦道30號地庫／1樓（門市部）
電話：2865 0708　傳真：2861 1541
印　　刷　美雅印刷製本有限公司
香港九龍官塘榮業街6號海濱工業大廈4字樓A室
電話：2342 0109　傳真：2790 3614
發　　行　香港聯合書刊物流有限公司
香港新界大埔汀麗路36號中華商務印刷大廈3字樓
電話：2150 2100　傳真：2407 3062
出版日期　2018年6月／初版

ISBN ： 978-988-8258-65-9

本書譯文由上海譯文出版社有限公司授權繁體字版出版發行